청평조
淸平調詞

구름 닮은 옷차림 꽃과 같은 생김새
봄바람 난간을 스쳐 가고 이슬 맺힌 꽃 질어만 가네
만약 군옥산 머리에서 만나지 않았다면
정녕 요대의 달빛 아래서 만날 수 있으리

雲想衣裳花想容
春風拂檻露華濃
若非群玉山頭見
會向瑤臺月下逢

어기충소

어기충소 2
태율 新무협 판타지 소설

초판 1쇄 찍은 날 § 2005년 10월 26일
초판 1쇄 펴낸 날 § 2005년 10월 31일

지은이 § 태율
펴낸이 § 서경석

편집장 § 문혜영
편집책임 § 한지윤
편집 § 장상수 · 이재권 · 유경화

펴낸곳 § 도서출판 청어람
등록번호 § 제1081-1-89호
등록일자 § 1999. 5. 31
어람번호 § 제2-0731호

주소 § 경기도 부천시 원미구 심곡1동 350-1 남성B/D 3F (우) 420-011
전화 § 032-656-4452   팩스 § 032-656-4453
http://www.chungeoram.com
E-mail § eoram99@chollian.net

ⓒ 태율, 2005

ISBN 89-5831-796-5 04810
ISBN 89-5831-794-9 (세트)

御氣衝霄

御氣衝霄 2

풍운형산(風雲衡山)

태율 新무협 판타지 소설

Fantastic Oriental Heroes

도서출판 청어람

목차

第十章

내자불선(來者不善)

한 잔의 차를 사이에 두고 마주 앉은 송현자와 악원홍은 한참 동안 말이 없었다.

송현자는 악원홍이 자신을 따로 불러낸 이유가 몹시 궁금했으나 먼저 묻지는 않았다. 묵묵히 차를 비우는 악원홍의 찻잔을 말없이 채울 뿐이었다.

도대체 무슨 말을 꺼내려 하기에 이토록 뜸을 들인단 말인가? 굳어진 악원홍의 표정에 답답함을 느낀 송현자가 자신의 손에 들린 찻잔을 만지작거리고 있을 때였다.

"장문인."

이윽고 세 잔째 차를 비운 악원홍이 어렵게 운을 띄웠다.

"나는 아무런 사심 없이 질문하는 것이니 장문인께서는 오해없이 들어주었으면 하오."

"말씀하십시오."

"장문인께서는 혹시 감숙 진씨의가에 관련된 괴사(怪事)에 대해 아는 것이 있소?"

"진씨의가라면……?"

말끝을 흐리던 송현자가 악원홍을 향해 다시금 입을 열었다.

"이십여 년 전 감숙 진씨의가의 가주와 그 식솔들이 일제히 행방불명된 사건을 말씀하시는 겁니까?"

"그렇소."

"저 역시 다른 강호인들이 알고 있는 사실만큼만 알고 있습니다."

송현자의 대답에 악원홍은 눈살을 찌푸리며 고개를 흔들었다.

"장문인, 나는 지금까지 형산을 남처럼 여긴 적이 없소이다."

"알고 있습니다."

"또한 단 한 번도 형산 문하에게 서운하게 대한 적도 없소."

그제야 송현자는 표정을 달리하고 악원홍을 바라봤다.

"어째서 장문인께서는 이 늙은이를 속이려 하시는 게요?"

"영문을 모르겠군요. 제가 악 선배에게 거짓을 고할 이유가 어디 있겠습니까?"

"장문인."

찻잔을 내려놓은 악원홍은 속에 담고 있던 말을 꺼내놓았다.

"영인이란 아이가 진씨의가의 후손임을 알고 있소. 그 아이는 일찍부터 임독양맥과 세맥의 타통을 이루었는데, 이는 그 아이가 어렸을 때 대환단을 복용하고 소림과 무당, 화산의 고수들로 하여금 벌모세수의 기연을 얻었기 때문이오. 나는 이미 그 아이의 몸에서 소림의 무상반야공(無上般若功)과 무당의 태허금단선공(太虛金丹仙功), 그리고 본 파의 내공심법인 자하진기의 흔적을 찾아냈소. 어째서 장문인께서는 이 늙은이를 속이려 하시오?"

악원홍의 말이 끝나자 송현자의 얼굴에 씁쓸한 감정이 자리잡았다.

"하아……!"

무거운 한숨을 토한 송현자는 회한(悔恨) 어린 눈을 들어 악원홍을 바라봤다.

"어찌 아셨습니까?"

"나는 진씨의가의 가주인 진자겸(陳自謙)과 친분이 깊었소. 당시 치열했던 정사대전으로 인해 정파 측에서는 수많은 사상자가 속출했고, 널리 이름이 알려진 명숙들도 이를 피해가지 못했소. 우리는 진자겸에게 그들의 치료를 부탁했고 그는 이를 거절했소. 무림인의 싸움에 휩쓸리는 것을 꺼려했기 때문이오."

한 모금의 차로 목을 축인 악원홍은 계속해서 말을 이어갔다.

"우리는 매우 절박한 상황이었기 때문에 거의 매달리다시피 하여 그의 허락을 얻어낼 수 있었소. 하지만 그는 한 가지 조건을 걸었다오. 결국 우리는 그 조건을 수용했고, 그로 인해 지금의 영인이 있을 수 있었소."

"그랬군요."

천천히 고개를 끄덕인 송현자는 다기를 한쪽으로 치운 다음 악원홍을 향해 입을 열었다.

"믿지 않으실지 모르겠지만 저는 악 선배께 추호의 거짓말도 하지 않았습니다."

송현자와 시선을 마주한 악원홍은 그의 눈빛이 진실을 말하고 있음을 느낄 수 있었다.

"이십 년 전 이대제자 이십여 명이 실종되고 제 사부님과 사형마저 연이어 사라지면서 제가 장문 직을 이어받은 것은 알고 계시겠지요?"

악원홍이 의아한 얼굴로 고개를 끄덕였다.

강호의 어중이떠중이도 그 사건으로 인해 지금의 형산이 날개 꺾인 독수리가 되었음을 알고 있었다. 새삼 송현자가 그 이야기를 꺼내는 이유를 알 수 없어 악원홍은 이어질 그의 설명을 기다렸다.

잠시 망설이던 송현자는 결심을 굳힌 듯 악원홍의 눈을 똑바로 응시했다.

"제 사형과는 면식이 있으시지요?"

"진현자 말인가?"

송현자는 고개를 끄덕였다.

"사형의 대제자 현검도 기억하십니까?"

"기억하네."

무거운 한숨 소리와 함께 송현자는 지금까지 가슴에 묻어뒀던 비사(秘事)를 설명하기 시작했다.

"정사대전에서 돌아온 현검은 주화입마에 빠졌습니다."

"주화입마?"

"어디서 얻었는지는 알 수 없으나 그 아이는 현마진경이란 마도의 비급을 소지하고 있었습니다. 이를 알게 된 사형은 사실을 확인하기 위해 현검을 찾았지요. 그리고… 미쳐 버린 현검이 동문 사형제들을 주살하는 광경을 목격했습니다."

"……!"

"그날 현검의 손에 죽은 이대제자들은 이십여 명에 이르렀습니다. 운검만이 목숨을 건졌으나 그로 인해 몇 년간 정신을 잃은 채 병상에 누워 있어야만 했지요."

"그렇다면 형산파 이대제자들은 실종된 것이 아니라 현검에게 살해당했다는 것인가?"

"그렇습니다."

송현자는 눈을 감은 채 계속해서 말을 이어갔다.

"사부님과 제가 청운동에 이르렀을 때는 이미 현검은 사형에게 마혈이 짚여 쓰러져 있었습니다. 현검의 상태가 더 이상 돌이킬 수 없음을 알게 되신 사부님은 현검의 목숨을 거두려 하셨습니다. 하지만 사형은 그런 현검을 자신이 거두겠다고 하셨지요. 단전을 깨고 무공을 폐지하더라도 목숨만 붙어 있게 해달라고 사부님께 애원하셨습니다."

"으음……."

"사형의 눈물 앞에 결국 사부님도 한발 물러서셨습니다. 그런데 뜻밖의 일이 벌어졌습니다. 스스로 마혈을 푼 현검이 사형에게 부상을 입히고 달아났던 것이지요."

"그런……."

"사부님과 저는 현검을 추적하기 시작했습니다. 하지만 주화입마에 들어선 현검의 무위는 이전과는 비교할 수 없을 만큼 강해졌고, 저로서는 도저히 그를 감당할 수 없었습니다. 다행히 그때까지는 사부님의 무위가 현검보다 높아 점차 그를 압도하기 시작했습니다. 그런데……."

말을 잇지 못하던 송현자를 향해 악원홍이 말없이 찻잔을 밀었다. 한 모금의 차로 바짝 마른 입술을 적신 다음 송현자는 다시금 입을 열었다.

"우연히 그곳을 지나던 마차가 격전에 휩쓸리고 말았습니다. 그 안에는 갓난아기였던 영인과 그 아이의 부모가 타고 있었습니다. 영인의 부모는 죽고 영인만이 살아남았는데, 사부님은 영인을 보호하기 위해 현검에게 치명상을 허용하고 말았습니다."

"그렇다면 정명 산인의 실종 역시?"

슬픔에 잠긴 송현자의 모습에서 악원홍은 자신의 짐작이 틀리지 않았음을 느낄 수 있었다.

이윽고 한참의 시간이 흘러 심란한 마음을 추스른 송현자는 다시금 악원홍을 바라봤다.

"그 상황에서도 사부님은 현검에게 반격을 펼쳐 그에게 중상을 입히셨습니다. 크게 다친 현검은 그대로 달아났고, 사부님은 자신의 전신내력을 영인에게 전수하셨습니다. 다행히 영인은 악 선배의 말대로 영약과 벌모세수로 인해 임독이맥은 물론 세맥까지 타통되어 있었고, 무공을 익힌 적이 없어 아무런 반발력 없이 사부님의 내공을 물려받을 수 있었지요."

"그래서였군. 그래서 그처럼 젊은 나이에……."

그제야 악원홍은 이제 막 약관을 넘긴 진영인이 엄청난 내공을 지니게 된 이유를 알 수 있었다.

"그렇다면 자네 사형 진현자는 어찌 되었나?"

악원홍의 질문에 송현자의 표정이 더욱 어두워졌다.

"사형께서는… 모든 일을 자신의 탓으로 돌렸습니다. 그래서 제게 장문인 직을 넘기고 현검을 잡기 위해 강호로 나섰지요. 그 후 온 중원을 수소문했으나 사형의 소식은 물론 현검에 대해서도 알아낼 수 없었습니다."

근 일각에 걸친 송현자의 설명이 끝나자 악원홍은 안타까운 감정을 감추지 못했다.

"으음, 어떻게 그런 일이……."

악원홍은 화를 냈던 자신이 더없이 부끄러워지는 것을 느끼며 나직이 헛기침을 토했다.

지그시 눈을 감은 채 송현자는 당시를 회상했다.

"한 손으로는 사부님의 시신이 담긴 관을 끌고 다른 한 손에는 핏덩이와 다름없던 영인을 안고 형산을 오르던 그날, 지독히 퍼붓던 눈은 지금도 잊혀지질 않습니다."

과거의 기억을 더듬던 송현자의 눈가는 어느새 축축이 젖어 있었다.

"그렇다면 어째서 곧바로 진씨의가를 찾지 않은 것이오?"

"사부님의 시신을 수습하는 것이 먼저인지라 일단 형산으로 향했습니다. 그리고 진씨의가에 사죄를 구하고 영인을 제자로 받아들이기 위해 진씨의가로 향했지요. 하지만 제가 도착했을 때는 이미 그들이 모습을 감추고 난 뒤였습니다. 영인이라는 명호 앞에 아직도 속가 성인 진씨를 붙여 부르는 것은 우리가 아직 진씨의가에 허락을 얻지 못했기 때문입니다."

"그럼 그 아이는 이 일을 알고 있소?"

송현자는 고개를 저었다.

"충분히 제 앞가림할 나이가 되면 이야기해 주려 했습니다만 아직까지 말을 꺼내지 못했습니다."

"훗날 이를 알게 되면 충격이 더욱 클 텐데……."

악원홍이 걱정스러운 얼굴로 말끝을 흐리자 송현자의 얼굴에는 쓰디쓴 웃음이 짙어졌다.

"왜 모르겠습니까."

잠시 말을 멈춘 송현자는 어둠이 깔린 창밖을 향해 시선을 던졌다.

"사부라고는 하나 저는 그 아이를 거두기만 했을 뿐 아무것도 해준 것이 없습니다. 그런 제가 어찌 그 아이를 번뇌의 나락으로 떠밀 수 있 겠습니까? 저는 할 수 없습니다."

"장문인께서도 참 모질지 못하시구려."

악원홍의 말에 송현자는 고개를 저었다.

"어리석은 자는 두려움도 많은 법이지요."

"미안하오. 내 더 이상 묻지 않으리다. 나는 장문인의 말을 믿소."

그 역시 제자를 가르치는 입장에서 송현자의 마음을 모를 리 없는 악원홍이었다. 대답 대신 탄식을 터뜨리는 송현자를 바라보며 악원홍 은 안타까운 마음을 금할 수 없었다.

'사형……'

송현자의 눈에 어린 뿌연 습막 너머 이십 년 전 형산을 등진 한 사람 의 모습이 맺혀갔다.

서산 끝에 걸린 석양이 소복하게 쌓인 눈 위로 부서질 무렵, 비탈진 산길을 힘겹게 오르던 사내는 남악형산(南嶽衡山)이라 쓰여진 커다란 현판 아래 걸음을 멈췄다. 그리고 자신이 끌고 온 관을 끌어안고 오열 을 터뜨렸다.

그렇게 얼마나 시간이 흘렀을까.

형산파의 산문이 열리며 사십대 초반의 중년인이 크게 놀라며 뛰쳐 나왔다.

"송현 사제!"

"사형!"

“어째서 혼자인가? 사부님께서는?”

“사형! 크흐흑!”

“사제, 어서 말을 해보게. 사부님은? 사부님은 어디 계신가?”

애써 침착함을 유지하려 했으나 진현자의 목소리는 자신도 모르게 떨리고 있었다. 비통해하는 사제의 모습에서 불길함이 엄습해 왔기 때문이다.

송현자는 대답 대신 한쪽으로 비켜섰다.

“……!”

관을 발견한 진현자의 눈빛이 격하게 흔들렸다.

“설마…….”

송현자는 형산을 떠난 이후 겪었던 일을 자세히 설명하기 시작했다. 송현자의 말이 끝나자 진현자는 그 자리에 멈춰 선 채 넋 나간 사람처럼 중얼거리기 시작했다.

“내 탓이다. 내가 주저했기 때문이다. 그때 현검을 베었더라면…….”

비틀.

금세라도 쓰러질 듯 휘청이던 진현자의 신형이 눈밭 위로 무너졌다.

“왁!”

그의 안색이 밀랍처럼 하얗게 탈색되더니 급기야는 한 움큼의 피를 토하고 말았다.

툭.

부릅뜬 진현자의 눈가가 터져 나갔다. 그리고 선홍색 피를 머금은 한줄기 혈루(血淚)가 그의 뺨을 타고 흘러내리기 시작했다.

“사형!”

천천히 고개를 드는 진현자와 눈이 마주친 순간 송현자는 할 말을 잃고 말았다.

자욱한 살광(殺光)이 줄기줄기 흘러내리는 두 눈. 그 어디에서도 예전의 온화하고 자상했던 그의 모습은 찾아볼 수 없었다.

상처 입은 야수처럼 다가서기 힘든 위험함을 지닌 사형의 모습에 송현자는 할 말을 잃어버렸다.

빠드득!

한차례 이를 갈아붙인 진현자가 돌연 허공에 대고 소리를 질렀다.

"현거엄! 너를 용서치 않겠다!"

쩌저적!

진현자의 고함 소리에 산문 지붕이 들썩이고 벽에 금이 갔다.

이윽고 진현자의 시선이 송현자에게 향했다.

"사부님께서 돌아가셨으니 이제는 송현 네가 형산의 장문인이다!"

"말도 안 됩니다! 사형이 계시는데 제가 어찌……!"

"지금 이 시간 부로 나 진현은 더 이상 형산 문하가 아니다!"

"사형!"

청천벽력(靑天霹靂)과도 같은 사형의 말에 송현자는 억장이 무너지는 암담함을 느껴야만 했다.

자신은 형산을 짊어질 수 있는 그릇이 아니었다. 수많은 이대제자들을 잃고 사부인 정명 산인마저 세상을 떠난 마당에 그가 의지할 곳은 오로지 사형인 진현자뿐이었다.

"사형, 아니 됩니다! 형산의 미래를 생각하십시오!"

자신을 만류하는 송현자를 향해 진현자는 더없이 처량한 웃음을 지어 보였다. 그 웃음을 마주한 순간 송현자는 확고한 그의 결심을 돌릴 수 없다는 것을 깨달았다.

“모든 게 내 탓이다. 당장에라도 혀를 깨물어 죽고 싶지만 지금 본파에서 현검을 상대할 이는 나뿐이구나. 현검을 죽인 다음 나 역시 죽음으로써 사문과 사부님 앞에 속죄할 것이다.”

진현자의 시선이 문득 송현자가 안고 있는 아이에게 향했다.

“아웅.”

어느새 잠에서 깨 옹알이를 하는 아이의 모습은 천진난만하기 그지없었다.

“그 아이는?”

“사부님께서 자신의 생명과 맞바꾼 아이입니다.”

송현자로부터 아기의 신상과 부모의 죽음을 전해 들은 진현자는 고개를 숙여 순진무구한 아이의 눈을 바라보았다.

“좋은 눈빛을 지녔구나. 훗날 네 명호는 영인(瑛瞵)이 어울리겠다.”

아이에게서 시선을 거둔 진현자는 착잡한 표정으로 말을 이었다.

“운검을… 그 가엾은 아이를 부탁하네. 그리고 머잖아 돌아올 풍검 녀석도…….”

그 말을 끝으로 진현자는 신형을 돌렸다.

“하아……!”

악원홍은 무거운 장탄식을 터뜨리는 송현자의 모습을 안타까운 눈으로 바라봤다. 그러나 입을 열어 섣불리 그를 위로하려 하지는 않았다. 그 어떤 말도 그에게 위로가 될 수 없음을 잘 알고 있었기 때문이다.

깊어가는 여름 밤, 기승을 부리는 더위 속에서도 송현자는 매섭게 몰아치는 눈보라 가운데 서 있었다.

‘사형…….’

눈보라 속으로 사라지던 진현자의 뒷모습.

송현자의 뺨을 타고 한줄기 눈물이 흘러내렸다.

*　　　　*　　　　*

휘이이잉!

푸르게 흘러내리던 달빛조차 구름에 가려지자 대지는 지독한 어둠에 삼켜졌고, 귀신의 호곡성을 방불케 하는 섬뜩한 바람 소리만이 적막한 장내를 가득 메웠다.

"주군!"

눈을 들어 어두운 밤하늘을 응시하던 사내는 자신을 부르는 수하의 음성에 천천히 돌아섰다.

"찾았느냐?"

"그게……."

단리호의 질문에 진여립은 잠시 말끝을 흐렸다. 그리곤 이내 등에 메고 있던 물체를 바닥에 내려놓았다.

"뭐냐, 그건?"

"위호상입니다."

수하의 대답에 단리호는 잔뜩 인상을 찌푸렸다. 썩기 시작한 시신으로부터 풍기는 악취 때문이었다. 사지가 잘려진 채 짐승에게 뜯긴 위호상의 시신은 짓이겨진 고깃덩이와 다름없어 온전한 모습은 찾아볼 수 없었다.

"치워라."

단리호의 명령에 진여립은 위호상의 시체를 끌고 숲 속으로 사라졌다.

"이름값도 못하는 늙은이……."

불쾌한 얼굴로 돌아서던 단리호는 어둠 속을 향해 입을 열었다.

"마명."

스윽.

단리호의 말이 떨어지기가 무섭게 짙은 어둠 속에서 한 사람이 모습을 드러내 그의 앞에 부복했다.

"그들은 어디에 있느냐?"

"그들이라 하시면?"

의아한 얼굴로 반문하는 상마명을 향해 단리호는 못마땅한 듯 혀를 끌탕 쳤다.

"쓸데없이 본 가의 식량만 축내는 늙은이들 말이다."

그제야 상마명은 단리호가 언급하는 이들이 누구인지 알 수 있었다.

"오 리쯤 떨어진 곳에서 주군의 명을 기다리고 있습니다."

"전부 불러라. 오늘밤 형산을 친다."

"형산을… 치겠다는 말씀이십니까?"

말없이 상마명을 노려보던 단리호가 돌연 손을 휘둘러 그의 뺨을 후려쳤다.

짜악!

비록 내력은 실려 있지 않았으나 단리호의 손속은 매우 매서워 상마명의 얼굴은 순식간에 벌겋게 부어올랐다.

"언제부터 네가 내 명령에 꼬박꼬박 반문을 했었지?"

"요, 용서를……."

핏물과 함께 부러진 이를 뱉어낸 상마명은 단리호의 차가운 눈빛을 마주한 순간 바닥에 엎드려 몸을 떨었다.

　잠시 상마명을 노려보던 단리호는 이내 피식 웃으며 그를 일으켜 세웠다.

　"명심하길 바라, 마명. 난 무척 관대한 사람이지만 두 번의 실수는 용납하지 않거든."

　웃고 있는 얼굴과는 달리 끔찍한 살기를 흘리고 있는 단리호의 모습에 상마명은 두려움에 질린 표정으로 고개를 끄덕였다.

　"좋아, 어서 그 늙은이들을 불러와."

　"복명!"

　대답을 마친 상마명은 어둠 속으로 신형을 날렸다.

　홀로 남은 단리호는 근처의 바위에 걸터앉아 손톱을 손질하기 시작했다. 무료함을 달래던 그의 입매에 한줄기 미소가 떠오른 것은 상마명이 떠난 지 이각 정도의 시간이 흐르고 나서였다.

　밤하늘을 가르는 야조(夜鳥)처럼 십여 명의 인물이 어둠 속을 뚫고 장내에 내려서자 비로소 단리호는 신형을 바로 세웠다.

　"어서 오십시오. 기다리고 있었습니다."

　수하를 대할 때와는 달리 단리호는 깍듯하게 예의를 갖추고 있었다. 그러나 선두에 서 있던 계피학발(鷄皮鶴髮)의 노인은 이마저 못마땅한 듯 인상을 찡그리며 입을 열었다.

　"공자, 이 야심한 밤에 어찌 우리를 모이라 한 것이오?"

　"계획이 바뀌었습니다. 우리는 오늘밤 형산을 칠 것입니다."

　단리호의 말이 떨어지자 그와 마주 서 있던 십여 명의 인물이 놀란 얼굴로 서로를 바라보며 웅성이기 시작했다.

　잠시 후, 처음 입을 열었던 노인이 단리호를 향해 다가섰다.

"이유를 설명해 주시겠소?"

단리호는 여유로운 웃음으로 눈앞의 노인 혈우편마(血雨鞭魔) 남지악(藍知岳)을 바라봤다.

"간단합니다. 제 사랑하는 사촌 아우를 형산에서 데리고 있기 때문이지요."

미심쩍은 표정으로 자신을 바라보는 남지악을 향해 단리호가 다시금 입을 열었다.

"여기에 남겨진 격전의 흔적들로 미루어 저는 일련의 상황을 추론해 낼 수 있었습니다."

"경청하겠소."

남지악이 고개를 끄덕이자 단리호는 손을 들어 한곳을 가리켰다.

"저기 바닥이 보이시지요? 순간적으로 가해진 엄청난 압력을 견디지 못하고 돌 조각이 먼지처럼 으스러졌군요. 단언컨대 철묵강기만이 이와 같은 위력을 보일 수 있습니다."

"철묵강기라면……?"

"그렇습니다. 신풍마유의 무공이지요."

"사대명왕!"

남지악의 입에서 경악성이 터져 나왔다.

남지악뿐만이 아니었다. 신풍마유라는 별호가 언급된 순간 그와 함께 이곳에 도착한 다른 이들 역시 두려운 감정을 역력히 드러냈다.

단리호는 내심 그런 그들을 비웃었으나 이를 겉으로 드러내진 않았다.

"신풍마유가 아닙니다."

"그렇다면?"

"극성에 이른 철묵강기는 뿌리는 것과 거두는 것이 자유로워 흔적을 남기지 않는다 들었습니다. 하지만 이곳에서 철묵강기를 사용했던 자는 아직 그와 같은 경지에 이르지 못한 것 같군요. 아마도 마풍람이란 자 같습니다."

그제야 남지악의 얼굴에서 안도의 빛이 떠올랐다.

"마풍람? 낯선 이름이구려."

"당연히 모를 수밖에요. 그가 사대명왕의 자리를 얻은 것은 최근이거든요."

"그 역시 사대명왕이란 말이오?"

단리호는 웃으며 고개를 끄덕였다.

"신풍마유의 제자지요."

단리호의 대답에 남지악은 잠시 동안 말이 없었다.

이에 상관없이 단리호는 계속해서 설명을 이어나갔다.

"이곳에는 다섯 명의 인물이 있었습니다. 무공을 익히지 않은 두 사람, 한 사람은 우리가 찾는 아이일 테고 다른 한 사람은 그 아이를 빼돌린 계집이겠지요. 그리고 무공을 익힌 세 사람이 있었습니다. 철묵강기를 사용하는 마풍람과 그의 일행인 호약란이란 계집, 그들과 치열한 싸움을 벌인 형산의 검수."

"어떻게 그가 형산파 사람이라 확신하시오?"

한 사람이 단리호의 말을 자르며 끼어들었다. 쇠로 만들어진 의수(義手)와 열 자루 비도로 명성을 날렸던 철수비도(鐵手飛刀) 능자필(能自珌)이었다.

순간 단리호의 얼굴에서 차가운 살기가 떠올랐으나 이는 나타날 때보다 더욱 빨리 사라져 어느 누구도 이를 눈치채지 못했다.

단리호는 빙그레 웃으며 밑동이 부러진 나무를 가리켰다.

"곳곳에 남아 있는 검기의 흔적으로 그가 검을 쓴다는 것을 알 수 있었습니다. 그리고 검기가 지나간 자리가 불에 그슬린 것처럼 변색되어 있는데 수많은 검파 중 이처럼 극양의 내공심법을 바탕으로 검법을 펼치는 곳은 그리 많지 않습니다."

말을 마친 단리호는 선두에 서 있는 남지악을 시작으로 열 명의 노인을 한 명 한 명 바라보며 말을 이어갔다.

"형산의 검수 그자는 곧장 마풍람의 일행이자 같은 사대명왕인 호약란과 일전을 치렀습니다. 그리고 이겼군요. 만약 그가 그녀에게 패했다면 마풍람이 나설 필요가 없었을 테니까요. 그런데……."

단리호의 눈에 이채가 떠올랐다. 허리를 숙였다 펴는 그의 손에는 피 묻은 검편(劍片)이 들려 있었다.

"호오……!"

단리호는 의외란 표정으로 나직이 감탄성을 흘렸다.

"마풍람 역시 그에게 패했군요. 비록 사부인 신풍마유에 비해 뒤처진다곤 하나 사대명왕의 이름은 거저 얻을 수 있는 것이 아닌데 말이지요."

사대명왕이 언급된 순간부터 불편한 표정을 감추지 못하며 남지악이 입을 열었다.

"그렇다면 형산을 치는 것은 무리요."

의아한 얼굴로 자신을 바라보는 단리호의 눈빛을 외면하며 남지악은 이유를 설명했다.

"우리 열 명이 힘을 합친다 해도 신풍마유의 상대가 되지 않을 것이오. 솔직히 말해 우리는 가장 약한 사대명왕 한 명조차도 감당할 수 있

을지 자신이 없소이다. 그런데 홀로 사대명왕 둘을 패퇴시켰다는 형산
의 검수를 상대하라니… 이것은 능력 밖의 일이오.”

“약한 말씀을 하시는군요.”

다소 빈정거리는 듯한 단리호의 말에 남지악의 얼굴이 붉어졌다. 그
러나 그는 자신의 뜻을 굽히지 않았다.

“비록 우리가 단리세가에 머무는 빈객(賓客)이라 하나 공자가 우리
에게 명령을 강요할 권한은 없음을 명심하시오.”

“제가 어찌 그런 무례를 범하겠습니까?”

단리호는 남지악을 시작으로 한때 악명을 드날리던 노마(老魔)들의
얼굴을 한 명 한 명 바라보며 입을 열었다.

“형산의 그 검수를 두려워하시는 것이라면 걱정하지 않으셔도 됩니
다. 그 역시 위중한 부상을 입었으니까요.”

천천히 걸음을 옮기던 단리호는 발끝으로 흙바닥에 새겨진 작은 발
자국을 가리켰다.

“아이에게 부축을 받으며 걸을 정도로 그는 상태가 좋지 않습니다.”

“형산에 그와 같은 고수가 반드시 한 명만 있으라는 법도 없지 않
소?”

남지악의 반문에 단리호는 피식 실소하며 고개를 저었다.

“형산 정도 되는 문파에 그 정도 되는 고수가 있다는 게 신기한 일이
지요. 만약 형산에 그와 같은 고수가 한 명만 더 있었다면 당금 오악검
파의 형세는 크게 달라졌을 겁니다.”

“음…….”

침음성을 흘리는 남지악을 향해 단리호가 다가섰다.

“여러분이 이곳에 온 목적을 다시 한 번 상기하십시오. 만약 그 아

이를 데려가지 못한다면 제 부친께서는 몹시 실망하실 겁니다. 그분께서 격노하시면 아들인 저조차도 감히 다가설 수 없으니…….”

‘교활한 놈!’

빙그레 웃으며 말끝을 흐리는 단리호의 모습에 남지악은 노기가 끓어오르는 것을 느꼈으나 허리에 매고 있던 철 채찍을 움켜쥐는 것으로 간신히 노화를 다스렸다.

그런 남지악을 바라보며 단리호가 조용히 입을 열었다.

“여립.”

“하명하십시오.”

위호상의 시체를 처리한 진여립은 어느새 단리호 앞에 부복하고 있었다.

“몇 명인가?”

“속하 아래로 스물한 명이 준비를 마쳤으며 상마명은 추혼대(墜魂隊) 열일곱과 함께 이미 형산으로 향했습니다.”

만족스럽게 고개를 끄덕인 단리호는 남지악을 향해 고개를 돌렸다.

“이들을 빌려 드리지요. 본 가의 정예이니 그대들 기련십마(祁連十魔)의 발목을 붙드는 일은 없을 것입니다.”

“진심이오?”

“천하의 기련십마가 기울어져 가는 형산의 오합지졸(烏合之卒)을 두려워하시는 겁니까?”

단리호가 비아냥거리자 남지악의 얼굴이 벌겋게 달아올랐다.

“정사대전 당시 형산의 무인들이 보인 신위는 결코 얕잡아볼 수 있는 것이 아니었소.”

“하지만 당시 명성을 떨쳤던 일대제자들은 대부분 행방이 묘연하지요. 게다가 산인이라 불리우는 장로들 역시 모습을 드러내지 않은 지 오래되었습니다. 기껏해야 당금의 장문인인 송현자나 그의 제자들 정도가 남아 있을 뿐인데 무엇을 꺼려하십니까?"

남지악은 말없이 단리호를 응시했다.

이때 뒤쪽에서 남지악과 단리호의 대화를 듣고 있던 기련십마 중 혈영신마(血影迅魔) 엽단풍(葉斷風)이 폭급한 성질을 이기지 못하고 입을 열었다.

"큰형님, 공자의 말이 맞습니다. 아무리 송현자라 해도 우리 형제 중 두 명이 힘을 합친다면 평수를 이룰 수 있을 것입니다. 그리고 몇 명 남지 않은 일대제자들과 애송이와 다를 바 없는 이대제자들은 그 수가 몇 명이 되더라도 우리의 상대가 되지 않습니다."

철수비검 능자필도 거들고 나섰다.

"저 역시 엽 아우의 말에 찬성합니다. 정사대전 당시 가장 높은 무위를 지녔던 인물은 장문인이었던 정명 산인과 그의 제자들인 진현자와 송현자 정도였습니다."

"클클클, 하지만 능 형의 손목을 자른 것은 그들이 아니잖소? 현검이라 했던가? 진현자의 큰 제자에게……."

"닥쳐라, 장대명!"

키득거리던 장대명은 능자필의 일갈에 표정을 굳히고 혈겸추마라는 별호를 만들어준 자신의 애병인 핏빛 낫으로 손을 가져갔다.

"그만둬!"

이들을 만류하고 나선 것은 창백하다 못해 푸른빛이 감도는 얼굴을 지닌 중년인이었다.

"우리끼리 으르렁대 봐야 좋을 게 없어."

청면마군 공손청이 나서자 장대명과 능자필은 서로를 노려볼 뿐 더 이상 분란을 일으키지 않았다.

"우리는 대형의 결정에 따르겠습니다."

공손천의 말에 기련십마의 다른 노마들 역시 고개를 끄덕였다.

잠시 생각을 정리하던 남지악이 단리호를 바라봤다.

"시간은?"

단리호는 흡족한 표정으로 고개를 끄덕였다.

"축시 말쯤이 적당할 것 같군요."

"또 다른 요구 사항은 없소?"

남지악의 질문에 단리호는 자신의 턱을 매만지며 생각에 잠겼다.

그러기를 잠시, 단리호는 이내 활짝 웃으며 입을 열었다.

"그자를, 마풍람과 싸웠던 그자는 살려서 제게 데려오십시오. 어떤 자이기에 사대명왕과 호각세로 겨룰 수 있었는지 알고 싶군요. 그는 부상이 위중하니 그리 어렵지 않게 상대할 수 있을 것입니다. 그 밖에 다른 자들은 얼마든지 죽여도 상관없습니다. 이왕 하는 거니 화려한 게 좋겠지요? 마음껏 살육을 즐기십시오."

고개를 끄덕인 남지악은 신형을 돌려 어둠 속을 향해 걸음을 옮기기 시작했다. 기련십마의 나머지 아홉 명도 그 뒤를 따라 장내를 떠났다.

형산을 치기 위해 움직이는 기련십마를 바라보는 단리호의 얼굴에서 한줄기 웃음이 피어올랐다.

펄럭.

옷자락을 흔들던 바람마저 그의 살기에 놀라 달아날 만큼 더없이 잔혹한 미소였다.

　　　　　*　　　　　　*　　　　　　*

　사위는 고요했다. 이따금 구름 사이로 모습을 드러낸 고아한 달빛만
이 연무장의 청석판을 푸르게 물들일 뿐이었다.

　이미 축시에 접어든 시각, 대부분의 형산 문도가 잠을 이루고 있을
때에 홀로 달빛을 벗 삼아 검을 휘두르는 인영이 있었다.

　뇌운검결의 초식들을 연환하여 펼쳐 내는 검무는 때론 부드럽게, 때
론 폭풍처럼 강맹한 검세를 품고 있었다.

　<u>츠츠츠츠!</u>

　허공을 가르는 가벼운 파공음과 함께 검날을 타고 흘러내리던 월광
이 팔방으로 비산하나 싶더니 어느새 무수한 그림자를 남기며 점차 빨
라지기 시작한 검을 쫓으며 더없이 유려한 검영을 허공에 새기고 있었
다.

　스스로의 검무에 취한 진영인은 연달아 다섯 번의 뇌운검결을 펼치
고 나서야 검을 거두었다.

　“후우……!”

　서너 번의 심호흡으로 자세를 바로잡은 진영인의 입매에 슬쩍 웃음
이 떠올랐다.

　“흠, 어디…….”

　진영인은 천천히 진기를 끌어올리기 시작했다. 기해혈에서 시작되
어 부드럽게 단전을 휘돌던 뇌정의 기운은 진영인의 의지를 따라 기맥
을 타고 움직이기 시작했다.

　진영인은 전신을 일주천한 진기를 조금씩 검에 흘려 넣었다.

　우우웅.

나직한 검명을 들으며 진영인은 기분 좋은 웃음을 머금었다. 그리곤 천천히 뇌운검결을 풀어내기 시작했다.

쉬쉬쉬쉭!

지금까지완 다른 날카로운 파공음이 연무장을 가득 메웠다. 그와 동시에 짙푸른 검영만큼 예리한 검기가 검끝을 따라 일렁이기 시작했다. 어느새 안도한 진영인은 내력을 육성 이상 끌어올렸다. 그러자 갑자기 현기증을 동반한 메스꺼움이 찾아왔다.

챙그랑!

"크윽! 아직 무리인가?"

인상을 찌푸린 채 진영인은 청석 판에 떨어진 검을 집어 들었다.

"보름이라……. 아직 닷새나 남았군."

손가락을 헤아려 날짜를 계산하던 진영인은 씁쓸한 웃음을 머금고는 연무장을 내려왔다. 닷새 만에 침상을 털고 일어난 자신에게 새삼 당부하던 운검의 말이 떠올랐다.

"뭐, 어쩔 수 없지."

툭툭 의복을 두드려 먼지를 털어낸 진영인은 검을 갈무리하고 자신의 처소로 걸음을 옮겼다.

"응?"

청운동으로 이어진 월동문을 넘어서던 진영인이 문득 걸음을 멈췄다. 운검의 처소인 자운정에 불이 켜져 있는 것을 발견했던 것이다.

진영인은 망설임없이 자운정 쪽으로 방향을 틀었다.

자운정의 입구에 이르러 진영인은 조용히 운검을 불렀다.

"사형, 저 영인입니다."

제자리에 선 채 잠시 운검의 대답을 기다리던 진영인은 이내 의아한 얼굴로 고개를 갸웃거렸다.

"불을 켜놓고 주무실 분이 아닌데?"

잠시 망설이던 진영인은 이내 자운정의 문을 열고 안으로 들어섰다.

예상대로 운검은 자리를 비우고 있었다.

"장난이 아니로군."

진영인은 나직한 한숨과 함께 설레설레 고개를 저었다.

서탁 위에 어지럽게 널려 있는 갖가지 책자들과 문방사우, 그리고 거칠게 휘갈긴 문구들이 적힌 종잇조각이 자운정 안을 어지럽게 메우고 있었기 때문이다.

이를 주섬주섬 모아 한쪽으로 정리하던 진영인은 문득 서탁에 놓여 있는 책자로 시선을 옮겼다.

"현마진경(現魔眞經)……."

나직이 서책의 제목을 읊조린 진영인은 이를 집어 훑어 넘기듯 책장을 넘겼다.

대충 내용을 살펴본 결과 이름부터가 그렇듯 현마진경에 기록된 내공심법은 정종 무공과는 궤를 달리하는 마공(魔功)이었다. 오악검파 중 하나인 형산에 존재해서는 안 될 금서였던 것이다. 하지만 진영인은 아무런 거리낌이 없었다. 오래전부터 운검이 현마진경을 연구해 온 것을 아는 까닭이었다.

이유는 알 수 없었으나 장문인을 비롯해 장로들의 허락까지 얻은 운검은 벌써 십 년이 넘도록 여기에 매달려 있었다. 다행히 운검은 과거의 부상으로 인해 무공을 익힐 수 없었으므로 연구는 하되 마공은 연성할 수 없었다.

파락.

책자의 말미쯤에 이르렀을 때 책장 사이에 끼워져 있던 양피지 하나가 바닥으로 떨어졌다.

"초백번천심결(焦魄飜天心訣)?"

급하게 쓰여져 있는 글귀는 틀림없는 운검의 필체였다.

"혼백을 태워 하늘을 뒤집는다니……. 뭔가 소름 끼치는 무공 명이로군."

대충 내용을 훑어보던 진영인은 자신도 모르게 인상을 찌푸렸다. 양피지에 쓰여진 문구에는 운검이 일일이 주해를 달아 이해하는 것이 어렵지 않았다. 정작 진영인이 인상을 찌푸린 이유는 그 안에 적혀 있는 내용 때문이었다.

"사람 잡기 딱 좋은 무공이로군. 어느 누가 이처럼 무모한 심법을 익히려 하겠는가?"

설레설레 고개를 저으며 진영인이 양피지를 내려놓으려던 찰나였다.

덜컹!

"아, 사형."

앞이 보이지 않을 정도로 한아름 가득 책자들을 들고 자운정 안으로 들어서던 운검은 진영인의 음성을 듣고서야 그의 방문을 알 수 있었다.

와르르!

"이런."

급기야 책들을 떨어뜨린 운검은 멋쩍게 웃으며 진영인을 바라봤다.

"이 늦은 시각에 어인 일이냐?"

"하하, 잠은 안 오고 한동안 몸을 움직이지 못했더니 무료함을 참지 못하겠네요."

"쯧쯧, 기맥은 제자리를 찾았으나 아직 기혈이 불안정하기 때문에 무리하여 내공을 운기하면 진기가 들끓어 오를 거라고 그렇게 말했거늘……."

운검의 질책에 진영인은 실소하며 고개를 끄덕였다.

"도와드려요?"

진영인이 다가서는 순간 웃고 있던 운검의 얼굴이 갑자기 굳어졌다. 진영인의 손에 들려 있는 양피지를 발견한 때문이었다.

"영인!"

갑자기 진영인에게 다가선 운검은 진영인으로부터 양피지를 거칠게 낚아챘다.

"무슨 짓이냐!"

"예?"

"예전부터 내가 했던 말을 그새 잊었단 말이냐?"

언제나 자신의 방문을 반기는 운검이었으나 어린 시절부터 늘 그에게 당부하곤 하던 말이 있었다.

"자운정 안의 서책들에 손대지 말라는……."

"알면서도 그리한 것이냐!"

늘 부드럽고 온화한 운검이었다. 이처럼 불같이 노여워하는 그의 모습은 처음이어서 진영인은 당혹감을 감추지 못했다.

"죄송합니다, 사형. 일부러 의도한 것은 아니었어요. 정리하다 보니……."

더없이 미안한 표정으로 사과하는 진영인의 모습에 운검은 이내 노기를 누그러뜨렸다. 그리고는 나직한 한숨을 흘리며 진영인을 바라봤다.

"나는 더 이상 무공을 익힐 수 있는 몸이 아니니 상관없다만 너에게는 큰 화가 될 수도 있음을 잊지 말아야 할 것이다. 너마저 그리된다면……."

말끝을 흐리던 운검은 이내 고개를 저으며 현마진경 안에 본래대로 양피지를 넣어 책장 깊숙한 곳에 꽂아 넣었다.

"사형……."

"차 한잔하겠느냐?"

역정을 낸 것이 다소 미안했던 듯 운검은 진영인의 대답도 듣지 않고 손수 차를 준비하기 시작했다. 서탁의 책들을 쓸어 공간을 마련한 다음 운검은 그 위에 다기를 내려놓았다.

잠시 말없이 차를 음미하던 진영인이 문득 걱정스러운 표정으로 운검을 바라봤다.

"또 밤새셨어요?"

"뭐, 그렇지. 늘 있는 일 아니냐? 최근엔 범태와 말썽꾸러기 형제에게 무공을 만들어주느라 하루 열두 시진도 부족하게 느껴진다."

별것 아니라는 듯이 웃는 운검의 푸석한 얼굴은 유난히 피곤해 보여 진영인은 마음이 아파왔다.

"그래도 좀 쉬면서 하세요. 그러다 쓰러지겠어요."

자신을 염려하는 진영인의 말에 운검은 쓰디쓴 웃음을 머금었다.

"사문을 위해 내가 할 수 있는 일이라곤 이것뿐이지 않느냐?"

"사형……."

운검은 너털웃음을 터뜨리며 진영인의 어깨를 두드렸다.

"하하, 표정이 볼 만하구나. 하지만 걱정할 것 없다. 그렇게 쉽게 쓰러질 나였다면 이미 이십 년 전에 목숨이 다했을 것이다."

운검은 화제를 돌리기 위해 슬쩍 입을 열었다.

"그나저나 아정은 어떻더냐?"

"조금씩 적응해 가고 있습니다."

"말은 하고?"

"저와 단둘이 있을 때는 곧잘 말을 하지만 다른 사람 앞에서는 통 입을 열지 않아 걱정입니다."

"낯을 가리는 게 상당히 심하군."

"시간이 지나면 나아지겠지요."

진영인의 빈 잔에 차를 따르며 운검이 웃으며 입을 열었다.

"그러고 보니 제자를 맞은 소감을 들어보지 못했군."

"글쎄요. 아직은 실감이 나지 않는다고 할까, 어찌 다루어야 할지 어렵다고 할까……. 좀 어색합니다."

"다행히 이대제자들은 새로 들어온 막내제자를 귀여워하는 모양이더구나."

"하하, 그 녀석들이 하루 종일 아정을 끌고 다니는 바람에 얼굴을 보기도 힘듭니다."

말을 마친 진영인은 찻잔을 들어 입으로 가져갔다. 입 안에 머무는 향긋한 다향을 음미하던 진영인이 궁금한 표정으로 운검을 바라봤다.

"그런데 예전부터 궁금하던 것이 있습니다."

진영인은 손을 들어 서가를 가리켰다.

"무엇 때문에 마공을 연구하시는 겁니까? 실제로 정종 무공과 마공은 궤를 달리하기 때문에 본 파의 무공과 접목시키거나 응용하는 건 요원한 일일 것 같은데."

"글쎄……."

말끝을 흐리던 운검이 이내 힘없이 웃으며 허공에 시선을 던졌다.

"과거의 불행했던 일을 반복하지 않기 위해서… 라고 해두지."

"그 일이 대체 뭡니까? 저는 아직까지도 이유를 모르겠습니다. 어째서 쉬쉬하며……."

"영인."

진영인의 말을 자른 운검의 얼굴에는 갈등하는 기색이 역력했다.

"언젠간 사부님께서 직접 이야기해 주실 게다."

"하지만……."

진영인은 입을 열어 질문을 던지려 했다.

이때 엄청난 굉음이 형산의 밤공기를 뒤흔들었다.

콰아아아앙!

"산문 쪽인 것 같구나!"

운검의 말이 끝나기가 무섭게 진영인은 곧장 자운정을 나섰다. 산문은 다른 건물들에 비해 비교적 낮은 지대에 위치해 있기 때문에 담벼락에 올라서자 한눈에 이를 확인할 수 있었다.

"산문이……!"

진영인은 할 말을 잃었다. 자욱한 먼지를 피워 올리며 기울어지는 산문을 목격했기 때문이다.

"누가 감히!"

"영인!"

운검은 급히 진영인을 불렀으나 그의 신형은 이미 담을 넘어 한줄기 빛살처럼 산문을 향해 치닫고 있었다.

"이런……."

난감한 표정으로 주위를 둘러보던 운검은 속속 불이 켜지는 전각들을 확인하고 자신도 급히 검을 챙겨 산문 쪽을 향해 달리기 시작했다.

자운정의 담을 넘어 곧장 산문으로 향한 진영인은 무너져 내린 산문을 밟으며 형산파 내부로 들어서는 오십여 명의 인물과 조우할 수 있었다.

진영인을 발견한 사내들은 잠시 걸음을 멈췄다.

"여기가 형산파가 맞나?"

"귀하들은 누구기에 이토록 늦은 시간에 본 파를 방문한 것이오?"

진영인의 호통에 처음 질문을 던졌던 선두의 노인이 대답 대신 하얀 이를 드러내며 웃어 보였다. 그리곤 천천히 진영인을 향해 다가서기 시작했다.

"한가하게 잠이나 퍼질러 자고 있었다면 그대로 엉덩이를 걷어차 주려 했는데, 그래도 자신들에게 위기가 닥친 것은 아나보군 그래."

진영인의 표정이 침중하게 굳어졌다. 그들의 손에는 하나같이 달빛을 받아 번뜩이는 병기가 들려 있었던 것이다.

"무슨 일이냐!"

송현자를 비롯한 풍검과 명검이 급히 장내로 내려섰다. 그리고 뒤이어 악원홍이 악운경을 품에 안은 채 모습을 나타냈고, 곽범태와 하운지, 안자명과 안지명이 뒤를 이어 달려나왔다. 또한 갑작스러운 충격음에 잠을 깬 백여 명의 이대제자들 역시 각자의 검을 들고 백연과 권태룡을 선두로 속속 산문 앞에 집결하기 시작했다.

하지만 이를 보고도 형산을 침입한 무리들은 태연히 전면을 주시할 뿐 흐트러진 모습을 찾아볼 수 없었다. 진영인과 대화를 주고받았던 선두의 노인은 오히려 여유롭게 웃어 보이기까지 했다.

"오랜만이오, 송현자."

"혈우편마……!"

아무리 세월이 흘렀다 하나 송현자는 팔에 감긴 철 채찍을 천천히 풀어내는 남지악을 단번에 알아볼 수 있었다. 그리고 남지악 뒤로 늘 어서 있는 아홉 명의 인물이 정사대전 당시 조우한 적이 있던 기련십 마임을 어렵지 않게 짐작할 수 있었다.

남지악은 사이한 웃음을 흘리며 입을 열었다.

"클클, 그대 역시 세월 앞엔 도리가 없구려. 그 청수하던 중년인이 쭈그렁바가지가 다 됐소이다그려."

"닥쳐라! 남지악!"

"저런, 이십 년 만의 조우인데 좀 더 반갑게 맞아줄 수 없소?"

평소 온화하던 모습과는 달리 남지악을 노려보는 송현자의 표정은 살얼음이 깔린 듯 차갑기 그지없었다.

이때 악원홍이 한 걸음 앞으로 나서며 차분한 모습으로 입을 열었 다.

"형산을 침입한 것은 그대들의 뜻인가, 아니면 그대들 주인의 뜻인 가?"

남지악의 고까운 시선이 악원홍을 향했다. 정사대전을 통해 알려진 화산검절이라는 악원홍의 명호는 지금까지도 흑도인들에게 두려움과 공포로 남아 있었으나 아직 악원홍과 만난 적이 없는 남지악은 그를 알아보지 못했다. 하지만 그가 악원홍의 신분을 깨닫는 데는 그리 오 랜 시간이 걸리지 않았다. 악원홍이 차가운 웃음을 흘리며 자신의 손 에 들린 검을 들어 보였던 것이다.

"화산검절!"

남지악은 경악성을 터뜨렸다. 그가 들어 올린 검집에 새겨진 붉은 매화로 악원홍의 신분을 짐작한 것이다.

화산은 배분과 직위에 따라 검집에 새기는 매화의 개수가 달라진다. 정식 입문한 제자에게는 한 송이의 매화가 주어지고 장문인을 보필하는 일대제자들에게는 두 송이의 매화가, 그리고 세 송이의 매화는 장로를 상징하며 네 송이의 매화는 장문인만이 지닐 수 있음을 남지악도 알고 있었다. 그러나 눈앞의 노인이 들어 올린 검집에 새겨진 홍매화는 정확히 다섯 개였다.

"다행히 눈은 멀지 않았군."

"으음……."

침음성을 흘린 뿐 남지악은 이내 의아한 얼굴로 악원홍을 바라봤다. 어째서 화산의 태상장로가 형산에 머물고 있는지 알 수 없었기 때문이다. 그러나 이내 차가운 웃음과 함께 입을 열었다.

"흥, 곧 죽어 관에 들어갈 늙은이가 과거의 허명만 믿고 뻗대는군. 나는 강호의 소문을 쉽게 믿지도 않을뿐더러 일개 늙은이에게 겁먹을 만큼 무르게 살아오지도 않았다."

"호오, 꽤나 호언장담하는군. 사대명왕이라 할지라도 내 앞에서 함부로 행동하지 않건만."

말을 이어가는 악원홍의 눈빛이 점차 싸늘하게 식어갔다.

"하물며 들어보지도 못한 기련십마 따위가 이토록 건방진 말을 입에 담다니……. 아무쪼록 지금 내뱉은 말을 책임질 수 있길 바라겠네."

자신들을 얕잡아보는 악원홍의 말에 남지악을 비롯한 기련십마는 하나같이 분노한 표정으로 악원홍을 노려봤다.

"돌아가라! 그렇지 않으면 직접 공아휘에게 서찰을 띄워 허락없이 형산의 산문을 넘은 책임을 묻겠다!"

악원홍의 일갈에 남지악은 오히려 웃음을 터뜨렸다.

"크크큭, 오늘밤이 지나면 이곳은 시체로 가득 찰 텐데 누가 서찰을 띄운단 말인가?"

"……!"

순간 악원홍은 자신의 귀를 의심했다. 처음엔 단순한 도발이라 생각해 쫓아내려 했던 것인데 이들은 선선히 물러설 생각이 없어 보였다.

악원홍은 기련십마를 비롯해 그 뒤에 도열하고 있는 사십여 명의 인물을 유심히 살피기 시작했다. 비록 기련십마 개개인의 무위는 자신과 비교할 수준이 되지 못하나 이들이 전부 나선다면 현재 형산의 전력으로는 감당할 수 없음을 잘 아는 까닭이었다.

이때 말없이 상황을 지켜보던 진영인이 앞으로 나섰다.

"아직 상호불가침의 약조는 유효할 터. 그대들 흑무련 사람들이 허락없이 형산을 침범했기 때문에 불필요한 싸움이 벌어진 것이오. 게다가 위호상이란 자를 해친 것은 우리가 아닌 호약란이란 여인과 마풍람이란 사내였소. 비록 나와의 일전으로 크게 다치긴 했으나 그들 역시 자신들의 목적을 이루고 돌아갔으니 당신들이 이곳에 있을 이유가 없소."

"네가 사대명왕과 싸웠단 말이냐?"

믿을 수 없다는 얼굴로 반문하는 남지악을 향해 진영인이 고개를 끄덕였다.

"흥! 역시 강호의 소문은 믿을 게 하나 없군. 사대명왕이라는 자들이 기껏 애송이 하나에게……."

차갑게 코웃음 친 남지악은 손에 쥔 철 채찍을 바닥에 늘어뜨리며 뒤쪽을 향해 명령을 내렸다.

"나와 잔양, 그리고 엽 아우가 악 늙은이를 맡는다. 그리고 송현자는 하창서와 능자필이, 장대명과 조일산이 송현자 오른편에 있는 중년인을 상대하고 백몽추 너는 왼편의 중년인을 맡아라. 그리고 나머지는 알아서 행동하되 여유가 있는 사람이 불리한 쪽을 도와라."

이때 유달리 붉은 얼굴을 지닌 노인이 음흉한 웃음을 흘리며 남지악을 향해 입을 열었다. 적안노군 팽무일이었다.

"히히, 대형, 난 저 계집을 맡겠소."

"알아서 해라."

"흐흐흐, 고것참, 야들야들하겠는걸."

혀로 입술을 축이며 음탕한 시선으로 자신을 바라보는 팽무일의 시선에 하운지는 온몸에 벌레가 기어다니는 듯한 불쾌함에 잔뜩 인상을 찌푸렸다.

상황이 이쯤에 이르자 송현자는 다급히 형산 제자들을 향해 입을 열었다.

"이대제자들은 세 명씩 한 조를 이루어 삼재진을 구축하라!"

악운경을 안은 채 한편에 서 있던 악원홍은 나직이 한숨을 흘렸다. 악명을 떨치는 노마들을 상대로 삼재진이 통할 리 만무했기 때문이다.

"쳐라!"

명령을 내림과 동시에 남지악이 자신의 성명병기인 철 채찍을 휘두르며 악원홍을 향해 신형을 날렸다. 그러자 기련십마 역시 각자 자신의 상대를 찾아 쇄도해 갔고, 상마명 역시 수하들과 함께 형산의 제자들을 덮쳐 갔다.

"할아버지!"

"괜찮다. 이 할애비가 있으니 무서워할 것 없다."

비명을 지르며 자신의 목을 껴안는 악운경의 등을 토닥인 악원홍은 자신을 향해 달려드는 세 명의 노마를 향해 검을 들어 올렸다.

쐐애애액!

"죽어! 늙은이!"

자신의 이마를 향해 떨어지는 철 채찍을 발견한 악원홍은 손에 들린 검을 비스듬히 눕히며 사선을 그었다.

츠츠츠츠츠!

동시에 그의 검끝에서 일렁이던 자색의 서기가 폭발하듯 짙어지며 순식간에 다섯 개의 매화를 만들어냈다. 허공에 맺혀 있던 다섯 송이의 홍매화는 남지악과 좌우를 노리고 달려드는 노잔양, 엽단풍을 덮쳐 갔다.

이십사수 매화검법의 절초 오매쟁속(五梅爭速)이 펼쳐지자 남지악은 채찍으로 두 송이의 매화를 쳐내며 물러섰고, 노잔양은 수의를 잴 때 쓰는 철자로 수비하며 다급히 바닥을 굴러 간신히 홍매화를 피해냈다. 엽단풍은 혈영신마라는 별호에 걸맞게 붉은 그림자를 남기며 재빨리 물러선 다음 남지악과 노잔양에게 합류하여 품(品) 자 형태로 악원홍을 둘러쌌다.

'늙은이의 손속이 매우 무섭구나!'

비록 단 한 초식이었으나 남지악은 등줄기가 서늘해지는 것을 느꼈다. 그러나 이내 의아한 표정으로 악원홍을 바라보다 입가에 잔인한 미소를 떠올렸다. 악원홍이 우세를 점하고도 공격을 이어가지 않는 이유를 깨달았기 때문이다.

"능 아우!"

　남지악의 외침에 송현자를 향해 달려들던 능자필이 방향을 틀었다. 남지악이 눈빛으로 악원홍의 품에 안겨 있는 악운경을 가리키자 능자필은 고개를 끄덕였다. 그리곤 십여 자루의 비도를 꺼내 악운경을 향해 던졌다.

　쉬쉬쉭!

　"이런!"

　대기를 찢으며 짓쳐드는 비도를 발견한 악원홍의 얼굴에 다급함이 떠올랐다. 철수비검이라는 명호에 걸맞게 능자필의 비도는 한 치의 어긋남도 없이 품에 안은 손녀를 향하고 있었던 것이다.

　악원홍은 급히 검을 휘둘러 낙매성우(落梅成雨)를 펼쳤다.

　까앙! 까가가강!

　폭죽처럼 피어난 홍매화와 부딪친 비도들이 조각이 나 바닥에 뿌려졌다. 하지만 전면의 수비에 치중한 탓에 측면과 후위에 빈틈을 드러내고 말았다.

　이를 놓치지 않고 남지악은 철 채찍을 휘둘렀다. 노잔양 역시 악원홍과의 거리를 좁히며 철자를 내리그었고, 엽단풍은 붉은 장포 속에서 날카로운 호조수를 꺼내 악원홍의 다리를 노렸다.

　'좋지 않군.'

　자신을 공격하는 이들과 새로이 비도를 꼬나 쥐는 능자필의 모습에 악원홍은 내심 신음을 흘렸다.

　평소라면 자신의 백초지적도 안 되는 상대였으나 악운경을 안고 있어 왼손을 쓸 수 없었으며 그에 따라 움직임 역시 둔해질 수밖에 없었다. 하지만 무엇보다 그가 지금 가장 시급하게 고려해야 하는 것은 공간이었다. 악운경을 안고 있는 이상 상대의 병기가 자신의 몸에 닿지 않아도 아이가 다칠 수 있었기 때문이다.

자신이 지켜야 할 공간을 가늠해 본 악원홍은 걱정부터 앞섰다. 아이로 인하여 그만큼 여유가 없어지고 여유가 사라진 만큼 검의 움직임 역시 자유롭지 못할 것이다.

악원홍은 할 수만 있다면 이 자리를 벗어나고 싶었다. 하지만 손녀의 안위 때문에 열세에 처한 형산 문도들을 버리고 달아날 만큼 그는 졸렬한 위인이 아니었다.

결국 싸울 수밖에 없다고 결심한 악원홍은 기합성과 함께 이십사수 매화검법의 절초들을 연달아 뿌려내기 시작했다.

한편, 진영인은 병장기 부딪치는 소리와 함께 순식간에 얽히는 인영들 속에서 다섯 명이 대열을 이탈하여 청운동 쪽으로 향하는 것을 발견했다.

'아정!'

그제야 진영인은 단리정을 떠올렸다. 만약 그들이 단리정을 노리고 왔다면?

진영인은 장내의 상황을 살폈다. 네 명과 뒤얽힌 악원홍은 그리 힘들지 않게 적들을 상대하고 있었다.

송현자는 기련십마 중 도사 복장을 한 노인과 새까만 손을 지닌 두 명과 노마를 맞아 분전하고 있었고, 풍검과 명검 역시 각각 기련십마 중 일인과 검을 섞고 있었으나 어느 쪽도 쉽게 우위를 점하지 못하고 있었다. 하지만 이대제자들의 상황은 이와 달랐다.

기련십마 중 유달리 얼굴이 붉은 비대한 체구의 노인과 맞서 싸우는 하운지는 그의 공격을 피하기에 바빴다. 간간이 안자명과 안지명이 도끼와 창을 휘둘러 그녀를 돕고는 있었으나 그들 역시 자신을 공격하는 흑의인들로부터 쉽게 몸을 빼지 못하고 있었다.

곽범태를 비롯한 백연과 권태룡, 그리고 다른 이대제자들 역시 버겁기는 마찬가지였다. 시체처럼 푸르뎅뎅한 얼굴을 한 채 강시처럼 뻣뻣하게 움직이는 중년인은 마치 곽범태를 가지고 노는 듯했고, 점차 늘어가는 상처에도 불구하고 곽범태는 성난 곰처럼 도를 휘두르고 있었다. 적게는 두 명에서 많게는 네 명까지 한 명의 흑의인을 상대하는 이대제자들은 비록 숫자에서는 우위를 점하고 있다 하나 급조된 삼재진으로 상대할 수 있을 만큼 흑의인들은 녹록치 않았다.

시간이 흐를수록 부상자는 늘어갔고, 이대로라면 일각이 채 지나지 않아 적에게 승기가 기울어질 게 뻔했다.

"사제! 어서 아정을!"

잠시 갈등을 거듭하던 진영인은 풍검의 외침에 정신을 차렸다.

'어차피 완전히 내상을 치료하지 못한 내가 뛰어든다 해도 상황은 급격히 달라지지 않을 것이다. 그리고 힘겹게 승리를 거둔다 하더라도 아정이 인질로 잡힌다면……'

진영인은 입술을 깨물었다. 그리곤 신형을 돌려 일단의 흑의인들이 향한 청운동 쪽으로 신형을 날렸다.

쏴아아아!

갑작스레 쏟아진 빗줄기가 얼굴을 때렸으나 흑의인들이 향한 곳을 노려보는 진영인은 눈조차 깜빡이지 않았다.

진영인은 내상이 허용하는 범위 내에서 최대한의 경공을 전개했다.

그렇게 얼마를 달렸을까.

문득 전면에서 달려오는 인기척을 느낀 진영인은 표정을 차갑게 굳히며 검파에 손을 올렸다. 하지만 이내 인기척의 주인이 운검임을 알아보고는 급히 신형을 멈춰 세웠다.

"사형!"

내공을 쓸 수 없는 운검인지라 자연 경공과는 거리가 멀었고, 허약한 두 다리에 의지하여 빗속을 뛰어온 운검은 몹시 지친 듯 연신 거친 숨을 토하고 있었다.

가까스로 숨을 돌린 운검이 다급히 물어왔다.

"사제, 무슨 일인가?"

"오십여 명의 인물이 본 파를 침입했습니다. 그중 열 명은 기련십마라는 자들로……."

"기련십마? 어째서 그들이?"

지금은 부상으로 인해 무공을 쓸 수 없으나 운검 역시 과거 정사대전을 경험했고, 따라서 기련십마에 대해 알고 있었다.

"자세한 설명을 하고 있을 여유가 없습니다. 아정을 노리고 일단의 무리가 청운동 쪽으로 향했습니다. 사형은 일단 몸을 숨기십시오."

진영인의 말에 운검은 씁쓸한 웃음을 머금었다.

"무공을 잃었지만 나 역시 형산의 제자다. 어찌 사문의 위험을 보고 내 안위만을 생각할 수 있겠느냐."

"하지만 사형!"

"걱정 마라. 내게 생각이 있다! 넌 어서 아정을 구하거라!"

자존심이 상한 듯 운검은 언성을 높였다.

"조심하세요, 사형."

상황이 상황인지라 진영인은 더 이상 운검을 상대로 언쟁할 여유가 없었다.

찰박거리며 빗물을 밟는 운검의 발자국 소리를 들으며 진영인은 다시금 땅을 박찼다. 그리고 그리 오랜 시간이 지나지 않아 멀리 앞서 가는 흑의인들을 발견할 수 있었다. 사전에 답사를 마친 듯 그들은 곧바로 청운동으로 들어섰고, 진영인은 더욱 속이 바짝 타 들어갔다.

과거엔 일대제자들이 거하던 곳이었으나 대부분이 실종된 지금 청운동의 처소들은 대부분 이대제자들이 거하고 있었다. 그리고 대부분 서열에 따라 처소가 정해지는데, 가장 최근 입문한 제자가 입구에서 가까운 처소를 배정받기 때문에 아정은 첫 번째 건물에 머물고 있었다.

진영인은 혹시 모를 사태에 대비하여 최대한 기척을 죽여 처소의 지붕 위에 소리없이 착지했다.

진영인은 그 자세 그대로 지붕을 타고 움직여 처마 끝에 발을 걸고 거꾸로 매달렸다. 그러자 창문 틈으로 건물 안의 상황을 확인할 수 있었다.

"크크, 이런 곳에 숨어 있으면 찾지 못할 줄 알았더냐?"

흑의인의 손에 붙들려 침상 밑에서 끌려나온 단리정은 마구 발버둥 치다가 자신의 멱살을 움켜쥔 흑의인의 손목을 깨물었다.

"이 새끼가!"

쿠웅!

진영인의 눈에서 새파란 한광이 튀어 올랐다. 벽에 내던져 튕겨진 단리정을 흑의인이 흙 묻은 발로 짓이기는 것을 목도한 까닭이었다. 하나 그 순간에도 단리정은 사내의 발에서 벗어나기 위해 계속 바동거리며 반항을 멈추지 않았다.

그러다 문득 창 쪽으로 시선을 돌린 단리정은 거꾸로 매달린 채 자신을 바라보는 진영인의 모습을 발견했다.

"사……!"

단리정은 반가운 마음에 입을 열었으나 입술에 손가락을 얹는 진영인의 모습에 급히 입을 다물었다.

"사? 이 자식이 방금 뭐라 한 거야?"

흑의인의 질문에 그의 맞은편에 있던 사내가 인상을 찌푸렸다.

"됐다. 마혈을 점해라. 우리는 이대로 귀환한다."

"하지만 상 대주께서……."

"우리가 없어도 노마들과 상마명은 쉽게 그들을 처리할 수 있을 것이다."

마음껏 살육을 즐길 수 있는 기회를 놓친 흑의인은 아쉬운 듯 입맛을 다셨으나 상관인 진여립이 노려보자 급히 고개를 숙였다.

더 이상 볼 것이 없었다.

흑의인들의 위치를 파악한 진영인은 그대로 창문으로 뛰어들었다.

"웬 놈이냐!"

진영인은 검으로 대답을 대신했다. 바닥에 엎드리다시피 신형을 낮춘 진영인은 눈앞에 놓인 사내의 발목을 향해 검을 그었다.

"크아악!"

비명과 함께 핏물이 튀었다. 하지만 진영인은 얼굴에 묻은 피를 닦아낼 생각도 하지 않고 곧바로 사내가 떨어뜨린 단리정을 낚아챈 다음 곧바로 발목을 잡고 나뒹구는 사내의 복부를 향해 산매장을 내갈겼다.

퍽!

기해혈이 깨진 사내는 피 거품을 게워내며 정신을 잃었고, 진영인은 신형을 뒤집어 자세를 바로 했다. 그리고 곧바로 좌측을 향해 검을 찔렀다.

쉬익!

공기를 가르며 다가오는 검을 발견한 진여립의 눈동자가 얼어붙었다. 반사적으로 오른손을 들어 올렸으나 진영인의 검은 그대로 진여립의 손바닥을 뚫고 어느새 어깨까지 깊숙이 박혀 있었다.

"크윽!"

진여립은 고통에 신음을 흘리면서도 곧바로 왼손을 휘둘렀다. 하지만 그 순간 진영인의 다리가 교차되었다. 그리고 회전하는 신형을 따라 진영인의 검 역시 휘돌았다.

"끄아아아!"

진여립의 입에서 처절한 울부짖음이 터져 나왔다. 그러나 진영인은 방향을 바꾼 상태에서 격운전상의 초식을 응용하여 검집을 휘둘렀다.

빠각!

"커헉!"

"끄으윽!"

당황하고 있던 흑의인들은 격렬히 엉키는 검집의 그림자에 갇혀 제대로 반항 한 번 하지 못한 채 흉골과 늑골이 부서지는 고통에 하얗게 눈을 뒤집었다.

진영인은 창문으로 달아나는 흑의인을 향해 검을 집어 던졌다. 등을 보인 상대를 공격하는 것은 정파의 인물들이 몹시 꺼리는 행위였으나 진영인은 현재 손속에 사정을 둘 만큼 여유로운 상태가 아니었다.

콰악!

내력이 실린 진영인의 검은 단숨에 흑의인의 어깨를 꿰뚫고 그대로 건물의 벽에 틀어박혔다.

"으아아악!"

진영인은 검에 꿰인 채 바둥거리는 흑의인의 종아리를 걷어찼다.

콰드득!

두 다리가 부러져 검에 매달려 있던 흑의인은 지옥 같은 고통을 견디지 못하고 혼절해 버렸다.

"하아, 하아……!"

진영인은 그제야 거친 숨을 몰아쉬며 유일하게 정신을 잃지 않고 있는 진여립을 노려보았다.

진여립은 급히 신형을 날려 도주하려 했으나 차갑기 이를 데 없는 진영인의 눈과 시선이 마주치자 석고상처럼 굳어버렸다.

따닥.

전신으로 엄습하는 오한을 느끼며 진여립은 이를 부딪쳤다. 그런 진여립을 무심한 눈으로 바라보던 진영인은 흑의인의 어깨를 뚫고 벽에 박혀 있는 검을 뽑아 들었다.

쿵!

의지할 곳을 잃은 흑의인의 몸이 둔탁한 소리와 함께 무너졌고, 그 소리에 진여립의 심장도 함께 내려앉았다.

"흑무련 사람인가?"

갑작스런 진영인의 질문에 진여립은 열심히 고개를 끄덕였다.

"흑무련 어디에 소속되어 있나?"

"다, 단리세가……."

"이번 일을 주도한 것은 단리세가인가?"

두려움에 질린 얼굴로 고개를 끄덕이는 진여립을 향해 진영인의 질문이 이어졌다.

"이번 일의 책임자는 기련십마인가?"

"아, 아니오. 주군께서……."

"이름은?"

그러나 진여립은 선뜻 입을 열지 못했다.

진영인은 눈에서 싸늘한 한광을 뿜으며 검을 들어 올렸다. 그러자 진여립이 황급히 입을 열었다.

"단리호, 단리호입니다!"

진영인은 상대가 저항하지 못할 상태임을 확인했다. 하지만 손속을 멈추지 않았다. 진영인의 검이 움직이는 것과 동시에 한줄기 푸른 뇌전이 진여립의 기해혈을 꿰뚫었다. 주르륵 미끄러지다 벽에 부딪친 진여립은 부서진 단전을 움켜쥔 채 뜨거운 핏물을 토해냈다. 그리고 얼마 안 가 바닥에 엎드린 채 정신을 잃었다.

그제야 진영인은 단리정을 안고 처소 밖으로 나왔다.

"왁!"

돌연 한 모금의 피를 토한 진영인은 걱정스런 눈으로 자신을 바라보는 단리정을 향해 힘겹게 웃어 보였다.

"괜찮느냐?"

그러나 아정은 대답이 없었다. 뒤늦게 단리정의 마혈이 점해져 있다는 사실을 깨달은 진영인은 피식 실소하며 단리정의 마혈을 풀어주었다.

바닥에 털썩 주저앉은 단리정이 진영인의 얼굴을 바라보면서 갑자기 울음을 터뜨렸다.

"엉엉엉! 어엉!"

그동안 한 번도 단리정이 우는 것을 본 적이 없는 진영인은 혹시 자신도 모르는 사이에 단리정이 다친 것이 아닌가 하여 크게 놀랐다.

"어디 다쳤느냐?"

진영인의 물음에 단리정은 고개를 흔들더니 갑자기 품속으로 뛰어들었다.

"사부님! 사부님!"

자신을 부르며 울먹이는 단리정의 모습에 진영인은 비로소 안도의 한숨을 흘렸다. 다행히 다친 곳은 없었다. 다만 어린 나이에 피가 튀고 뼈가 부서지는 광경이 적지 않은 충격이었으리라.

"괜찮다. 이젠 괜찮다."

단리정의 등을 쓰다듬는 진영인의 얼굴에 옅은 미소가 떠올랐다.

손으로 단리정의 얼굴을 들어 눈을 들여다보며 진영인이 입을 열었다.

"이제야 좀 아이 같구나. 이 사부도 네 나이 때는 무서워서 울고 아파서도 울고 하루에 열 번도 넘게 운 적이 많았단다. 그리고 항상 사부님과 사형들을 찾아갔지. 너는 아직 어리니 스스로 고통을 감내할 필요가 없다. 지금처럼 이 사부에게 기대서 울고 싶을 때 울고 웃고 싶을 때 웃으면 된다."

진영인은 눈물과 콧물로 범벅이 된 단리정의 얼굴을 소매로 닦아줬다. 그러자 단리정 역시 자신의 손으로 진영인의 입가에 묻은 피를 닦아주며 눈물을 떨구는 외중에도 애써 웃어 보였다.

"그래, 그렇게 웃으면 되는 것이다."

진영인은 단리정을 안고 일어섰다. 내상이 완치되지 않은 상태에서 무리하게 내공을 운용한 탓에 전신의 진기가 들끓어 오르며 현기증이 찾아왔다. 하지만 이곳에서 여유롭게 미적거리고 있을 수는 없는 노릇이었다.

한차례 깊게 숨을 들이마신 진영인은 억지로 내상을 억누른 다음 다시금 경공을 펼쳐 산문 쪽으로 향했다.

'이들이 이런 식으로 나올 줄이야……'

진영인은 스스로 자책을 금할 수 없었다. 아정을 형산에 머물게 하기로 결정한 이상 그들이 어떤 식으로든 압박을 가해오리라 예상하지 않은 것은 아니었다. 하지만 이십 년 전 흑무련과 정파가 맺은 상호불가침의 약조가 유효한 이상 이처럼 노골적으로 행동하지 않으리라 믿었던 게 화근이었다.

쏟아지는 빗속에서 진영인은 정신없이 달리고 또 달렸다. 조금씩 산문과 가까워질수록 빗소리에 섞인 병장기 부딪치는 소리와 비명이 더욱 뚜렷해졌다.

'제발……!'

진영인은 이윽고 산문에 이르렀다. 그러나 일각 전과는 비교도 안될 만큼 불리해진 장내의 상황에 침중함을 금치 못했다.

약간 수세에 몰리긴 했으나 악원홍은 아직 여유가 있었다. 혈우편마 남지악을 비롯해 망산귀초 노잔양, 혈영신마 엽단풍, 그리고 철수비검 능자필을 한꺼번에 상대하느라 조금은 지쳐 보였지만 그의 검이 홍매화를 뿌릴 때면 이들 노마들은 허겁지겁 피하기에 바쁠 뿐이었다.

태을마군 하창서와 귀령조 조일산과 검을 섞는 송현자 역시 아직까지는 크게 밀리는 것 같지 않았다. 하지만 이 역시 한시적일 뿐이리라.

이미 부상을 당해 바닥에 쓰러진 이대제자들의 수는 마흔을 넘어서고 있었다. 그에 비해 흑의인들의 수는 전혀 줄어들지 않고 있었다. 오히려 이들은 더욱 기세를 높여 이대제자들을 공격하고 있었고, 상대적으로 이대제자들은 더욱 힘든 상황으로 내몰리고 있었다.

이대로 이대제자 전부가 쓰러진다면 아무리 송현자나 일대제자들이 구사일생으로 목숨을 건진다 해도 형산파는 그야말로 이름뿐인 오악검파가 되고 말 것이다. 대를 이어나갈 후기지수가 없는 문파에 미래는 기대할 수 없기 때문이다.

멀리 보지 않더라도 당장 이대제자들이 쓰러지고 나면 흑의인들은 자연 또 다른 상대를 찾아 악원홍이나 송현자, 풍검과 명검을 공격할 것이며, 숫자를 앞세운 차륜전 앞에서는 고수라 할지라도 한계에 부딪칠 것임은 자명한 일이었다.

진영인은 고개를 숙여 품에 안긴 단리정을 바라봤다.

"아정, 지금부터는 무슨 일이 있더라도 내게서 떨어지면 안 된다."

피가 튀고 혈향이 난무하는 살풍경한 모습에 파랗게 질려 있던 단리정은 진영인의 말에 고개를 끄덕였다.

"후읍!"

진영인은 깊게 숨을 들이마셨다. 내공을 끌어올리기가 무섭게 진기가 끓어오르며 비릿한 액체가 목을 타고 넘어오는 것을 느꼈다. 얼굴은 밀랍처럼 창백해졌고 이마를 타고 연신 흘러내리는 식은땀이 느껴졌다.

자신이 뛰어든다 해도 전세는 쉽게 바뀌지 않을 만큼 이미 기련십마 일당 쪽으로 크게 기울어져 있었다. 더구나 내상을 지닌 채 얼마나 버틸 수 있을지도 장담하기 어려웠다.

아예 혼전의 양상으로 치닫고 있음을 확인한 진영인은 주저없이 신형을 날렸다.

"영인!"

이때 진영인을 다급히 부르는 음성이 있었다. 고개를 돌린 진영인은 멀리 가슴을 움켜쥔 채 벽에 기대어 있는 운검을 발견할 수 있었다.

"사형!"

진영인은 방향을 틀어 운검을 향해 달려갔다.

"어쩌다……."

말을 잇지 못하는 진영인을 향해 운검이 쓰게 웃어 보였다. 명검을 돕기 위해 합세했지만 내공을 쓸 수 없는 그인지라 채 오 초의 공격을 넘기지 못하고 부상을 당하고 말았던 것이다.

진영인의 어깨를 움켜쥔 운검이 곧장 말을 이어갔다.

"무리인 것은 알지만 상황이 상황이니만큼 네가 뇌룡음을 시전하여 모든 제자들이 들을 수 있도록 내가 하는 말을 옮겨주거라."

진영인은 잠시 갈등했다. 그런 진영인을 향해 운검이 다그치듯 입을 열었다.

"어서! 시간이 없다! 이대로라면 전멸을 면치 못한다!"

"알겠습니다."

진영인이 고개를 끄덕이자 운검은 그제야 희미하게 웃어 보였다. 그리곤 곧바로 방위를 지시하기 시작했다.

"무보와 율하는 전면을 맡고 있는 삼재진의 건곤(乾坤) 방향에 각각 합류하게 하고 가진은 손(巽) 방향을 메워 격풍호운(激風呼雲)의 초식을 갖추게 해라. 그리고 철심과 진원에게……."

한차례 고개를 끄덕인 진영인은 내력을 실어 입을 열었다.

"무보, 앞에 있는 철심의 삼재진에 합류해라! 너는 서북 방향을, 그

리고 율하가 서남 방향을 맡고 가진은 격호풍운의 초식을 펼쳐 동남쪽
을 방비한다! 그 상태에서 가장 가까운 태룡이와 합류해 적의 공격을
끊어라! 그리고 백연이가 전면에서 다른 삼재진을 잇는 가교 역할을
한다!"

이대제자들의 이름을 호명하는 진영인의 음성이 쩌렁하게 대기를
울렸다.

실제로 진영인은 운검의 말을 옮기는 것뿐이었으나 이는 생각지 못
한 효과를 가져왔다.

"사숙!"

"영인 사숙!"

진영인이 자신들의 뒤에 있다는 존재감만으로도 이대제자들은 힘을
얻기 시작했던 것이다. 자신감이 살아나자 움직임도 달라졌다.

진영인의 명령에 따라 일사불란(一絲不亂)하게 움직이는 이대제자들
은 시간이 흐를수록 견고한 진을 구축했고, 이에 흑의인들은 크게 당황
했다.

진영인은 계속해서 운검이 하는 말을 뇌룡음에 실어 이대제자들에
게 전달했다.

"이미 무너진 삼재진에는 미련을 버려! 소명과 옥당은 북서쪽을, 도
원과 소추는 각각 동쪽과 남쪽을 맡아 낙뢰섬전(落雷閃電)을 시전하며
물러서라! 그리고 일환은 명학과 함께 빈자리를 메워 적의 공격을 끊
어라!"

조악한 삼재진으로 흑의인들을 막아낼 수 없었던 것은 급조된 삼재
진이 직선의 투로를 벗어날 수 없었기 때문이다. 하지만 진영인을 통해
운검이 지시한 진법은 중심이 되는 경(竝)의 이동이 정(靜)에서 동(動)

으로 변화하며 다양한 변화를 유도하는 것이었고, 이에 따라 나선 방향으로 휘도는 삼재진은 약점을 보완해 수많은 변화가 맞물리는 견고하기 이를 데 없는 철옹성으로 탈바꿈한 것이다.

상황이 바뀌자 크게 당황한 흑의인들은 우왕좌왕하며 새롭게 형성된 진 근처를 맴돌 뿐이었다. 그리고 처음으로 흑의인들 가운데 사상자가 나왔다. 무리하여 공격을 감행하다 진세에 휘말린 것이다.

"으악!"

옆구리가 길게 베인 흑의인은 이내 피를 쏟으며 절명하고 말았다.

간신히 악원홍과 평수를 이루며 장내의 상황을 주시하고 있던 남지악으로서는 눈이 뒤집힐 노릇이었다.

빠드득 이를 갈아붙인 남지악은 하운지를 상대하고 있던 팽무일을 향해 소리를 질렀다.

"팽가야! 저 자식의 숨통을 끊어놓아라!"

이에 팽무일은 붉은 얼굴을 들어 진영인을 바라봤다. 그리곤 아쉬운 표정으로 입맛을 다시며 음욕 가득한 눈을 희번덕거리며 하운지를 향해 입을 열었다.

"크크크, 조금만 기다려라. 저놈을 쳐 죽이고 다시 놀아주마."

팽무일의 말에 하운지는 분함을 감추지 못했다. 마치 장난감 다루듯 자신을 상대하던 팽무일의 열양공에 의해 치마는 이미 절반 이상이 타버렸고 상의 역시 어깨 부분이 재가 되어 맨살이 고스란히 드러나 있었던 것이다.

어찌나 분하던지 눈물이 숫구쳤다.

"운지! 진 안으로 후퇴해!"

진영인의 명령에 하운지는 뒤늦게 정신을 차리고 뒤로 물러섰다.

하운지가 물러서는 것을 확인하고 나서야 진영인은 자신을 향해 쇄도해 오는 적안노군의 향해 눈을 돌렸다.

진영인은 이를 악물었다. 연이어 뇌룡음을 시전한 탓에 미친 듯이 날뛰는 진기를 다스리기도 벅찼던 것이다.

옆에서 이를 지켜보던 운검은 그런 진영인의 상태를 단번에 눈치챘다. 운검의 얼굴이 순식간에 어두워졌다.

'나는 무엇을 고민하는 것인가? 지금 당장 형산에 필요한 것은 나보다 영인이 아닌가. 그래, 어차피 이십 년 전에 죽었어야 할 목숨이다.'

마음을 굳힌 운검은 걸음을 옮겨 진영인 앞을 막아섰다.

"사형!"

진영인의 외침에 운검은 조용히 웃으며 입을 열었다.

"뒷일을 부탁한다."

말을 마친 운검은 깊게 숨을 들이마셨다. 그리고는 차분한 눈으로 정면을 바라봤다.

'비록 내공은 흩어졌지만…….'

결연한 표정으로 손을 들어 올린 운검은 엄지손가락으로 자신의 기문혈(氣門穴), 장태혈(將台穴), 천극혈(天隙穴), 천주혈(天柱穴), 당문혈(當門穴)을 연속으로 두들겼다. 이는 하나같이 점혈(點穴)되면 죽음에 이를 수 있는 치명적인 요혈들이었다.

득달같이 엄습해 오는 고통을 참아내는 운검의 이마 위로 푸른 힘줄이 솟았다. 그리고는 텅 비어 있던 단전에 한 줌의 미약한 진기가 흘러 들어 오는 것을 느꼈다.

만약 조금이라도 무공에 대해 아는 이가 이 모습을 보았다면 혀를 차며 어리석다 했으리라.

운검은 체내에 잠재되어 있는 진원진기(眞原眞氣)를 격발시키기 위해 격체진력(擊體眞力)의 수법을 사용한 것이다.

진원진기는 수련을 통해 얻은 내공과는 달리 생명의 바탕이 되는 기운이기에 이를 격발시키는 것은 자신의 생명을 갉아먹는 것과 다르지 않았다. 순간적으로 폭발적인 힘을 낼 수는 있지만 그 힘이 다하는 순간 생명도 함께 스러지고 마는 것이다.

순간 진영인은 현마진경 안에 있던 양피지를 떠올렸다. 운검이 혈도를 짚는 순서가 양피지 안에 적혀 있던 내용과 일치했던 것이다.

"초백번천심결(焦魄飜天心訣)!"

진영인의 외침에 마지막 제문혈만을 남기고 운검의 신형이 흠칫하며 굳어졌다.

"안 됩니다, 사형! 그걸 쓰게 되면……!"

만류하는 진영인을 향해 운검은 쓰게 웃었다.

"어찌 내 한 목숨 귀한 줄 모르겠느냐. 하지만 형산의 미래와 바꿀 수 있다면 기꺼이 내놓을 각오가 되어 있다."

그 말을 끝으로 운검은 마지막 제문혈(臍門穴)을 찍어갔다. 하지만 그 순간 뒷목이 뻣뻣해지며 온몸이 마비되는 것을 느꼈다.

"영인!"

놀라 외치는 운검을 향해 진영인이 빙그레 웃어 보였다.

"사형, 제가 그리도 못 미더우십니까?"

운검이 대답할 겨를도 없이 진영인의 신형이 팽무일을 향해 마주 쏘아졌다. 마혈이 짚여 움직일 수 없는 운검으로서는 격렬히 충돌하는 진영인과 팽무일의 모습을 바라볼 수밖에 없었다.

“크큭! 죽어라, 애송이!”

팽무일은 마치 손쉬운 먹잇감을 노리는 매처럼 손가락을 갈퀴처럼 구부려 진영인의 가슴을 후려쳤다.

진영인은 수비를 도외시한 채 실낱같이 이어지는 모든 진기를 자신의 검에 실었다.

퍼엉!

쓰컥!

마치 가죽 북을 두드리는 듯한 소리와 뼈가 잘리는 섬뜩한 음향이 엇갈렸다.

그와 동시에 운검은 두 눈을 부릅떴다. 허공에 피 분수를 뿌리며 실 끊어진 연마냥 뒤로 날아가는 진영인의 모습을 발견했기 때문이다.

“영인!”

운검의 부름에도 진영인은 대답이 없었다. 팽무일의 일장을 고스란히 어깨로 받아내는 순간 의식을 잃은 것이다.

쿠웅!

약 오 장을 날아가다 벽에 부딪친 진영인은 그대로 바닥에 쓰러져 일어서질 못했다.

“크아아아!”

뒤늦게 들려온 처절한 비명 소리가 허공에 울려 퍼졌다.

“팽가야!”

“팽 노제!”

기련십마의 입에서 경악성이 터져 나왔다.

팽무일은 핏줄기를 뿜어내는 팔꿈치 어림을 움켜쥔 채 믿을 수 없다는 표정으로 흙 바닥 위에서 간헐적인 경련을 일으키며 펄떡이는 자신의 팔을 바라봤다.

"이노옴……!"

팽무일의 시선이 멀리 쓰러져 있는 진영인에게 향해졌다.

"죽여 버리겠다! 네놈의 사지를 잘라 씹어 먹으리라!"

상처 입은 맹수처럼 으르렁거리며 팽무일은 혼절한 진영인을 향해 걸음을 옮기기 시작했다.

"아정!"

운검이 갑자기 달려나가는 단리정을 불러 세웠다. 하지만 어느새 진영인 앞에 다다른 단리정은 바닥에 떨어진 진영인의 검을 주워 들고 팽무일을 막아섰다. 그런 단리정을 노려보던 팽무일은 천천히 왼손을 치켜들었다.

화르르륵!

그의 손에는 어느새 극성으로 끌어올린 화룡마공이 화염이 되어 일렁이고 있었다.

"팽 노제, 안 돼! 그 아이는……!"

단리정을 일장에 때려죽일 듯한 팽무일의 기세에 남지악이 다급히 소리쳤다. 하지만 그의 말이 팽무일의 귀에 들어올 리 만무했다. 노기가 극에 달해 이성을 잃은 팽무일은 자신들이 형산을 친 이유를 이미 망각하고 있었던 것이다.

그때였다.

돌연 뒤쪽에서 강맹한 살기를 느낀 팽무일이 황급히 돌아섰다. 그리고 자신의 전면을 향해 짓쳐드는 사내를 발견했다. 그리고 그가 귀수검혼을 상대하고 있어야 할 명검이라는 것을 알아본 순간 그는 속으로 백몽추에게 갖은 욕을 다 퍼부었다.

순간 팽무일의 눈에 의아함이 떠올랐다. 본래 백몽추가 있어야 할 자리, 명검의 뒤쪽으로 십 장쯤 떨어진 곳에서 그의 모습은 찾아볼 수 없었기 때문이다. 다만 빗물과 함께 쏟아져 내리는 자욱한 피비와 육편만이 눈에 들어올 뿐이었다. 하지만 언제까지 한눈을 팔고 있을 수는 없는 노릇이었다. 이미 명검은 삼 장 앞까지 이르러 있었다. 게다가 서로의 거리가 이 장 정도 남았을 때 돌연 명검이 검이 아닌 주먹을 내뻗었다.

우우우웅!

명검의 주먹을 떠난 황금색 빛무리를 보며 팽무일은 가소롭다는 듯이 웃으며 마주 일장을 내갈겼다.

팽무일은 육십 년 내공이 담긴 자신의 화룡장을 믿었다. 대형인 남지악을 비롯해 기련십마의 그 누구도 십이성 내력이 실린 화룡장은 맞받아 칠 엄두를 내지 못했고, 파괴력으로만 따지자면 극품기공인 철묵강기에도 뒤지지 않는다 내심 자부하고 있었던 것이다.

그러나 이것이 그의 실수였다.

거리가 너무 가깝긴 했지만 그걸로도 충분할 것이라고 생각한 것이 그의 첫 번째 실수요, 명검의 공격이 그리 빠르지 않았기 때문에 충분히 피할 수 있었음에도 불구하고 맞대응을 한 것이 두 번째 실수였다. 마지막으로 명검의 팔 전체를 은은하게 감싼 황금빛 기운의 정체가 무엇인지 좀 더 생각해 보지 않은 것이 마지막 실수였다.

치이이익!

"……!"

팽무일은 벌린 입을 다물지 못했다. 철붙이 따윈 쉽게 녹여 버리는 자신의 화룡장이 금빛 강기에 닿는 순간 너무도 맥없이 흩어지는 광경에 기가 막혔던 것이다.

우드득!

화룡장을 흩어버린 금빛 강기는 하나밖에 남지 않은 팽무일의 손과 팔을 순식간에 으깨 버렸다. 그러고도 여력이 줄지 않아 그대로 팽무일의 가슴패기에서 허리 아래 언저리까지 한꺼번에 후려쳐 버렸다.

뻐엉!

사람의 몸에서 들려온 소리라고는 믿어지지 않는 폭음이 대기를 뒤흔들었다. 그 다음엔 허공 가득 피보라와 살점들이 흩어졌다.

쏴아아아!

그리고 뒤이어 자욱한 피비가 쏟아졌다.

“……!”

갑작스런 폭발음에 기련십마가 고개를 돌렸을 땐 이미 모든 상황이 끝난 뒤였다.

명검이 백몽추를 죽이고 연이어 팽무일까지 죽인 것은 한 번의 호흡이 채 끝나기도 전에 이루어졌기 때문에 운검과 단리정을 제외하곤 어느 누구 하나 제대로 본 사람이 없었다.

명검은 선 채로 넋을 잃은 단리정을 지나 쓰러져 있는 진영인을 향해 다가섰다. 그리고 자신의 품속에서 밀랍에 싸인 환약을 꺼내 밀랍을 벗겨낸 다음 진영인의 입을 벌리고 밀어 넣었다.

명검이 천돌혈(天突穴)을 가볍게 두드리자 환약이 진영인의 목을 타고 넘어갔다. 이후 명검은 은은하게 금광이 감도는 손을 진영인의 허리 쪽으로 가져갔다. 자신의 내공으로 의식을 잃은 진영인의 진기를 이끌어 약 기운이 온몸에 퍼지도록 돕기 위해서였다.

그렇게 얼마나 시간이 흘렀을까.

진영인의 명문혈에서 손을 뗀 명검의 안색은 몹시 창백해 백지장을 보는 것 같았다.

서로 다른 성질을 지닌 내공은 반발력을 동반하는 법. 진영인의 내상이 호전될수록 반탄되어 돌아오는 진기는 더욱 거세졌고 진영인에 비해 상대적으로 내공 수위가 낮은 명검은 이로 인한 내상을 고스란히 감내해야만 했다.

"후우……."

탁한 숨을 내뱉으며 명검은 얼굴에 맺힌 땀을 훔쳐 냈다. 그리고 진영인을 들쳐 업고 한 손으로는 단리정의 손을 잡은 채 운검이 있는 쪽으로 걸어갔다.

"사제, 자네는 대체……."

말을 잇지 못하는 운검을 향해 명검은 대답 대신 무거운 한숨을 흘렸다. 그리고 진영인을 내려놓은 다음 조심스럽게 인중 어림을 문질렀다. 그러자 놀랍게도 진영인이 정신을 차렸다.

"으음……."

신음을 흘리며 눈을 뜨는 진영인의 모습에 운검은 기쁜 한편 의구심이 짙게 담긴 눈으로 명검을 바라봤다.

운검의 시선을 담담히 받아넘기며 명검이 진영인을 향해 입을 열었다.

"영인 사형, 약 기운이 사라지기 전에 어서 운기요상(運氣療傷)을 하여 내상을 다스리십시오."

고개를 끄덕인 진영인이 눈을 감고 운공을 시작하자 운검은 그제야 명검을 향해 질문을 던졌다.

"사제, 그 환약은 뭔가? 그리고 금빛을 뿌리던 무공은 또 뭐고? 본

파에 그와 같은 무공이나 치상단(治傷丹)이 있다는 것을 나는 아직까지 들어본 적도 본 적도 없네."

잠시 말없이 운검을 바라보던 명검이 씁쓸한 웃음과 함께 고개를 끄덕였다.

"천향옥로현단(千香玉露睍丹)이라고 들어보셨습니까?"

"천향옥로현단?"

의아한 표정으로 반문하던 운검은 이내 크게 놀라 명검을 바라봤다. 천향옥로현단이라는 이름의 치상단은 내상의 치료에 탁월한 효과를 지닌 영약으로 결코 아무나 지닐 수 있는 것이 아니었다.

이백년 전 편작(編鵲)의 헌신이라고도 일컬어지던 의술의 대가가 있었다. 그에 대해 알려진 것이라고는 의선(醫仙)이라는 명호뿐이었다. 천향옥로현단 역시 그가 만든 것으로 그가 죽음과 함께 더 이상 만들어낼 수 없는 약이 되었다. 그 후 수많은 의원들이 천향옥로현단을 만들기 위해 끊임없는 노력을 기울였으나 이는 전부 허사로 돌아갔고, 그만큼 천향옥로현단의 가치는 높아졌다. 만금(萬金)과도 바꾸지 않는다는 소림의 대환단보다 훨씬 구하기 어려운 물건이 천향옥로현단이었다.

"하지만 작금에 이르러 두 개밖에 존재하지 않는다는 천향옥로현단은 황실에서 보관하고 있다 들었는데……."

"이를 다시 만들어낸 사람이 있습니다. 그리고 그는 저에게 세 알의 천향옥로현단을 맡겼지요."

"그가 누구인가?"

"그건 말씀드릴 수 없습니다."

"그렇다면 그 무공은?"

"대력금황기(大力金黃氣)입니다."

너무나 선선히 대답하는 명검의 모습에 운검은 오히려 말문이 막혔다.

대력금황기. 분명 형산에는 존재하지 않는 무공이다. 더구나 명검이 보인 위력은 한두 해 연마하여 얻을 수 있는 것이 아니었다. 처음부터 명검은 자신의 진짜 실력을 숨기고 있었던 것이다.

운검이 재차 질문을 던지려 할 때 돌연 명검이 왈칵 피를 토했다.

"사제!"

운검은 아직 남아 있을 두 개의 천향옥로현단을 찾기 위해 재빨리 명검의 품을 뒤졌다. 하지만 명검이 이를 제지하며 입을 열었다.

"제가 사용하기엔 너무나 귀한 물건입니다. 시간이 지나면 나아질 것이니 사형은 염려치 마십시오."

그 말을 끝으로 명검 역시 내상을 치료하기 위해 눈을 감고 운기조식에 들어갔다.

운검은 나직이 한숨을 내쉬었다. 그리고는 복잡한 마음이 고스란히 드러난 눈을 들어 치열한 격전을 벌이는 장내를 바라봤다.

이대제자들이 구축한 진은 여전히 견고했다. 그리고 어이없이 두 명의 동료를 잃은 기련십마는 당황하는 모습이 역력했다.

줄기차게 쏟아지는 빗속에서 장내의 상황은 어느새 새로운 전환점을 맞고 있었다.

第十一章

추풍낙엽(秋風落葉)

눈 깜짝할 사이에 사십 년을 함께해 온 형제 둘을 잃은 남지악의 눈에서 불똥이 튀었다. 그러나 수장다운 노련함으로 치솟는 분노를 애써 억누르며 장내의 상황을 가늠했다.

악원홍을 상대하는 것은 자신이 있었다. 그가 아무리 절정에 이른 고수라 하더라도 손녀 때문에 그가 지닌 무공을 마음대로 펼칠 수 없었고, 이를 노려 차륜전을 펼친다면 언젠간 그 역시 체력이 다할 것이 틀림없었다.

게다가 아직 장내의 상황은 자신들에게 유리했다.

하창서와 조일산을 맞아 평수를 이루고 있던 송현자는 청면마군 공손청이 가세하자 연신 뒤로 밀리며 수비에 전념하고 있었고, 장대명 역시 한 쌍의 핏빛 낫으로 풍검과 호각지세를 이루고 있었다.

다만 상마명을 선두로 한 단리호의 수하들은 형산파의 이대제자들이 구축한 진을 뚫지 못하고 주변을 에워싼 채 간헐적인 공격을 펼칠 뿐이었다.

'좋아! 아직 승기는 우리에게 있다.'

남지악의 입매에 회심의 미소가 맺혔다. 하지만 이는 오래가지 않았다. 시선을 거두던 도중 운기조식을 하는 진영인과 명검의 모습을 발견한 남지악은 차가운 한기가 등줄기를 훑고 지나가는 것을 느꼈다. 비록 승기를 잡고 있다 하더라도 저들 중 한 명만 정신을 차리면 전세는 단번에 뒤집히리란 것을 모를 그가 아니었던 것이다.

'일단은 저자들이 구축한 진을 무너뜨리고 이대제자들을 주살한 다음 저들이 일어나기 전에 숨통을 끊는다. 그리고 전력을 집중해 하나씩 차례대로 쓰러뜨린다면…….'

계산을 마친 남지악은 송현자를 상대로 맹렬히 공격을 퍼붓고 있는 청면마군을 향해 고개를 돌렸다.

"공손청! 상마명을 도와 진을 무너뜨려라!"

"하지만 대형……."

"어서!"

남지악이 눈을 부릅뜨자 시체처럼 푸르죽죽한 공손청의 얼굴에 아쉬운 감정이 떠올랐다. 조금만 더 공격하면 피 분수를 쏟으며 쓰러지는 송현자의 모습을 볼 수 있으리라 생각했는데 그 기대가 깨진 것이다. 하지만 남지악의 명령을 거스를 수는 없었다.

공손청이 물러서자 송현자는 하창서, 조일산과 다시금 평수를 이룰 수 있었고, 송현자는 내심 안도의 한숨을 흘렸다. 공손청이 몸을 뺀 이유를 알 수 없었으나 그 역시 기련십마 세 명을 상대로 일각 이상 버틸 자신이 없었기 때문이다.

하지만 멀찍이 떨어진 곳에서 장내의 상황을 주시하고 있던 운검은 당혹성을 터뜨렸다.

기련십마 개개인의 무위는 흑의인들과는 수준이 달랐다. 게다가 진영인이 운기조식을 취하고 있어 진법을 변화시키도록 지시할 수도 없었다.

고개를 돌려 진영인을 바라본 운검은 무거운 한숨을 흘렸다. 눈을 감은 채 좌정하고 있는 진영인은 금방 정신을 차릴 것 같지 않았다. 그리고 이는 명검 역시 마찬가지여서 머지않아 들이닥칠 불리한 전세를 타개할 방법이 마땅치 않았다.

초백번천심결을 사용할 수 있다면 당장의 위기를 넘길 수 있을 것 같았지만 이 역시 불가능했다. 이미 진영인에게 마혈을 짚여 버렸기 때문이다.

이때 이대제자들을 향해 신형을 날리는 공손청의 모습이 운검의 눈에 들어왔다.

"건에서 감으로! 진의 성질을 동에서 정으로 바뀌되 격풍호운과 격운전상을 조합해 상대의 공격을 흘려내며 수비를 더욱 견고하게……!"

운검은 다급히 소리쳐 진의 변화를 모색했으나 내공이 실리지 않은 그의 목소리는 병장기 부딪치는 소리와 비명 소리에 묻혀 이대제자들에게 이르지 못했다.

까가가가가강!

이대제자들이 휘두르는 검을 맨 몸으로 받아낸 공손청은 그대로 주먹을 말아 쥐고 앞으로 내뻗었다.

콰직!

"으악!"

이대제자 한 명이 비명과 함께 쓰러졌다. 이를 시작으로 공손청은 양 떼 속의 이리처럼 진 한가운데로 뚫고 들어가 어지럽게 양손을 휘둘렀다. 그러자 그의 공격권 안에서 비명이 터져 나오며 진의 한 귀퉁이가 급격히 무너지기 시작했다.

공손청의 움직임은 강시처럼 뻣뻣하고 마구잡이로 공격을 펼치는 듯했으나 고루마공(骷髏魔功)이라는 외문기공(外門氣功)을 극성으로 연마하였기에 일반적인 도검은 그에게 상처를 입히지 못했다. 물론 곽범태를 비롯한 이대제자 몇 명은 무기에 진기를 실어 공격을 펼칠 수 있었다. 하지만 진을 구축한 상태에서 검기를 뿌린다면 자칫 다른 이대제자들이 휩쓸릴 위험이 있어 섣불리 사용하지 못했다.

이때 이대제자들 사이에서 우렁찬 음성이 터져 나왔다.

"사제들!"

곽범태의 신호에 하운지를 비롯한 안자명과 안지명, 권태룡과 백연이 진을 이탈하여 공손청을 둘러싸듯 포위했다.

"나머진 물러서!"

이어진 곽범태의 외침에 나머지 이대제자들은 황급히 후퇴하여 흐트러진 진열을 정비했다.

"이것들은 뭐야?"

곽범태를 선두로 자신을 에워싼 하운지 일행을 보며 공손청은 가소롭다는 듯이 웃음을 터뜨렸다. 권태룡과 백연만이 검을 들었을 뿐 나머지는 도를 비롯해 도끼와 창, 심지어 맨손으로 자신을 노려보는 계집도 있었다. 하지만 곽범태의 공격을 시작으로 그들이 일제히 움직이자 공손청은 얕보던 생각을 버려야만 했다.

츄릿!

“헛!”

공손청은 황급히 상체를 젖히며 가슴을 베어오는 날카로운 기운을 피했다. 미련해 보이는 외모와 달리 곽범태가 도를 휘두르자 생각지도 못한 도기가 날아들었던 것이다.

그뿐만이 아니었다.

도기를 피해 측면으로 몸을 빼던 공손청의 어깨로 한 자루 자색 창이 벼락같이 움직였다. 무시하기엔 너무나 위치가 정확해 공손청은 고루마공을 끌어올려 창날을 쳐낼 수밖에 없었다.

쩌엉!

손목이 시큰해질 만큼 위력적인 창이었다. 인상을 찌푸린 공손청은 창을 쳐낸 반탄력을 이용해 바닥에 엎드렸다. 하지만 그 순간 공기를 찢는 파공음과 함께 커다란 도끼 날이 가슴을 향해 떨어졌다.

“……!”

다급한 마음에 체면이고 뭐고 없이 공손청은 나려타곤(懶驢陀滾)의 수법으로 몸을 굴렸다.

꽈앙!

튀어 오르는 돌 조각과 먼지를 뒤집어쓴 채 포위망을 벗어나려던 공손청을 맞은 것은 두 자루의 검과 한 쌍의 육장이었다.

“이놈들이!”

공손청의 눈이 뒤집혔다.

고루마공을 극성으로 끌어올린 공손청은 자신의 가슴을 향해 날아드는 두 자루 검을 향해 마주 손을 내뻗었다.

카라라락!

그의 손에 잡힌 권태룡과 백연의 검이 엿가락처럼 구겨졌다. 하지만 이로 인해 공손청은 가슴에 하운지의 일격을 허용하고 말았다.

퍼엉!

"으윽!"

그러나 물러선 것은 오히려 하운지였다. 그녀의 산매장은 공손청의 호신기공을 뚫기엔 역부족이었던 것이다. 철판을 두드리는 듯한 충격과 함께 반탄된 장력이 고스란히 내상으로 돌아왔고, 하운지는 한 움큼의 피를 토하고 말았다.

뜻하지 않은 합공에 순간적으로 당황하긴 했으나 공손청은 이미 사십 년 이상 악명을 떨쳐 온 노마. 아직 강호 경험이 부족한 그들이 상대하기엔 벅찬 상대였다.

공손청은 비틀거리는 하운지를 재빨리 낚아챈 다음 그대로 권태룡과 백연을 향해 일권씩을 내질렀다.

퍼퍽!

"우욱!"

백연과 권태룡이 가슴을 움켜쥐며 쓰러지자 곽범태의 입에서 다급한 외침이 터져 나왔다.

"사매!"

곽범태는 신형을 날려 등을 보이고 있는 공손청을 향해 도를 내리그었다. 하지만 이를 예상하고 있었던 공손청은 떨어지는 곽범태의 도를 향해 하운지를 들이밀었다.

"헉!"

이에 곽범태는 황급히 도를 틀었고, 그 순간 음험하기 이를 데 없는 장력이 명치를 향해 파고들었다.

"왁!"

한 사발이 넘는 피를 토한 곽범태의 어깨를 향해 공손청의 손이 떨어졌다.

우두둑!

고루천강수에 얻어맞은 곽범태의 어깨에서 끔찍한 소리가 터져 나왔다.

챙그랑!

곽범태는 힘없이 도를 떨어뜨렸다. 그리고 입과 코에서 시커먼 피를 뿜으며 무너져 내렸다.

"사형……!"

하운지의 눈이 더없이 크게 홉떠졌다. 그러나 이마저도 즐거운 듯 공손청은 음침한 웃음을 흘리며 안자명과 안지명을 바라봤다.

"크크큭, 하룻강아지 같은 것들이 감히 나 청면마군을 희롱하려 들어?"

말을 마친 공손청은 하운지의 마혈을 짚은 다음 한 켠에 던져 놓았다. 여유를 찾고 나니 음심이 동한 것이다. 팽무일이 선수를 쳤으나 그 역시 하운지의 미모를 눈여겨보았고, 상황이 정리된 이후 마음껏 그녀를 희롱하며 즐길 생각이었다.

"덤벼라, 애송이들아!"

공손청의 조롱에 안자명과 안지명의 눈이 서로 마주쳤다. 그리고 누가 먼저랄 것도 없이 공손청을 향해 신형을 날렸다.

"하압!"

기합성과 함께 안지명의 자색 창이 대기를 갈랐다. 하지만 공손청은 옆구리를 향해 날아드는 안지명의 창을 비웃기라도 하듯 한 걸음을 옮기는 것만으로 공격권에서 벗어났다. 그리곤 안지명이 창을 거두는 순간 거리를 좁히며 손을 뻗었다.

츄악!

이때 안자명의 대부가 허공을 찢었다. 안지명에게 접근을 허용하지 않겠다는 의지가 실린 대부의 위력은 공손청으로서도 함부로 받아내지 못할 만큼 강맹한 것이어서 그대로 받아내지 못하고 껑충 뒤로 뛰어 피할 수밖에 없었다.

"흥!"

차가운 웃음을 흘린 공손청은 계속해서 공격을 이어나갔으나 쉽게 안자명과 안지명을 쓰러뜨릴 수 없었다.

거리를 두면 창이 공격해 오고 간격을 좁히면 도끼가 휘둘러졌다. 그들 형제의 공격과 수비는 매우 효율적이어서 공손청조차 상대하기가 껄끄러웠던 것이다. 게다가 창과 도끼의 재질은 범상치 않은 것이어서 불과 몇 번 공수를 교환했을 뿐인데 고루마공의 집대성이라 할 수 있는 고루천강수조차 창날이나 도끼를 부러뜨릴 수 없었다. 오히려 자신의 손에 상처가 늘어날 뿐이었다.

사실 안자명과 안지명은 따로 연수합격(連手合擊)을 연습한 적이 없었다. 실제로 이처럼 싸우는 방법을 터득한 것 역시 오늘이 처음이었다. 하지만 이와 같은 위력을 낼 수 있었던 것은 그들 쌍둥이만이 지닌 특별한 교감이 있었기에 가능한 것이었다.

잠시 거리를 둔 채 안자명과 안지명을 노려보던 공손청의 얼굴에 희미한 웃음이 떠올랐다.

"그렇게 팔짱만 끼고 있을 건가?"

공손청의 말에 뒤늦게 정신을 차린 상마명은 자신의 수하들을 이끌고 남아 있는 이대제자들을 향해 쇄도해 갔다.

이미 곽범태 일행이 빠진 진은 제 역할을 충분히 할 수 없었고, 이대 제자들은 흑의인들을 감당할 수 없었다.

"사제, 조심해!"

"으악!"

연이어 터져 나오는 동문 사형제들의 비명 소리에 안자명과 안지명의 공격이 눈에 띄게 흔들리기 시작했다. 그리고 이를 놓칠 공손청이 아니었다.

"어?!"

소리없이 신형을 날린 공손청의 모습을 발견한 안지명이 재빨리 연자창을 휘둘렀다. 하지만 대응이 늦어 이미 공손청은 이미 지척에 이르러 있었다.

안자명이 다급히 도끼를 휘둘렀으나 이미 그 안에 처음과 같은 위력은 담겨 있지 않았다.

까앙!

공손청은 기다리고 있었다는 듯이 한 팔로는 떨어져 내리는 도끼를 막고 다른 한 손은 안자명의 옆구리에 틀어박았다.

콰직!

"우웩!"

뼈가 부러지는 섬뜩한 음향과 함께 안자명이 피를 게워냈다.

"자명!"

안지명이 급히 공손청을 향해 달려들었으나 이미 근거리에 들어온 공손청은 안지명의 창을 두려워하지 않았다.

퍼억!

고루천강수에 가슴을 얻어맞은 안지명 역시 피를 뿜으며 날아갔다.

"클클클!"

잔인한 웃음을 흘린 공손청은 천천히 신형을 돌렸다. 그리고 하얗게 질린 얼굴로 자신을 노려보는 하운지를 향해 걸음을 옮기기 시작했다.

악원홍을 향해 공격을 퍼붓는 한편 장내의 상황을 살피던 남지악은 고개를 끄덕였다. 비록 두 명의 형제를 잃어 입맛이 쓰긴 했으나 소기의 목적을 달성하는 건 그리 어렵지 않을 것이라 생각했던 것이다.

창과 도끼를 쓰는 놈을 마지막으로 공손청은 방해물을 완벽히 제거했고, 조악한 진으로 버티고 있는 이대제자들 역시 그가 합류하면 순식간에 무너질 것이 뻔했다. 하지만 일순 남지악의 얼굴에 못마땅한 표정이 떠올랐다. 자신의 뜻과 달리 쓰러져 있는 계집을 향해 다가서는 공손청 때문이었다.

'저 자식이!'

막 입을 열어 공손청을 꾸짖으려던 남지악은 이내 표정을 달리했다. 처음 도를 휘둘러 공손청과 싸웠던 청년, 시체처럼 쓰러져 있던 곽범태가 벌떡 일어나 공손청의 허리를 껴안았던 것이다.

하나 가장 놀란 사람은 당사자인 공손청이었다. 죽은 줄 알았던 곽범태가 철탑 같은 팔로 끌어안자 육중한 바위에 갇힌 것처럼 꼼짝도 할 수 없었기 때문이다.

놀람은 당황으로, 당황은 걷잡을 수 없는 분노로 치달았다.

"이런 쳐 죽일 놈이!"

고루천강수를 극성으로 끌어올린 공손청은 그대로 곽범태의 머리를 바수어 버릴 기세로 손을 치켜들었다. 하지만 그의 손은 곽범태의 머리를 내려칠 수 없었다.

"사매는 건드릴 수 없어!"

우드드득!

노호성을 터뜨린 곽범태가 양팔에 힘을 넣자 공손청의 허리 어림에서 끔찍한 소리가 터져 나왔다.

"이런 개 같은……!"

스스로 자랑하던 호신기공(護身氣功)을 운용할 틈도 없이 공손청은 허리뼈가 으스러졌다.

"끄르르륵……!"

공손청은 피 거품을 게워내며 곽범태를 노려봤다. 하지만 이내 힘없이 손을 늘어뜨리더니 그대로 절명하고 말았다.

이를 지켜보던 남지악 역시 살다 살다 이처럼 어이없는 경우는 처음이었다.

"이런 미친……!"

잔뜩 인상을 찌푸린 채 욕설을 내뱉던 남지악의 표정이 딱딱하게 굳어졌다. 운기조식을 취하고 있던 진영인이 한차례 울혈을 토하더니 천천히 신형을 일으키는 것을 발견했기 때문이다.

'망할!'

남지악은 마음이 다급해졌다. 이것저것 생각할 겨를 없이 남지악은 악원홍을 공격하던 철 채찍을 회수하여 팔에 감았다.

"대형?"

남지악이 철 채찍을 거두자 엽단풍이 급히 그를 불러 세웠다.

아직 악원홍을 완벽히 몰아붙일 수 있는 상황이 아니었다. 여기서 남지악이 빠지면 자신들만으로 악원홍을 상대하기가 버거웠던 것이다.

"기다려라! 저놈을 처리하고 오겠다!"

그 말을 끝으로 남지악은 곧장 진영인을 향해 신형을 날렸다.

공격이 느슨해진 것을 깨달은 악원홍 역시 눈빛을 차갑게 가라앉혔다. 그리고 철저히 수비에 치중했던 지금까지와는 달리 점차 공격적으로 검법을 전환하기 시작했다. 남지악의 빈자리를 메우기 위해 노잔양과 엽단풍, 능자필의 손은 그만큼 더욱 바빠졌다.

정신을 차린 진영인의 눈에 가장 먼저 들어온 것은 공손청에 의해 피를 뿌리며 날아가는 안지명의 모습이었다. 그리고 도끼로 바닥을 짚은 채 힘겹게 일어서는 안자명의 모습도 보였다. 하지만 안자명의 옆구리에서는 쉴 새 없이 피가 흘러내리고 있었고, 창백한 얼굴에서는 핏기라고는 찾아볼 수 없었다.

하운지는 마혈이 제압당한 듯 바닥에 널브러져 있었고, 그런 그녀를 향해 다가서는 공손청의 모습이 보였다.

공손청과 하운지 사이에는 곽범태가 쓰러져 있었다.

이대제자들 역시 흑의인들의 파상(波狀)적인 공격을 감당하지 못해 점차 밀리는 형국이었으며 시간이 지날수록 희생자가 늘어나고 있었다.

순간 비릿한 액체가 목을 타고 넘어왔다.

"쿨럭!"

기맥에 맺혀 있던 마지막 울혈(鬱血)을 뱉어낸 진영인은 다시금 고개를 들었다.

"범태?"

공손청을 끌어안은 곽범태의 모습에 진영인은 의아한 표정을 지었

다. 그리고 그의 팔에 의해 허리가 으스러지는 공손청의 모습 역시 뜻
밖이었다. 하지만 이대제자들을 공격하던 흑의인들 중 일부가 곽범태
를 덮쳐 가는 것을 확인한 진영인은 급히 운기를 통해 내상을 확인했
다.

다행히 진기의 흐름은 막힘이 없었다. 뇌정단공을 끌어올리기가 무
섭게 단전을 통해 흘러들어 온 진기는 이내 온몸의 기경팔맥(奇經八脈)
을 휘돌며 굳어졌던 감각들을 순식간에 일깨웠다.

그때였다.

“영인!”

운검의 다급한 외침에 고개를 돌린 진영인은 맹렬한 기세로 자신을
향해 날아드는 한줄기 흑빛 암영(暗影)을 발견할 수 있었다.

그것이 어느새 거리를 좁혀온 남지악임을 깨달은 진영인은 급히 검
을 들어 올렸다.

“죽엇!”

남지악은 기합성과 함께 팔에 감긴 철 채찍을 뿌렸다.

촤라라락!

십이성 내력이 실린 남지악의 철 채찍은 그대로 진영인의 어깨를 후
려쳐 갔다.

남지악은 이번 공격이 성공하리라 믿어 의심치 않았다. 비록 진영인
이 예상을 상회하는 무공을 지니고 있다 하더라도 이처럼 갑작스런 공
격을 막아내기엔 아직 경험이 부족하리라 생각했던 것이다.

아니나 다를까. 새파란 애송이에 불과한 상대는 당황한 나머지 채찍
의 특성도 모르고 어설프게 검을 들어 올리고 있었다.

‘됐다!’

채찍으로 상대의 검을 옭아매는 데 성공하자 남지악의 입매가 가늘게 뒤틀렸다. 그리곤 전신의 내력을 끌어올려 채찍에 실었다. 그러자 비늘처럼 채찍을 뒤덮고 있던 바늘이 일제히 예리한 이빨을 드러냈다.

그의 채찍은 처음부터 특수하게 제작된 기병이었다. 혈우편마란 별호 역시 이처럼 특수한 장치가 되어 있는 채찍, 본래의 모습을 드러내면 피비를 뿌리고서야 거둬진다는 혈우편의 이름에서 기인한 것이었다.

남지악은 그대로 손목을 틀었다.

츠르르륵!

동시에 뱀이 바닥을 기어다니는 듯한 소름 끼치는 기음을 터뜨리며 혈우편이 상대를 휘감아갔다. 이대로 가볍게 잡아당기면 눈앞의 애송이는 날카로운 바늘에 갈가리 찢긴 육편으로 화하리라!

비록 단리호가 그를 살려 데려오라 했으나 현 상황에서 어떤 변수로 작용할지 모르는 진영인을 살려둘 만큼 남지악은 어리석지 않았다. 하지만 남지악은 채찍을 잡아당길 수 없었다.

츄릿!

미간을 향해 날아드는 한줄기 예리한 검기를 느낀 남지악은 급히 채찍을 거두며 물러섰다. 진영인을 죽이고자 했다면 충분히 능력은 되었으나 그랬다면 자신 역시 검기에 미간이 꿰뚫려 양패구상(兩敗俱傷)을 면하기 힘들었기 때문이다.

"제법이구나!"

차가운 웃음을 터뜨린 남지악은 천천히 채찍을 휘두르기 시작했다.

짜악! 짜악!

그의 채찍이 바닥을 때릴 때마다 잘게 부서진 돌 조각이 튀어 올랐다.

시간이 흐르며 그의 채찍은 더욱 빨라졌고, 무수한 채찍의 그림자로 인해 남지악의 모습이 흐릿하게 보일 정도였다.

그때였다. 막 공격을 펼치려던 남지악과 진영인의 시선이 허공에서 얽혔다.

"……!"

진영인의 눈에서 피어오르는 서늘한 한광(寒光)을 마주한 순간 남지악은 등줄기를 흐르는 식은땀을 느꼈다.

'이놈은 위험하다!'

본능이 그리 말하고 있었다. 어쩌면 이 애송이는 악원홍보다 더욱 위협적인 존재일 수도 있었다.

생각은 짧았다. 하지만 행동은 더욱 빨랐다.

"하아압!"

기합성을 터뜨린 남지악이 진영인을 향해 신형을 날렸다. 동시에 이 장을 가득 메운 편영(鞭影)이 허공을 어지럽게 메우며 진영인의 머리 위로 떨어졌다.

흑룡쇄암(黑龍碎巖)!

남지악이 펼칠 수 있는 최고의 절기였다.

콰콰콰콰!

흑룡이 절벽 으깬다는 초식 명에 걸맞게 남지악의 채찍은 가히 미쳐 날뛰는 한 마리 용을 연상케 하는 위력적인 힘이 담겨 있었다. 그러나 남지악이 뿌려낸 채찍의 그림자 속으로 뛰어드는 진영인의 모습에서는 일말의 망설임도 느껴지지 않았다.

어느새 그의 손에는 한 자루 청강검이 우윳빛 검광을 뿌리고 있었다.

츄릿!

몇 줄기 섬광이 가공할 채찍의 소용돌이 속에서 번뜩였다.

“엇?”

남지악의 입에서 짤막한 경호성이 터져 나온 것도 그때였다. 자신이 펼친 가공할 채찍의 예기(銳氣)가 진영인의 검에 너무도 쉽사리 뚫리자 가슴이 덜컥 내려앉았던 것이다.

언뜻 보기엔 단순히 마구잡이로 채찍을 휘두른 것처럼 보이나 흑룡쇄암은 사실 여러 겹의 기의 그물을 쳐 상대를 압박하는 상승무공(上昇武功)의 원리를 담고 있었다.

남지악은 진영인이 중첩된 예기의 중압감에 당황하다 결국 손발이 엉켜 날카로운 바늘의 폭풍에 휩쓸리기를 기대했었다. 그런데 진영인은 너무도 쉽게 이를 와해시켜 버린 것이다.

그뿐만이 아니었다.

아예 전면을 메운 채찍의 그림자 속으로 스스로 뛰어들더니 낙뢰섬전(落雷閃電)의 초식으로 검을 밀어냈다.

그 모습을 본 남지악의 표정에 처음으로 긴장감이 감돌았다. 지금까지와는 다르게 판이하게 달라진 진영인의 기세를 읽었던 것이다.

단순히 검을 밀었을 뿐인데도 진영인의 전신에서는 질식할 것 같은 검기가 솟구쳐 올랐다.

우르르릉!

‘믿을 수 없다!’

귓전을 두드리는 우렛소리를 들으며 남지악은 눈을 부릅떴다.

그 순간 그는 시작도 끝도 보이지 않는 거대한 운무에 휘감긴 듯한 착각이 들었다. 그리고 그 무수히 피어오르는 구름 사이로 한줄기 검광이 번뜩이고 있었다.

운뢰중첩(雲雷重疊)에 이은 뇌운검결의 최상승 초식 묵운토뢰(墨雲吐雷)가 시전된 것이다.

남지악이 펼친 흑룡쇄암은 이미 운뢰중첩에 의해 산산이 흩어진 뒤였고, 언제 날아들지 모르는 두려운 검기 앞에 고스란히 노출된 남지악은 이를 악물고 양손으로 채찍의 손잡이를 움켜쥐었다.

그가 위아래로 양손을 흔들자 혈우편이 격렬하게 요동치며 진영인을 재차 휘감아갔다. 혼신의 힘을 쏟아 부은 구명절초(求命絕招) 흑룡번천(黑龍飜天)이었다. 그러나 시전이 너무 늦었다.

쾅!

검과 채찍이 부딪치는 순간 남지악은 본능적으로 몸을 뒤집는 한편 두 발로 땅을 찍어 급히 물러섰다.

"크윽!"

주르륵 밀려난 남지악은 그대로 바닥에 쓰러져 한 사발이 넘는 피를 토해냈다.

숨이 멎을 듯한 고통이 가라앉자 남지악은 소매를 들어 입가에 흐르는 핏물을 훔쳐 냈다. 그리고 손잡이만 남은 채 토막토막 잘려 바닥에 흩어져 있는 자신의 채찍을 믿을 수 없다는 표정으로 바라봤다.

후발선제(後發先制)!

상대의 출수를 확인하고 반응했음에도 자신이 더 이상 손을 쓸 수 없을 정도로 압도하는 진영인의 무위는 지금껏 그가 상대해 본 그 누구에게서도 느껴본 적이 없던 절정의 경지였다.

'크크! 징그럽게 강하군. 어디서 이런 괴물이 튀어나왔단 말인가? 저런 괴물을 살려서 데려오라고? 흐흐흐! 단리호야! 이 미친놈아! 주제

를 알아야지!'

마른 웃음을 풀풀 날리는 남지악의 입에서는 연신 시커먼 피가 흘러내리고 있었다. 그러면서도 남지악은 자신을 향해 다가서는 진영인을 향해 힘겹게 입을 열었다.

"네… 이름은?"

의아한 눈으로 자신을 바라보는 진영인을 향해 남지악이 키득거리며 말을 이어갔다.

"지옥에 가서… 쿨럭! 나를 명부에 오르게 한 자의 이름, 염왕에게 고할 이름은 알아야 하지 않겠는가."

"진영인이오."

"진영인… 좋은 이름이군."

흡족한 듯 고개를 주억거리던 남지악의 신형이 돌연 급살을 맞은 듯 경련을 일으켰다.

푸하하학!

갈가리 찢겨진 전신의 요혈에서 자욱한 피보라가 뿜어지더니 남지악은 썩은 고목이 무너지듯 차가운 빗물 위로 쓰러졌다.

쿠웅!

처음 경험하는 살인 앞에 진영인은 몹시 마음이 무거웠다. 하지만 이내 천천히 신형을 돌려 자신의 무위에 얼이 빠져 있는 흑의인들을 노려봤다.

"우우우우우!"

고개를 젖힌 진영인이 뇌룡음을 터뜨렸다. 슬픔과 회한, 그리고 분노가 담긴 외침이었다.

퍼퍼퍼펑!

웅덩이를 이뤄 고여 있던 빗물이 격렬한 파문을 일으키며 진영인의 주변 나무가 폭발하듯 분분히 터져 나갔다.

이에 살아남은 기련십마와 상마명을 비롯한 흑의인들은 당혹감을 금치 못했다. 뇌룡음에 실린 내력의 웅혼함은 지금껏 자신들이 상대해 온 그 누구에게서도 찾아볼 수 없는 무시무시한 위력이 실려 있었기 때문이다.

진영인의 뒤쪽으로 물보라가 일었다.

촤아아아악!

바닥에 얇게 깔린 빗물이 좌우로 갈라지며 진영인의 신형이 흑의인들 사이로 파고들었다. 그리고 진영인의 검이 만들어낸 낙뢰토염(落雷吐炎)의 영역 안에서 피가 튀었다.

"크악!"

"으아악!"

공포에 질린 흑의인들은 너나 할 것 없이 달아나기 시작했다. 하지만 그런 그들의 얼굴에 이내 절망의 감정이 떠올랐다.

"우우우우!"

"우우우우!"

비록 진영인보다는 위력이 약했지만 엄청난 내공이 실린 두 줄기 뇌룡음이 대기를 뒤흔들었던 것이다. 그리고 약간의 시간이 흘러 뇌룡음의 주인들이 모습을 드러냈다.

"어느 눈먼 개 잡종 놈들이 감히 본 파에서 개지랄을 떠는 거냐!"

쩌렁한 노호성에 실린 감정은 명백한 분노였다.

잠시 외유를 떠났던 덕명 산인과 온명 산인이 돌아온 것이다.

생각지도 못한 그들의 등장에 가장 당황한 것은 노잔양을 비롯해 아직까지 살아 있는 기련십마들이었다.

바닥에 쓰러져 있는 이대제자들의 모습에 덕명 산인과 온명 산인의 눈에서 새파란 번갯불이 튀어 올랐다. 폭급한 덕명 산인과 달리 늘 냉정하고 침착한 모습을 유지하던 온명 산인조차 본산이 공격을 당하고 형산 문하 중에 사상자가 생기자 평소처럼 행동할 수 없었다.

그들은 각각 검을 뽑아 들고 흑의인들과 기련십마를 공격하기 시작했다.

배분만큼이나 높은 무위를 지닌 그들이었다. 진영인을 제외하고 형산에서 최고수인 그들이 검을 들자 장내의 상황은 손바닥 뒤집히듯 역전되고 말았다.

제자들의 죽음 앞에 분노한 그들은 결코 손속에 사정을 남기지 않았다.

"크아아악!"

난무하는 검기 가운데 연이어 비명 소리가 터져 나왔고, 그들이 이르는 곳마다 뼈가 잘리고 피가 튀었다.

"아, 안 되겠다!"

이대로라면 승산은커녕 죽음을 면치 못하리라 판단한 노잔양은 악원홍을 공격하던 철자를 거두고 재빨리 이 끔찍한 곳을 달아나려 했다. 이는 엽단풍과 능자필 역시 마찬가지였다.

하지만 악원홍은 선선히 그들을 보내줄 위인이 아니었다.

"어딜!"

낙매성우(落梅成雨)에 이른 설매창연(雪梅蒼然), 그리고 매인설한(梅忍雪寒)과 매향성류(梅香成流). 그가 평생을 익혀온 이십사수 매화검법의 절초들이 연달아 펼쳐졌다.

써컥!

“컥!”

노잔양은 등이 길게 갈라지며 절명했다. 망산귀초(亡散鬼招)라는 불길한 명호에 걸맞는 최후였다. 엽단풍과 능자필은 더욱 비참했다.

폭발하듯 터져 나가는 홍매화에 휩쓸린 그들은 온몸의 살점이 뭉텅뭉텅 뜯겨져 나가 비명조차 지르지 못하고 불귀의 객이 되어버렸다.

악원홍의 검끝에서 피어오른 홍매화는 붉은 피를 잔뜩 머금고 나서야 피안개를 뿌리며 허공에서 흩어졌다.

“헉!”

송현자를 상대하고 있던 하창서와 조일산은 헛바람을 들이켰다. 순식간에 노잔양 등을 주살하고 자신들을 향해 다가서는 악원홍을 발견했기 때문이다.

누가 먼저랄 것도 없이 이들은 동시에 땅을 박찼다. 하나 그 순간 어디선가 날아든 한줄기 뇌광(雷光)이 발목 어림을 쓸었다.

“크아악!”

하창서는 발목을 움켜쥔 채 바닥으로 쓰러졌다. 조일산은 그 와중에서도 살고자 하는 의지 하나에 몸을 맡긴 채 두 손으로 바닥을 후려쳐 그 반탄력으로 담을 뛰어넘으려 했다.

“홍! 이곳을 넘은 것은 네놈들 마음대로였을지 모르나 떠나는 것마저 마음대로 할 수 있다 생각했다면 큰 오산이다!”

등 뒤에서 들려온 냉소에 조일산은 뒤도 돌아보지 않고 갈고리 같은 손을 휘둘렀다. 하나 이는 헛된 반항에 불과했다.

써컥!

“크흑!”

간단히 조일산의 손목을 날려 버린 온명 산인은 그의 등을 밟은 상태에서 천근추를 시전했다.

“아, 안 돼!”

퍽석!

머리부터 떨어진 조일산의 머리가 수박처럼 깨져 나갔다.

튀어 오른 피를 뒤집어쓴 온명 산인은 조일산의 시신에 침을 뱉은 다음 자신의 사제가 있는 곳을 향해 고개를 돌렸다.

장대명은 두 자루 혈겸을 휘두르며 최후의 발악을 하고 있었으나 차가운 냉소와 함께 휘두른 덕명 산인의 일검에 목이 달아나고 말았다.

“남은 것은 저놈뿐인가?”

덕명 산인의 눈빛을 받은 하창서는 지금껏 누려왔던 태을마군이라는 별호가 무색하게 바지에 오줌을 지린 채 바닥을 기고 있었다.

“사숙! 안 됩니다!”

하창서의 등에 검을 꽂으려는 덕명 산인을 송현자가 만류했다.

“어째서 말리는 것이냐!”

평소라면 장문인인 송현자에게 경어를 사용했을 테지만 덕명 산인은 매우 흥분한 나머지 이를 잊고 있었다.

“이들의 목적을 알아내야 합니다.”

“음…….”

송현자의 말에 덕명 산인은 침음성을 흘렸다. 송현자의 뜻을 모르는 것은 아니었으나 아직 분이 가라앉지 않은 것이다.

아직 살아남은 자가 있나 장내를 둘러보던 덕명 산인은 이내 나직이 한숨을 흘렸다. 온명 산인과 악원홍, 그리고 독이 오른 풍겸의 검 아래

생존자가 있을 리 만무했다.

"운검아."

시간이 흘러 마혈이 풀린 것을 깨달은 운검은 사부의 부름에 고개를 끄덕였고, 송현자는 눈으로 하창서를 가리켰다.

운검은 말없이 하창서의 마혈을 짚은 다음 발목을 지혈했다. 그리고 걱정스러운 눈을 들어 장내의 중앙에 우두커니 서 있는 진영인을 바라봤다.

피가 씻겨 내려가길 바라듯 진영인은 쏟아지는 비를 맞으며 한참을 서 있었다.

그런 그를 움직인 것은 다름 아닌 안지명의 통곡 소리였다.

"안 돼! 자명아!"

장내의 모든 이의 시선이 안지명을 향해 모아졌다.

"안 돼! 이렇게 죽으면 안 돼! 우리는 같은 날 태어났으니 같은 날 죽기로 맹세했잖아!"

안자명을 끌어안고 오열하는 안지명의 모습에 진영인은 덜컥 가슴이 내려앉았다.

진영인은 황급히 걸음을 옮겨 그들에게 다가섰다. 다른 이들의 도움을 받아 마혈이 풀린 하운지와 백연의 어깨를 빌린 곽범태 역시 절뚝거리며 쌍둥이 형제를 향해 다가섰다.

"영인 사숙… 곽 사형, 그리고 예쁜 우리 사저……."

핏기없이 창백한 얼굴로 입을 여는 안자명의 모습에 곽범태는 굵은 눈물을 흘리며 고개를 끄덕였고, 하운지는 손으로 입을 막은 채 터져 나오는 오열을 삼켰다.

자신이 사랑했던 이들을 바라보는 안자명의 얼굴에서 더없이 따스

한 미소가 떠올랐다.

"하하, 그렇게 구박을 하더니 그래도 나를 위해 울어주네요."

"사제… 흑!"

결국 하운지의 신형이 바닥으로 무너졌다. 이에 안자명은 고개를 흔들며 말을 이었다.

"울지 마요. 그렇게 울면 제가 맘 편히 눈을 감을 수 없잖아요. 부디… 웃는 얼굴로 보내줘요."

"사제… 난… 나는……."

눈물 젖은 눈으로 자신을 바라보는 하운지를 향해 안자명이 힘겹게 입을 열었다.

"사저, 내 소원 하나만 들어줄래요?"

"응, 말해. 뭐든지……."

고개를 끄덕이는 하운지를 향해 안자명이 멋쩍은 웃음을 내비쳤다.

"그냥… 한 번만 안아줘요."

"뭐?"

당황하는 하운지의 반문에 안자명은 나직이 한숨을 흘렸다.

"평생 여자 손목 한 번 잡아보지도 못하고… 이대로… 총각 귀신이 되는 건 싫거든요……."

이승을 떠나기 전 마지막 소원이었으나 이처럼 많은 사람들 앞에서 사내를 껴안는 건 매우 당혹스러운 일이었다. 하지만 눈물로 부탁하는 곽범태와 안지명의 시선을 차마 외면할 수도 없는 노릇.

결국 하운지는 고개를 끄덕였다.

"알았어."

대답을 마친 하운지는 안자명의 머리를 조심스레 껴안았다.

그렇게 얼마나 시간이 지났을까.

"헤, 사저의 품은 따듯하구나. 고마워요, 사저. 이제 졸리네요. 전 좀 자야겠어요."

"안 돼, 사제!"

툭.

하운지의 간절한 외침에도 불구하고 안자명의 손이 힘없이 바닥으로 떨어졌다.

"으아아악! 자명아, 안 돼!"

"크허허헝!"

안지명과 곽범태의 오열 소리에 장내의 모든 이들 역시 슬픔을 금치 못했다. 하운지 역시 안자명을 끌어안은 채 목놓아 울음을 터뜨렸다.

그때였다.

"피식."

진영인의 입매가 묘하게 비틀리며 실소가 터져 나왔다.

하운지는 주체할 수 없는 슬픔에 흘러내리는 눈물을 닦을 생각도 하지 못하고 진영인을 바라봤다.

"사숙, 자명이… 자명이… 죽어버렸어요."

"아니."

"네?"

반문하는 하운지를 향해 빙그레 웃어 보인 진영인은 죽어 있는 안자명의 옆구리를 발끝으로 가볍게 걷어찼다.

"으아아악!"

비명을 지르며 벌떡 일어나는 안자명의 모습에 진영인을 제외한 모든 이는 귀신을 본 것마냥 얼이 빠져 버렸다.

"어? 왜 다들 여기 있는 거야? 설마 그새 다 죽어버린 거야?"

놀란 얼굴로 주위를 두리번거리던 안자명은 이내 인상을 찌푸리며 바닥에 주저앉았다.

"아이고, 옆구리야! 죽어서도 이리 아플 줄 몰랐네. 그리고 보니 이승이나 저승이나 별반 다를 게 없잖아? 속았군, 속았어."

그러나 눈물까지 찔끔거리며 고통을 호소하는 그에게 돌아간 것은 바짝 날이 선 하운지의 손톱이었다.

"으악! 사저! 이게 무슨 짓이에요? 저승에 와서도 이렇게 괴롭히는 법이 어딨어요?"

"사제, 우린 아직 안 죽었거든?"

"어? 그럴 리가? 그럼 어떻게 제가 사저를 볼 수 있죠?"

하운지는 더없이 화사한 미소로 대답을 대신했다. 그리고 뒤이어 안자명의 곡소리가 이어졌다.

"끄아악! 사, 사저! 거긴! 으아악!"

숨넘어가는 안자명의 비명 소리에 장내의 모든 이들은 황당함을 금치 못했다. 그리곤 아직까지 눈물이 홍건한 서로의 얼굴을 보며 멋쩍은 웃음을 흘렸다.

하운지의 손톱에 사정없이 꼬집히던 안자명은 엉금엉금 기어 안지명에게로 달아났다.

"지명아! 지명아! 사저 좀 말려줘!"

"내가 왜?"

"으악! 정말 이러기야? 눈물 콧물 쏟으며 죽으면 안 된다고 할 때는 언제고? 이렇게 사저에게 꼬집히다가는 정말 죽을지도 몰라!"

"그건 맹세 때문이야. 같은 날 죽기로 했으니 네가 죽어버리면 어쩔 수 없이 나도 따라 죽어야 하잖아. 멀쩡한 내가 죽어야 한다는 것이 슬펐던 거지 너를 걱정한 게 아니라구."

그 말과 함께 안지명은 오히려 하운지 쪽으로 안자명을 떠밀어 버렸다.

한차례 드잡이질을 벌이는 그들 사형제의 모습에 진영인은 쓴웃음을 머금었다.

이때 장내의 다른 한쪽도 시끄러워졌다.

"악가, 이 망할 자식아! 화산 구석에나 틀어박혀 있을 일이지 이곳엔 무슨 일로 대가리를 내민 거냐?"

"허허, 덕명 자네는 어찌 늙어서도 이리 경박하게 구는가. 더구나 장문인께서도 함께한 자리에서 장로라는 자가 체면머리없이."

온명 산인은 만나자마자 으르렁거리는 덕명 산인과 악원홍을 바라보며 한차례 고소를 머금었다.

"고맙네, 원홍. 자네가 아니었다면 피해가 더욱 컸을 것이야."

"아닙니다, 형님. 그리 도움이 되지 못해 미안할 뿐입니다."

악원홍이 한숨을 흘리자 온명 산인은 가볍게 고개를 저었다.

오래전부터 친분을 다져 온 이들은 비록 사문은 달랐으나 의형제와 다름없었다. 그래서 악원홍이 화산파의 장문 직을 역임하고 있을 당시 형산의 제자들은 화산에 기거하며 함께 정사대전을 치를 수 있었던 것이다.

"수습은 아이들에게 맡기기로 하고 자네는 나와 이야기 좀 나누세."

"그러지요."

악원홍과 장로들이 사라지자 진영인은 고개를 돌려 사질들을 바라봤다.

언제 투닥였냐는 듯이 안자명을 끌어안고 기쁨의 눈물을 흘리는 사제들의 모습에 진영인은 안도의 한숨을 흘리며 고개를 끄덕였다. 하지만 이내 진영인의 표정에 그늘이 드리워졌다. 장내에 울려 퍼지는 흐느낌은 아직 그치지 않았던 것이다.

진영인은 천천히 돌아섰다. 그리고 절반이 넘게 쓰러져 있는 이대제자들을 눈에 담았다. 이들의 부상은 한결같이 위중하여 이 중에 절반이나마 목숨을 건질 수 있을지 장담하기 힘들었다.

그간 함께 생활해 오며 어느 누구 하나 정들지 않은 이가 없었고 누구 하나 소중하지 않은 이가 없었다.

"으드득!"

한차례 이를 갈아붙인 진영인은 어둠 속을 응시했다.

첨벙!

진영인은 튀어 오르는 빗물도 마다 않고 걸음을 옮기기 시작했다.

대부분의 형산 문하들은 시신과 부상자를 수습하기에 정신이 없어 진영인에게 신경을 쓰지 못했다. 하지만 운검만은 이를 놓치지 않았다.

"영인! 어딜 가는 게냐!"

우뚝.

운검의 말에 진영인이 멈춰 섰다.

그렇게 한참 동안 묵묵히 서 있던 진영인은 다시금 어둠 속으로 걸음을 내디뎠다.

그런 진영인의 뒷모습을 바라보는 운검의 얼굴에 짙은 그늘이 드리워졌다.

"그들로선 무척이나 길고 무서운 밤이 되겠구나."

진영인이 어둠 속으로 완전히 사라지자 운검도 신형을 돌렸다. 그리
고는 사방에 즐비한 사상자들을 바라보며 더없이 무거운 한숨을 흘렸
다.

'내게도 길고 힘겨운 밤이 되겠군.'

第十二章

용암사정(鎔岩師情)

쏴아아아!

차가운 빗방울이 따갑게 얼굴을 두드렸다. 하지만 진영인은 흐르는 빗물을 닦을 생각도 하지 않고 어둠 속을 응시한 채 석상처럼 서 있었다.

그렇게 얼마나 시간이 흘렀을까.

진영인의 눈에 이채가 떠올랐다.

"크윽……!"

십 장쯤 떨어진 곳에서 시체처럼 쓰러져 있던 흑의인이 폐부를 쥐어짜는 듯한 신음 소리와 함께 신형을 일으켰기 때문이다.

"헉헉……!"

잠시 헐떡이며 숨을 고르던 흑의인은 이내 경계 어린 시선으로 주위를 살폈다. 하지만 기해혈(氣海穴)이 파괴되어 내공조차 쓸 수 없는 그의 눈에 들어온 것은 삼 장 앞도 보이지 않을 만큼 지독하게 퍼붓는 빗줄기뿐이었다.

"제기랄……."

한차례 고통 섞인 욕설을 내뱉은 진여립은 이내 비틀거리며 움직이기 시작했다.

바위처럼 미동도 하지 않고 있던 진영인이 걸음을 옮긴 것도 그때였다.

첨벙.

빗물이 고여 있는 웅덩이를 밟자 흙탕물이 튀어 옷깃을 더럽혔다. 그러나 진영인은 묵묵히 진여립의 뒤를 밟을 뿐이었다.

그렇게 얼마를 걸었을까.

십 장의 거리를 유지한 채 진여립을 따르던 진영인은 멀리 쓰러져 가는 낡은 관제묘(關帝廟)를 발견했다. 그리고 그 안으로 사라지는 진여립의 모습을 확인할 수 있었다.

스르릉!

잠시 관제묘를 노려보던 진영인은 천천히 검을 뽑아 들었다.

저벅저벅.

한 발짝씩 걸음을 옮길 때마다 진영인의 눈은 더욱 싸늘하게 가라앉았다. 그리고 관제묘와의 거리가 좁혀질수록 차가운 검신을 타고 흘러내리는 살기 역시 짙어지고 있었다.

"그래서?"

한차례 마른침을 삼킨 진여립은 떨리는 음성으로 입을 열었다.

"저, 전멸했습니다!"

“전멸?”

단리호의 눈썹이 꿈틀거렸다.

“형산 따위를 상대로 전멸이라고?”

단리호의 반문에 진여립은 힘겹게 고개를 끄덕였다. 그리곤 급히 입을 열어 자세한 내용을 보고하기 시작했다.

“화산검절이 형산에 머물고 있으리라고는 생각지도 못했습니다. 하지만 기련십마 중 네 명이 힘을 합쳐 그를 묶어두었고, 속하들이 압도적으로 유리한 상황을 점하고 있었습니다. 굳이 제가 나서지 않아도 되었기에 저는 수하 넷을 이끌고 소가주를 찾기 위해 형산파를 수색했습니다.”

“그래서?”

“소가주를 찾긴 했으나 그때 갑자기 한 사람이 뛰어들면서 일이 틀어지기 시작했습니다.”

당시의 기억을 더듬던 진여립의 얼굴에 감출 수 없는 두려움이 떠올랐다.

“그는 약관을 갓 넘긴 듯한 젊은 놈이었는데 압도적인 무위로 순식간에 저와 수하들을 제압했습니다.”

“약관?”

반문하는 단리호의 음성은 차갑기 이를 데 없었다. 그리고 가슴을 답답하게 옥죄는 침묵이 이어졌다.

그의 노기가 극에 달했음을 깨달은 진여립은 황급히 입을 열었다.

“하나 그의 무위는 화산검절 악 늙은이를 훨씬 웃돌고 있었습니다.”

다소 의외였던지 단리호의 눈빛이 약간 누그러졌다.

그제야 진여립은 계속해서 보고를 할 수 있었다.

"속하가 도움을 청하기 위해 다시금 기련십마에게 향했을 때는 이미 전세가 급격히 기울어진 상태였습니다. 특히 송현자의 제자로 보이는 중년인의 무위는 실로 대단해서 귀수검혼과 적안노군조차 그의 일장에 절명하고 말았습니다. 게다가 그의 도움으로 부상을 치료한 젊은 놈과 형산의 장로들까지 가세하면서……."

"그만!"

차가운 단리호의 음성이 진여립의 말을 잘랐다.

진여립의 얼굴에서는 연신 식은땀이 흘러내렸다. 비록 단리호와 시선을 마주치고 있진 않았으나 전신을 압박하는 날카로운 기파가 느껴졌기 때문이다.

진여립은 천천히 고개를 들었다.

아니나 다를까.

단리호의 눈에서는 핏빛 안개를 연상케 하는 붉은 안광이 줄기줄기 흘러내리고 있었다.

"그래서 혼자 도망쳐 온 것이냐?"

감정이 느껴지지 않는 단리호의 음성을 듣는 순간 진여립은 할 말을 잃었다.

자신이 만신창이의 몸을 이끌고 여기까지 이른 것은 상황을 보고해야 한다는 의무감 때문이었다. 이는 오로지 단리호에 대한 충정심에 기인한 것이지 결코 목숨이 아까워서가 아니었다.

고개를 숙인 진여립은 걸레처럼 찢겨져 뼈가 드러나 있는 자신의 오른손과 아직도 피가 흘러내리는 자신의 어깨를 바라봤다. 단전마저 깨진 상태에서 그야말로 사력을 다해 이곳에 이르렀으나 돌아온 것은 지독한 모멸감과 주군으로 모셔왔던 자에 대한 실망뿐이었다.

진여립은 쓰게 웃으며 단리호를 올려다봤다.

'이런 자를 위해 충성을 맹세했단 말인가. 그의 명령을 따르다 고혼(孤魂)이 된 수하들이 가엾구나.'

진여립은 회한 섞인 장탄식과 함께 입을 열었다.

"속하, 무공마저 잃은 반병신의 몸으로 구차하게 산들 무슨 영화를 누리겠습니까."

말을 마친 진여립은 그대로 바닥을 향해 머리를 찧었다.

쿠웅!

묵직한 울림과 함께 진여립의 신형이 바닥에 널브러졌다.

관제묘의 바닥은 진여립의 이마에서 흘러나온 피로 홍건하게 젖어 갔다. 하지만 진여립은 죽을 수 없었다. 단전이 파괴된 상태에서 여기까지 이른 것만으로도 기적 같은 일이었다. 이미 그에게는 스스로 목숨을 끊을 만큼의 힘도 남아 있지 않았던 것이다.

그러나 단리호는 이마저도 용납할 수 없다는 듯 진여립을 향해 천천히 손을 들어 올렸다.

그때였다.

"정말 뼛속까지 악독한 놈이로군."

단리호는 고개를 돌려 관제묘 안으로 들어서는 사내를 바라봤다.

"뭐냐, 네놈은?"

진영인은 대답 대신 서슬 퍼런 검을 들어 단리호를 가리켰다.

"……!"

한 자루 청강검이 자신의 미간을 가리키는 순간 단리호는 바늘처럼 날카로운 살기가 전신을 찌르는 것을 느끼고는 낯빛을 굳혔다. 하지만 이내 가소롭다는 듯 웃음을 흘리며 진영인을 노려봤다. 진영인의 소매부분에 수놓아진 형산을 상징하는 푸른 번개 문양을 뒤늦게 발견한 것이다.

"형산의 쓰레기 따위가……."

이에 진영인은 말없이 단리호 앞으로 성큼 다가섰다.

"흥!"

차가운 웃음과 함께 단리호는 내공을 끌어올렸다.

펄럭!

실내임에도 불구하고 단리호의 소매가 바람에 나부끼듯 펄럭였다. 동시에 그의 눈에서는 핏빛 자광(紫光)이 더욱 짙어지며 두 손이 붉게 물들었다.

단리호는 금방이라도 핏물이 뚝뚝 떨어질 것 같은 두 손을 들어 올렸다. 그리고는 살기 어린 눈빛을 번뜩이며 오른쪽 소맷자락을 세차게 휘둘렀다. 그러자 칼날같이 예리한 경기가 진영인의 앞가슴을 베어왔다.

단리호가 펼친 것은 혈영수(血影手)라는 무공으로 오십 년 전 천하를 발칵 뒤집어놓았던 사파 무학의 귀재 혈염라(血閻羅) 공손찬(公孫燦)의 절학인 혈라강기(血羅罡氣) 중 일부였다.

당시 공손찬은 약관을 조금 넘긴 나이에 강호에 나타나 두 개의 육장(肉掌)만으로 내로라하는 절정고수들을 연파하여 강호를 놀라게 했었다. 하지만 언제부턴가 그는 소리 소문 없이 자취를 감춰 서서히 강호인들의 뇌리에서 잊혀져 갔다. 하지만 그가 지금까지 계속 무림에서 활동했다면 마도의 하늘은 공야휘가 아닌 그가 되었을 것이라는 것이 사파 무림인들의 한결같은 생각이었다.

지금도 진영인의 가슴을 찢어버릴 듯 날아드는 경기의 위력은 살인적인 것이었다.

진영인은 그 자리에 우뚝 선 채 오른손을 흔들었다.

꽝!

마치 뇌성벽력이 터지는 듯한 음향이 울려 퍼지며 세찬 경풍이 관제묘 안을 휩쓸었다.

경기의 충돌로 인해 발생한 압력은 관제묘의 나무 바닥을 폭죽처럼 터뜨려 버렸다. 그 여파는 관우상을 박살 내고 이도 모자라 관제묘의 한쪽 벽마저 무너뜨리고 나서야 허공에 흩어졌다.

우수수.

천장까지 치솟았던 먼지가 가라앉자 장내의 광경이 모습을 드러냈다.

진영인은 여전히 그 자리에 우뚝 서 있었다. 반면 단리호는 술에 취한 사람처럼 휘청거리며 뒤로 세 걸음이나 물러서고 있었다.

그의 얼굴은 해쓱하게 질린 채 두 눈에 은은한 경악의 빛이 담겨 있었다.

단리호는 자신의 혈영수를 이토록 간단하게 격퇴시킨 사람을 처음 보았기에 심중의 놀람이 클 수밖에 없었다.

혈영수는 자체에 담긴 기이한 힘 때문에 웬만한 철판도 종잇장처럼 찢어버리는데 눈앞의 상대가 휘두른 검에 여지없이 와해되어 본래의 위력을 발휘하지 못했던 것이다.

"이, 이것이 형산의 검이라고?"

단리호의 입에서 자신도 모르게 떨리는 음성이 흘러나왔다. 그로서는 마음만 먹으면 언제라도 쓸어버릴 수 있다 믿어온 형산파에 이토록 가공할 검공(劍功)이 있다는 사실을 선뜻 믿기 어려웠던 것이다.

관제묘의 바닥과 벽면에 남겨진 검기의 흔적을 더듬던 단리호의 눈에 이채가 떠올랐다.

"그렇군! 네놈이었어! 마풍람과 호각세로 겨뤘던……!"

진영인은 그 말에 아무런 대답도 하지 않았다. 대신 앞으로 한 발을 성큼 내디디며 이번에는 자신이 먼저 검을 뻗어 공격을 시작했다.

츄릿!

한줄기 뇌전을 방불케 하는 희끗한 검광은 어느새 단리호의 턱밑까지 도달해 있었다.

놀란 마음이 채 가라앉기도 전에 진영인의 검이 섬전 같은 속도로 다가오자 단리호는 안색을 딱딱하게 굳히며 자신도 양손을 앞으로 내뻗었다.

"시시한 형산의 무공 따위로는 나를 쓰러뜨릴 수 없다!"

단리호의 외침은 스스로에게 하는 다짐과도 같았다. 동시에 그의 핏빛 수영(手影)과 진영인의 검이 허공에서 격렬하게 엉켰다.

까가가가강!

두 사람은 거의 보이지도 않을 정도로 십여 차례나 빠르게 격돌했다. 이와 같은 근접의 공방은 그야말로 한 번의 실수가 치명적인 결과를 초래하기 때문에 단리호는 그 어느 때보다 긴장을 늦출 수 없었다.

"하아압!"

단리호는 두 눈을 부릅뜬 채 기합성을 터뜨렸다. 그리고 무서운 속도로 양손을 질풍처럼 휘둘러 진영인의 관자놀이와 목을 집중적으로 노렸다. 그러자 폭발하듯 늘어난 핏빛 수영이 진영인의 전면을 뒤덮었다.

이는 혈라강기 중에서도 가장 많은 변화를 지닌 혈라분영수(血羅分

影手)로, 그가 지닌 금나수법(擒拿手法) 중에서는 최상위로 꼽히는 빠르고 강력한 절학이었다. 게다가 손을 감싸고 있는 핏빛 강기는 철판을 뚫고 바위마저 으스러뜨릴 강력한 힘이 실려 있어 스치기만 해도 살점은 물론 뼈마저 박살 낼 위력이 담겨 있었다.

하지만 이처럼 가공할 수법으로도 단리호는 진영인에게 이렇다 할 피해를 입히지 못하고 있었다. 진영인의 검이 그가 움직이는 길목을 미리 장악하고 있어 좀처럼 접근을 허용하지 않고 있었기 때문이다.

오히려 전혀 예상치 못한 방향에서 날아드는 진영인의 공격에 단리호가 쩔쩔매는 상황이었다.

시간이 지날수록 단리호의 얼굴에 조바심이 떠올랐다.

어느새 그의 손은 퉁퉁 부어 심각한 통증이 전해져 왔다. 강기를 이용한 무공이라곤 하나 이에 버금가는 진영인의 검기와 연달아 부딪치자 서서히 충격이 쌓여가고 있었던 것이다.

반면 진영인은 얼굴만 약간 창백할 뿐 처음과 크게 달라진 점이 없었다.

"헉!"

손과 손이 교차되는 미세한 틈을 뚫고 진영인의 검이 날아들자 단리호는 급히 바닥을 박차며 뒤로 물러섰다. 하지만 진영인의 검은 기회를 놓치지 않고 끈질기게 따라붙었다.

단리호는 진영인의 검이 명부의 사자처럼 무시무시하게 느껴졌다.

찰나의 순간 진영인과 단리호의 시선이 허공에서 얽혔다. 맹목적인 살기가 담긴 진영인의 눈빛을 마주한 순간 단리호는 찬물을 뒤집어쓴 것처럼 얼굴이 굳어졌다.

"너는……!"

그러나 벼락처럼 가슴을 훑고 지나가는 화끈한 느낌에 단리호는 말을 이어갈 수 없었다.

쿵!

"크으윽……!"

바닥에 쓰러진 단리호는 믿을 수 없다는 눈으로 진영인의 얼굴을 바라봤다.

"그… 얼굴… 틀림없는…….."

단리호는 가슴을 움켜쥐고 있었으나 그의 손가락 틈으로 흘러나온 피는 그의 소매를 적시며 바닥으로 떨어지고 있었다.

"크크큭, 그랬군. 그랬던 거였어. 그 망할 늙은이… 감히… 나를 속이다니…….."

우뚝.

다가서던 걸음을 멈춘 진영인은 단리호를 바라보며 입을 열었다.

"나를 아는가?"

"크큭, 우리는 초면인데 어찌 내가 너를 알겠느냐?"

"그렇다면 지금 한 말은 무슨 뜻이지?"

단리호의 입매가 비릿한 조소를 담고 일그러졌다.

"스스로 알아내 봐라."

잠시 단리호를 노려보던 진영인은 천천히 검을 들어 단리호를 가리켰다.

"너를 죽인다고 해서 그들이 살아 돌아오지는 않겠지만 나는 너를 용서할 수 없다."

"크흐흐. 말은 번드르르하지만 실상 네놈도 나와 다를 것이 없지."

말을 마친 단리호는 떨리는 손을 들어 진영인의 검날을 움켜쥐었다. 그리고 자신의 심장 어림으로 검끝을 가져갔다.

"자, 여길 찌르는 거다. 야차와 같은 얼굴을 하고 있으면서 무엇을 망설이는지 모르겠군."

진영인은 입술을 깨물었다.

주르륵.

턱을 타고 흘러내린 피가 검을 잡은 오른손 위로 떨어졌다.

"크큭, 궁금하지 않은가? 적의 심장을 갈가리 찢을 때의 희열을 맛보고 싶지 않은가?"

진영인의 눈에서 차가운 한광이 튀어 올랐다.

"커헉!"

진영인의 검에 가슴이 꿰뚫린 단리호의 입에서 단말마의 비명이 터져 나왔다. 그러나 단리호는 그대로 절명하지 않았다.

"크큭… 네놈의 존재가… 바로 형산의 재앙이다."

피 거품을 게워내며 의미 모를 말로 진영인에게 저주를 퍼붓던 단리호는 그 말을 끝으로 간헐적인 경련과 함께 숨이 멎었다.

진영인은 잠시 멍한 눈으로 단리호의 시신을 바라봤다. 지금까지 생사를 오가는 사투를 경험한 적은 있었으나 스스로의 의지로 살인을 한 것은 이번이 처음이었다.

단리호를 죽이고 나면 사라지리라 생각했던 살기도 가라앉지 않았다. 오히려 끝 모를 자괴감과 까닭 모를 분노가 가슴을 가득 메우고 있었다.

그렇게 한참을 서 있던 진영인은 검을 회수해 검집에 갈무리했다. 그리곤 턱을 타고 흘러내리는 핏물을 닦을 생각도 하지 않고 신형을 돌려 관제묘를 나섰다.

진영인을 맞은 것은 뿌연 물안개를 피워 올리며 줄기차게 쏟아지는 차가운 빗줄기였다.

툭.

더없이 느린 그의 발걸음이 바닥을 디딜 때마다 턱 끝을 타고 흐르는 핏물이 방울져 떨어졌다. 그리고 떨어진 핏방울은 바닥에 고인 빗물 위로 파문을 일으키며 흐릿하게 번져 갔다.

"제기랄……."

그러나 진영인의 나직한 음성은 낙우(落雨)의 비명에 묻혀 들리지 않았다.

불과 하룻밤 사이에 형산파의 분위기는 크게 달라져 있었다. 시신과 부상자를 수습하는 이대제자들은 분주히 오가는 와중에도 단 한 사람 입을 열어 말을 하는 이가 없었고 얼굴은 침통하기만 했다.

이는 장문인인 송현자 역시 마찬가지였다. 아니, 실제로 그가 느끼고 있는 괴로움은 이루 말로 형언할 수 없을 정도였다.

"조사들을 뵐 면목이 없구나……."

송현자의 무거운 장탄식에 이대제자들을 독려하던 온명 산인과 덕명 산인의 얼굴에도 어두운 그림자가 내려앉았다.

"장문인……."

덕명 산인이 송현자를 부르며 다가섰으나 온명 산인이 그의 어깨를 붙들었다.

"사형."

온명 산인은 말없이 고개를 가로저었다. 이에 덕명 산인은 안타까운 한숨을 내쉬었다.

어줍잖은 몇 마디 말로 위로가 될 수 있다면 온명 산인이 먼저 나서서 입을 열었을 것이다.

기울어져 가는 형산의 장문 직을 맡아 지금까지 그가 노력해 온 모습을 누구보다 가까이에서 지켜봐 온 그들이다. 그래서 지금의 송현자가 통감하고 있을 자괴감과 괴로운 심정은 그들에게도 더없이 아프게 다가왔다.

"개자식들!"

덕명 산인은 끓어오르는 노화를 참지 못해 이미 시신이 된 흑의인들을 향해 욕설을 내뱉었다. 그러고도 화가 가라앉지 않는지 주먹을 움켜쥐고 이를 갈아붙였다.

"이십 년 전의 그 일만 없었더라도 감히 기련십마 따위가 형산을 우습게 여기는 일은 없었을 텐데……."

"하지만 이것이 작금의 형산이 처한 현실일세."

억울한 표정으로 항변하려던 덕명 산인은 이내 입술을 질끈 깨물며 고개를 돌렸다.

"악가 이놈은 또 어디로 사라진 거야?"

"손녀를 재우러 갔네. 살풍경한 모습에 아이가 많이 놀란 모양이야."

"쓸모없는 자식. 겨우 기련십마 따위에게 쩔쩔매다니……."

"그래도 그마저 없었다면 피해는 더욱 컸을 거야."

덕명 산인 역시 알고 있었다. 하지만 누군가에게 화풀이를 하지 않고는 도저히 견딜 수가 없었다.

"우라질! 우기도 아닌데 무슨 놈의 비가 그치질 않는 거야?"

덕명 산인의 말에 고개를 돌린 온명 산인은 하염없이 쏟아지는 빗줄기를 바라보며 나직이 한숨을 내쉬었다. 그러다 문득 그의 눈이 이채를 발하며 한곳을 응시했다. 빗속을 뚫고 산문으로 들어서는 인영을 발견했기 때문이다.

진영인의 모습을 확인한 것은 그들뿐만이 아니었다.

"영인!"

고개를 숙인 채 걸어오던 진영인은 자신을 부르는 운검의 음성에 천천히 얼굴을 들었다.

"사숙!"

뒤늦게 진영인을 발견한 하운지 역시 다급한 걸음으로 그에게 다가섰다.

흐릿한 눈으로 그들을 바라보던 진영인은 고개를 돌려 곳곳에 쓰러져 있는 이대제자들의 시신을 눈에 담았다. 파문을 일으키며 가슴속으로 번지는 괴로움에 진영인은 한참 동안 입을 열지 않았다.

"대체 너는 이 와중에 어딜 싸돌아다니는 것이냐!"

진영인과 거리를 좁힌 덕명 산인이 대뜸 소리를 질렀다. 하지만 진영인은 이렇다 할 말도 없이 묵묵히 그 자리에 서 있을 뿐이었다.

자신이 꾸짖을 때마다 능청스러운 웃음을 머금던 평소의 진영인이 아니었다.

뒤늦게 진영인의 전신에 흐르는 기이한 분위기를 느낀 덕명 산인은 의아한 눈으로 온명 산인을 바라봤다.

이에 온명 산인은 턱 끝으로 진영인의 의복을 가리켰다.

빗속을 뚫고 온 진영인의 의복은 흠뻑 젖어 있었다. 그러나 의복 곳곳에 배인 핏물의 흔적과 채 가시지 않은 진득한 살기는 아직도 그의 전신을 타고 흘러내리고 있었다.

마치 다른 사람처럼 느껴지는 진영인의 낯선 모습 앞에 그 누구도 선뜻 입을 열 수 없었다.

그때였다.

"영인……."

자신을 부르는 운검의 음성에 진영인은 더없이 처연한 웃음을 머금었다.

"사형."

"무슨 일이 있었던 게냐?"

"사람의 목숨이란 참으로 덧없군요."

"……!"

자조 섞인 진영인의 음성을 듣는 순간 운검은 가슴 한구석이 쿵 하고 내려앉는 것을 느꼈다. 진영인의 공허한 눈빛 가운데 떠오른 진한 아픔을 읽어냈기 때문이다.

"영인!"

"그자를 죽이고 왔어요. 이자들에게 지시를 내린 우두머리를 제 손으로 베었습니다."

이미 예상하고 있었던 일이기에 운검은 무거운 표정으로 고개를 끄덕였다. 하지만 온명 산인을 비롯한 덕명 산인과 하운지는 할 말을 잃은 채 놀란 눈으로 진영인을 바라봤다.

그러기를 잠시, 이내 덕명 산인이 큰 소리로 입을 열었다.

"잘했다! 의당 피는 피로 갚는 게 무림인의 도리! 비열하고 음침한 사파 놈들은 죽어 마땅하다!"

"덕명!"

“사형, 내가 틀린 말 했소? 따지고 보면 이 모든 것이 사파 놈들 때문이오. 이십 년 전 그놈들이 설쳐 대지만 않았다면 형산이 기울어지는 일도 없었을 테고, 오늘과 같이 업신여김당하는 일도 없었을 것이오!”

“쯧쯧.”

혀를 끌탕 치던 온명 산인은 걱정스런 표정으로 진영인을 바라봤다. 아니나 다를까. 진영인의 분위기가 심상치 않았다.

진영인은 흠뻑 젖은 자신의 소매를 코로 가져갔다. 그리곤 잠시 킁킁거리며 냄새를 맡더니 멍한 눈으로 자신의 손을 바라봤다.

“그런데 피 냄새가 가시질 않아요. 일부러 비를 맞고 왔는데도…….”

“……!”

진영인의 말을 듣는 순간 덕명 산인과 온명 산인의 눈이 허공에서 부딪쳤다. 이들은 본능적으로 진영인이 매우 위험한 상태라는 것을 깨달았던 것이다.

온명 산인은 재빨리 두 손으로 진영인의 어깨를 움켜쥐었다.

“들어라, 영인! 당장 뇌정단공을 운기해라!”

그러나 진영인은 온명 산인의 말을 무시한 채 중얼거리듯 계속해서 말을 이어갔다.

“피 냄새뿐만이 아니에요. 흉수인 그자를 죽였는데도 여전히 가슴이 답답하고 무거워요.”

“이 녀석, 영인아!”

“아, 그렇군요. 이제야 알았어요. 이 모든 일은 저로 인해 불거진 것. 사문을 기만하며 제 스스로 자초한 것을……. 모든 것이 나 때문에…….”

짜악!

진영인의 고개가 홱 돌아갔다.

"이 노옴, 영인! 정신 차리지 못할까!"

온명 산인의 쩌렁한 일갈에 흐릿하던 진영인의 눈동자에 초점이 돌아왔다.

눈물 가득한 눈으로 자신을 바라보는 하운지와 근심스러운 얼굴로 자신을 바라보는 운검, 그리고 노한 와중에도 한줄기 염려가 담긴 온명 산인의 얼굴을 차례대로 바라보던 진영인의 시선이 멀찌감치 떨어져 있는 송현자에게 향했다.

온명 산인의 손을 떨쳐 낸 진영인은 곧장 송현자에게 다가섰다. 그리고는 비로 흠뻑 젖은 청석판 위에 무릎을 꿇었다.

"영인아?"

의아해하는 송현자의 음성 앞에 진영인은 차마 얼굴을 들 수 없었다.

"사부님."

감정이 느껴지지 않는 메마른 진영인의 음성에 송현자는 무언가 일이 잘못되었음을 직감했다.

"이게 무슨 짓이냐? 어서 일어나거라!"

송현자는 진영인을 일으켜 세우려 했다. 하지만 진영인은 석상이 된 듯 그 자리에 엎드린 채 일어설 줄 몰랐다.

"제자 때문입니다."

"이건 네 탓이 아니다."

"아니오. 분명 저로 인한 것입니다."

진영인이 말을 이어갔다.

“사문을 속이고 스승을 기만한 것도 모자라 가당치도 않은 만용으로 형산의 제자들을 죽게 했습니다.”

“그게 무슨 말이냐?”

“이자들이 노린 것은 아정이었습니다.”

진영인은 지금까지 함구하고 있던 아정의 출신 배경과 흑의인들의 목적, 그리고 자신이 알고 있는 모든 사실을 송현자에게 고하기 시작했다. 처음엔 의아해하던 송현자였으나 향 한 대가 탈 시간 동안 이어진 진영인의 설명에 놀라움을 금할 수 없었다.

이윽고 진영인의 이야기가 끝나자 송현자는 믿을 수 없다는 눈으로 진영인을 바라봤다.

“그게… 사실이더냐, 그 아이… 아정이 흑무련 사람이라는 것이? 그것도 단리세가의 적통을 이은 후계자라고?”

은은히 떨리는 송현자의 음성에 진영인은 가슴을 무겁게 짓누르는 죄책감을 느껴야만 했다.

“사실입니다.”

“허……”

송현자는 공허한 장탄식을 흘리며 눈앞에 엎드려 있는 자신의 제자를 바라봤다.

송현자뿐만이 아니었다. 어느새 진영인 주위에 이른 온명 산인과 덕명 산인, 그리고 운검과 하운지 역시 밝혀진 진실 앞에 할 말을 잃고 말았다.

무겁고 답답한 침묵을 깨고 가장 먼저 입을 연 것은 성질 급한 덕명 산인이었다.

“네 이놈, 영인! 지금 네 녀석이 무슨 말을 한 것인지 알고 있느냐?

네 녀석은 지금 기사멸조(欺師蔑祖)의 죄를 스스로 고한 것이다! 그 안
에 담긴 의미를 모르는 건 아니겠지?”

덕명 산인의 통렬한 꾸짖음에 진영인은 비로소 고개를 들었다.

“알고 있습니다.”

“그렇다면 그 벌이 결코 가볍지 않다는 것 역시 잘 알겠구나?”

덕명 산인의 질문에 진영인은 말없이 웃는 것으로 대답을 대신했다.

산문에 들어선 이후 처음으로 웃음을 보인 진영인이었다. 하지만 그
안에 담긴 처연함은 보는 이의 가슴을 저릿하게 만들었다.

“사문을 속이고 스승을 능멸한 제가 어찌 살기를 바라겠습니까? 제
가 죽는다 하여 이미 고혼이 된 이대제자들이 살아 돌아오는 것은 아
니지만, 그렇게라도 저의 죄를 조금이나마 덜 수 있다면 그리하겠습니
다.”

“……!”

너무나 차분한 진영인의 어조에 오히려 당황한 것은 덕명 산인이었
다. 물론 기사멸조의 죄는 수많은 문규 중에서도 가장 엄하게 다스리
는 죄 중 하나였다. 하지만 덕명 산인은 처음부터 죽음으로 진영인의
죄를 다스릴 생각이 없었다.

겉으로 표현하지 않았을 뿐 진영인을 아끼는 마음은 그 역시 다른
이들과 다르지 않았다. 다만 크게 엄포를 놓고 적당한 벌을 내려 두 번
다시 이와 같은 실수를 하지 않도록 겁을 주려 한 것인데 진영인이 스
스로 죽음을 자처하니 말문이 막히고 만 것이다.

“영인아.”

난처한 덕명 산인의 눈빛을 받은 온명 산인은 나직이 한숨을 흘리며
진영인을 불렀다.

“과연 이번 일은 너의 불찰로 빚어졌다 해도 과언이 아닐 만큼 네 책임이 크구나. 하지만 너 홀로 모든 것을 짊어질 필요는 없다.”

그러나 부드럽게 타이르는 온명 산인의 말에도 진영인은 이미 마음을 굳힌 듯 송현자를 바라보며 입을 열었다.

“저를 거두신 것은 사부님이시고 저를 키워주신 것도 사부님이시니 저를 파문시키는 것 역시 사부님께 맡기겠습니다.”

그 말을 끝으로 진영인은 고개를 떨군 채 송현자의 결정을 기다렸다.

“안 돼요!”

이때 갑자기 하운지가 비명과도 같은 소리를 지르며 송현자와 진영인 사이로 뛰어들었다. 그리고 진영인의 소매를 붙든 채 굵은 눈물을 뚝뚝 흘리기 시작했다.

“사숙, 그러지 말아요. 장로님께서도 말씀하셨잖아요. 누구도 사숙을 탓하는 사람은 없어요. 왜 그렇게 스스로를 몰아세우는 거예요?”

진영인은 천천히 고개를 들었다. 창백하게 질린 하운지의 얼굴을 물끄러미 바라보던 진영인은 그녀와 시선이 마주치자 쓸쓸히 웃으며 입을 열었다.

“그만둬, 운지야. 네가 나설 자리가 아니야.”

그 어떤 여지마저 남겨두지 않는 진영인의 말에 하운지의 어깨가 굳어졌다. 마치 낯선 사람처럼 넘을 수 없는 선을 긋는 진영인의 모습은 지금까지 자신이 알던 그가 아니었기 때문이다.

손을 뻗으면 늘 닿을 것만 같던 진영인의 존재감이 마치 두터운 벽을 사이에 둔 것처럼 낯설게 느껴졌다. 그래서 하운지는 흘러내리는 눈물을 닦을 생각조차 하지 못하고 한참 동안 진영인을 바라봤다.

그러나 이내 하운지는 입술을 깨물며 강하게 고개를 저었다. 그리고는 더욱 세게 진영인의 옷깃을 붙들었다.

어찌나 입술을 세게 깨물었던지 그녀의 턱을 타고 피가 흘러내렸으나 지금의 하운지는 고통을 느낄 수 없었다. 처연한 미소 뒤로 숨어버린 진영인의 차가운 모습이 더욱 아팠기 때문이다.

"아니, 그럴 수 없어요."

"운지야……."

"사숙은 나를 어떻게 생각해도 좋아요. 건방진 계집이라 여겨도 좋고 나를 경멸하고 싫어해도 좋아요. 하지만 절대 사숙 마음대로 하게 놔두지 않을 거예요."

그러나 애절한 하운지의 음성도 이미 마음을 닫아버린 진영인을 흔들지 못했다.

곤란한 듯 하운지를 바라보던 진영인은 말없이 그녀를 밀어냈다. 이에 하운지는 더 이상 아무런 말도 할 수 없어 눈물만 떨굴 뿐이었다.

그때였다.

"파문이 무얼 뜻하는지 알고 있느냐?"

송현자의 질문에 진영인은 고개를 끄덕였다.

"단순히 내쫓는 것만으로 끝나지 않는다. 기해혈을 파괴하여 내공을 흩어버리고 사지의 근맥을 끊고 기맥을 뒤틀어 무공을 전폐한 다음 개처럼 내쫓기는 걸 파문이라 한다. 알고 있느냐?"

"제자 이미 각오하고 있습니다."

"이놈, 영인!"

돌연 격노한 송현자의 음성이 진영인을 향해 쏟아졌다. 갑작스런 호령에 고개를 든 진영인은 난생처음 보는 사부의 노한 얼굴을 마주했다.

어떤 상황에서도 침착함을 잃지 않던 사부이다. 늘 온화하고 청수한 모습으로 자신을 대하던 사부이다. 그러나 눈앞에 서 있는 지금의 사부는 불같이 노한 얼굴로 자신을 내려다보고 있었다.

비록 각오는 하고 있었으나 막상 크게 노한 사부의 모습을 대하자니 진영인은 가슴이 몹시 아팠다.

자신으로 인해 화를 내는 사부의 모습을 더 이상 볼 수 없어 진영인은 고개를 숙였다.

"그래, 파문의 의미를 그렇게 잘 아는 놈이 그런 말을 아무렇지도 않게 내뱉는단 말이냐?"

송현자의 음성은 여전히 노기를 담고 있었으나 그 안에 담긴 의미는 진영인이 예상했던 그것이 아니었다.

"사부님?"

"이 몹쓸 녀석 같으니라고! 그 정도밖에 안 되는 녀석이었느냐? 어찌 나를 이렇게 실망시키는 것이냐!"

진영인은 붉어진 송현자의 눈시울을 발견할 수 있었다.

명치 끝이 아릿하게 아파오며 가슴이 먹먹해지는 느낌. 무언가 뜨거운 것이 목 울대를 타고 넘어와 진영인은 아무런 말도 할 수 없었다.

그런 진영인을 향해 송현자는 계속해서 말을 이어갔다.

"진정 폐인이 되어 산문 밖으로 내쫓기는 것을 원하는 것이냐? 말해 보거라, 이놈! 이 몹쓸 녀석아! 너를 거둔 이 손으로 너를 내치기를 원하는 것이냐?"

순간 진영인의 가슴속에 있던 무언가가 쩍 하고 갈라졌다. 그리고 그 안에 숨어 있던 진심이 여린 속살처럼 모습을 드러냈다. 동시에 가면처럼 무표정하던 진영인의 얼굴이 깨져 나갔다.

"사부님……!"

"말해 보라 하지 않았느냐!"

주르륵.

터져 나온 뜨거운 눈물이 진영인의 뺨을 타고 흘러내렸다.

"크흐흑… 아닙니다. 아닙니다, 사부님. 저는… 저는……."

목이 메어 말을 잇지 못해 한참 동안 끅끅거리던 진영인이 이윽고 입을 열었다.

"저는 형산에 남고 싶습니다. 사부님과 사형제들, 그리고 모든 형산 문하와 부대끼며 살고 싶습니다."

"그걸로 되었다."

송현자는 허리를 굽혀 바닥에 엎드려 있는 진영인을 끌어안았다. 그리고 진영인의 등을 쓰다듬으며 차분한 음성으로 말을 이었다.

"힘들었겠구나. 그리고 외로웠겠지. 하지만 그러지 말아라. 너는 혼자가 아니다. 사부가 있고 사형제가 있으며 너를 바라보는 형산의 제자들이 있질 않느냐. 홀로 모든 것을 감당하려 하지 않아도 된다. 그리고 책임감으로 스스로를 옭아맬 필요도 없다. 너는 아직 젊고 더 많은 것을 배워야 한다. 아직 스스로를 구속하기엔 이르지 않더냐."

"으허헝! 사부님!"

"됐다. 그걸로 되었다."

그들 사제의 모습에 덕명 산인과 온명 산인은 콧날이 시큰해지는 것을 느꼈다. 운검과 하운지의 눈에도 어느새 그렁그렁한 눈물이 맺혀 있었다.

이윽고 진영인의 울음이 잦아들자 송현자는 평소와 같은 온화한 웃음을 머금고 입을 열었다.

"많이 지쳤겠지. 그만 숙소로 돌아가 쉬거라. 나중에 네가 따로 할 일이 있으니 그때 부르도록 하마."

"하지만……."

"어서."

송현자의 재촉에 마지못해 고개를 끄덕인 진영인은 천천히 신형을 일으켰다. 그리곤 온명 산인과 덕명 산인을 향해 고개를 조아렸다.

"제자가 못난 모습을 보였습니다."

"쯧쯧, 꼴도 보기 싫다. 어서 눈앞에서 사라져라."

휘휘 손을 내젓는 행동과는 달리 덕명 산인의 눈은 부드럽게 웃고 있었다. 온명 산인 역시 가볍게 진영인의 어깨를 두드리는 것으로 말을 대신했다.

숙소를 향해 걸음을 옮기는 진영인의 뒷모습을 바라보던 하운지는 뒤늦게 황망히 빗물을 털고 일어섰다. 그리곤 눈물을 훔치며 송현자를 향해 밝게 웃어 보였다.

"고마워요, 태사부님."

장문인이 아닌 태사부라 불렸음에도 송현자는 빙그레 웃으며 고개를 끄덕였다. 그녀가 진심으로 자신에게 고마움을 표시하는 애정 어린 호칭임을 알고 있었기 때문이다.

진영인의 숙소가 있는 방향으로 하운지가 사라지자 덕명 산인은 그제야 안도의 한숨을 내쉬었다.

"휴, 위험했군."

"그래도 다행입니다. 늘 웃음으로 자신을 감추지만 본래 영인은 마음이 여린 아이입니다."

운검의 말에 온명 산인이 고개를 끄덕였다.

"처음 그 아이가 산문에 들어섰을 때 가슴이 덜컥 내려앉았다네. 그 눈은 마치… 예전의 현검 그 아이를 보는 것 같았으니까."

"그렇게 심각했었수?"

덕명 산인의 반문에 온명 산인은 한숨을 내쉬며 고개를 끄덕였다.

"순수한 만큼 쉽게 상처받는 법이니까. 아주 더딘 변화, 그래서 더욱 위험하지. 스스로 알아챘을 때는 돌이킬 수 없는 상태일 테니까."

"영인에게는 현검과 같은 일은 없을 겁니다. 같은 불행을 반복할 수는 없어요."

진영인이 사라진 방향을 바라보며 나직이 읊조리는 송현자였다.

형산에서의 혈사 이후 이틀이 지났다.

밤이 깊었으나 형산파의 전각들은 모두 불을 밝히고 있었다. 특히 임시로 부상자들을 수용한 운검의 처소는 좀처럼 불이 꺼질 줄을 몰랐다.

책상과 다탁을 비롯한 모든 가구를 치워낸 자운정 안은 신음하는 부상자들로 가득 차 발 디딜 틈이 없었고, 운검은 그 사이를 바쁘게 오가며 자신을 수발하는 십여 명의 이대제자들을 향해 지시를 내리고 있었다.

"지명에게는 연락이 없었느냐?"

"아직입니다."

돌아온 하운지의 대답에 운검은 나직이 한숨을 흘렸다. 삼십여 명에 달하는 부상자를 그 혼자 감당하기엔 한계가 있었다. 게다가 한시를 다투는 위중한 상황이었다. 대부분의 부상이 병기로 인한 것이라 조금만 치료가 늦어도 상태가 걷잡을 수 없이 악화되곤 했다. 그래서 마을의 의원들을 수소문하기 위해 안지명을 보낸 것인데 근 두 시진이 되어가도록 지명으로부터 아무런 연락이 없었다.

운검은 바싹 마른 목을 침으로 축인 다음 가까운 곳에 누워 있는 이대제자에게 다가섰다.

잠시 금창상(金瘡傷)을 살피던 운검이 인상을 찌푸렸다. 옆구리를 감은 붕대를 벗겨내기가 무섭게 악취와 함께 심하게 곪은 상처가 모습을 드러냈기 때문이다.

"운지야, 감총전을 더 가져오거라."

"방금 그게 마지막이었어요."

약재와 치료 도구를 나르던 하운지가 난처한 얼굴로 대답하자 운검은 나직이 한숨을 흘렸다.

감초와 선총백(鮮蔥白:파뿌리)을 같은 양으로 달인 다음 식힌 감총전은 소독과 지통 작용이 있어 창상의 출혈이 있을 때에 세척의 용도로 사용하는 약이었다. 하지만 약재 창고에 있던 감초 등은 이미 바닥을 드러낸 지 오래였고 다른 약재들도 턱없이 부족했다.

"일단 급한 대로 창고에 있는 화주(火酒)를 전부 내오거라."

"사백, 괜찮으세요? 안색이 몹시 창백해요. 지금까지 한숨도 주무시지 못했잖아요."

"나는 괜찮으니 서둘러라."

몹시 지쳐 보이는 운검을 안쓰럽게 바라보던 하운지는 마지못해 고개를 끄덕이고는 자운정을 나섰다.

"사형."

계속해서 부상자를 치료하던 운검은 자신을 부르는 목소리에 고개를 들었다.

"마침 잘 왔네. 지금부터 곪아 있는 환부의 고름을 짜낼 것이니 그 아이가 발버둥 치지 못하게 어깨를 눌러주게나."

한차례 고개를 끄덕인 명검은 이내 운검을 도와 비명을 지르며 바둥대는 이대제자를 억눌렀다.

"끄아아악!"

"참아라! 이대로 놔두면 더욱 상세가 악화될 것이다!"

운검은 헝겊을 말아 이대제자의 입에 물려주었고, 이대제자는 이를 악물어 숨넘어갈 듯한 고통을 참아냈다.

"사백!"

"이리 주거라."

때마침 돌아온 하운지로부터 낚아채듯 술병을 건네받은 운검은 독한 술을 환부에 콸콸 쏟아 고름을 씻어냈다. 그리고 재빨리 벌어진 상처를 봉합한 뒤 그 위에 도화산(桃花散)을 뿌렸다.

한 통의 도화산이 바닥을 드러내고 나서야 흐르던 피가 멎었고, 그제야 운검은 안도의 한숨을 내쉬었다.

"혼혈(昏穴)을 짚어 재우게."

고개를 끄덕인 명검은 운검의 지시대로 이대제자의 혼혈을 짚었다.

털썩.

"사형!"

비틀거리며 바닥에 쓰러지는 운검을 명검이 붙들었다.

"나는 괜찮다."

이미 체력의 한계에 다다른 운검의 이마에서는 연신 식은땀이 흘러내리고 있었다.

이때 자운정 밖이 소란스러워지며 안지명이 벌컥 문을 열고 들어섰다.

"왜 이리 늦었느냐?"

운검의 질책에 안지명은 등에 메고 있던 산만한 봇짐을 바닥에 내려놓은 다음 이마에 흐르는 땀을 훔쳐 냈다.

"지금 의원 다섯 명이 오고 있습니다. 약재가 부족할 것 같아 의가에서 있는 대로 몽땅 긁어 왔어요. 그래서 시간이 걸렸습니다."

"잘했다."

운검은 곧바로 부상자 사이를 오가는 이대제자들을 향해 입을 열었다.

"백석회 반 근과 대황편 한 냥 닷 돈으로 도화산(桃花散)을 만들어라. 우선 백석회에 물을 뿌리면서 가루 내어 대황편과 같이 불에 볶는다. 이때 석회가 붉은색을 띠지 않을 정도까지 하고 대황편을 버린 다음 석회만을 보드랍게 갈면 도화산이 된다."

운검은 계속해서 다른 약재들의 제조하는 방법을 설명했다.

"칠리산(七厘散)은 유향, 몰약 각각 열다섯 냥, 당귀 두 냥, 아다(兒茶) 한 냥 여덟 돈, 홍화 열다섯 냥, 혈갈 열두 냥 여덟 돈, 주사 열다섯 냥, 사향 한 냥 두 돈, 빙편 두 돈을 가루 내어 한 번에 닷 푼 한 돈씩 술, 혹은 따뜻한 물에 먹이든지 술에 타서 환부에 바르면 된다. 도화산은 지혈 작용을 하고 칠리산은 지통 작용이 있으니 상황에 따라 사용하면 된다."

운검의 지시를 따라 두 명의 이대제자가 각기 도화산과 칠리산을 만들기 위해 자운정 밖으로 뛰어나갔다.

운검은 의학 지식이 없는 이대제자들을 위해 금창(金瘡)의 치료에 대해 쉽게 풀어 설명하기 시작했다.

"심하지 않은 금창상은 지혈서(止血絮)로 막으면 피가 멎는다. 지혈서는 원삼, 천초, 유기노, 대황, 황금, 황백, 빙편, 오배자를 같은 양으로 하여 한련즙(旱蓮汁), 마란즙, 녹반, 묵(墨), 백초상을 가해서 진하게 달인다. 이것을 솜에 적셔서 말린 다음 다시 식초를 가하여 달여서 쓴다. 근이 끊어지고 피가 많이 나올 때는 여성금도산(如聖金刀散)을 붙이고 지혈서로 창구를 막아 피가 멎게 하여야 한다. 만일 제때에 치료하지 못하여 국부에 종창이 생겨 곪으면 여성금도산, 지혈서를 제거하고 생기산(生肌散)을 뿌린 다음 그 위에 타승고(陀僧膏)를 붙인다. 그러면 통증이 멎고 새살이 나오기 시작할 것이다. 상처가 곪아서 고름이 흘러내리면 감총전(甘蔥煎)이 없으니 화주로 환부를 씻어내고 금창철선산(金瘡鐵扇散)을 뿌려 고름을 빨아낸 다음 겉에는 옥홍고(玉紅膏)를 붙인다. 여성금도산은 송향 일곱 냥, 생백반, 고백반 각각 한 냥 닷 돈을 보드랍게 가루 내어서 밀폐하여 두었다가 사용하면 되고, 생기산(生肌散)은 한수석, 활석, 용골, 오적골을 각각 한 냥, 정분(定粉), 밀타승, 고백반, 건연지를 각각 닷 돈씩 가루 내어 섞으면 된다. 타승고(陀僧膏)는 남타승(南陀僧) 스무 냥, 적작약, 당귀 각각 두 냥, 유향, 몰약 각각 닷 돈, 적석지, 고삼, 은유 한 냥, 백초상 두 냥, 대황 반 근. 이상의 약들 중에서 우선 적작약, 당귀, 고삼, 대황을 기름에 넣어 끓여서 거기에 물을 떨어뜨려 보아 흩어지지 않을 정도가 되면 남타승 가루를 넣어 잘 섞는다. 이때 여기에 물을 떨어뜨려 보아 흩어지지 않고 구슬 모양으로 되면 바로 백초상 가루를 서서히 잘 섞고 다음에 나머지 약을 넣어 잘 섞는다. 이것을 오지 그릇에 넣어서 항상 물 대야에 담그어 두면서 쓴다. 그리고 금창철선산과 옥홍고는……."

운검의 설명에 귀를 기울이던 이대제자들은 그의 말이 끝나기가 무섭게 각자 일을 분담하여 재빨리 움직이기 시작했다.

긴 말을 쉬지 않고 쏟아낸 운검이 지친 표정으로 가쁜 호흡을 가다듬었다. 채 일각이 지나지 않아 다섯 명의 의원이 자운정 안으로 들어섰고, 그제야 운검은 녹초가 된 모습으로 안도의 한숨을 내쉬었다. 하지만 그 외중에서도 혹시나 제자들이 잊어버릴지 몰라 종이에 처방약의 제조법과 사용법을 기록한 뒤 기둥 곳곳에 나눠 붙였다.

"사형, 잠시 시간 좀 내주시겠습니까?"

운검이 고개를 끄덕이자 명검이 앞서 자운정을 나섰다.

자운정과 멀찍이 떨어진 한적한 곳에 이르자 명검이 운검을 향해 입을 열었다.

"상당히 피곤해 보이는군요."

"그렇군. 하지만 그보다 사제가 내게 할 말이 있는 것 같군."

"예……."

명검은 머뭇거리며 선뜻 먼저 입을 열지 못했다. 그런 명검을 대신해 운검이 먼저 질문을 던졌다.

"대력금황기라 했나? 워낙 순식간이라 자세히 보지 못했지만 매우 놀라운 경지에 이르러 있더군. 어떻게 된 것인가? 나는 아직까지 본 파에 대력금황기라는 무공이 있다는 것을 들어보지 못했네."

"사형, 실은……."

잠시 말끝을 흐리던 명검이 나직이 한숨을 흘리며 운검을 바라봤다.

"사실 저는 본 파에 입문하기 전에 대력금황기를 먼저 익혔습니다. 이를 숨겼던 것은 혹 쓸데없는 오해를 일으킬까 저어해서였습니다. 당시엔 상황이 급박하여 어쩔 수 없었으나 앞으로도 저는 이를 다른 이에게 알리고 싶지 않습니다. 그러니 사형께서도 못 본 것으로 해주십시오."

"그렇다면 대력금황기는 어떻게 익히게 되었나?"

"대력금황기는 저희 집안 대대로 내려오는 가전무공으로……."

이때 운검의 얼굴이 굳어지며 명검의 말을 잘랐다.

"사제, 날 속일 생각은 하지 말게. 비록 무공은 익힐 수 없는 몸이 되었지만 오랜 시간 의학서와 무공서를 뒤져 온 나일세. 자신들의 오대신공 중 하나를 일개 가문에 양보할 만큼 천축의 소뢰음사는 그리 호락호락한 곳이 아닐세."

명검은 흠칫하며 놀란 눈으로 운검을 바라봤다.

"거기까지 알고 계셨습니까?"

"솔직히 말해 보게."

"음……."

잠시 침음성을 흘리던 명검은 긴 한숨과 함께 입을 열었다.

"일부러 사형은 속이고 싶은 마음은 없었습니다. 하지만 자세한 연유를 밝힐 수 없음을 용서하십시오."

"스스로 떳떳하다면 말하지 못할 이유가 없지 않은가?"

"……."

운검의 얼굴에 어리는 싸늘한 표정 앞에 명검은 입을 다물었다.

이윽고 긴 침묵 끝에 운검이 입을 열었다.

"명검 너는 형산의 제자가 맞느냐?"

여러 가지 의미가 담긴 질문이었다. 하지만 명검은 운검의 눈을 똑바로 마주 보며 고개를 끄덕였다.

"저는 틀림없는 형산의 제자입니다. 산문에 들어서는 순간부터 지금까지도 그랬고 죽을 때 역시 형산의 제자로 죽을 것입니다."

운검은 말없이 한참 동안 명검의 눈을 바라보았다.

그렇게 얼마나 시간이 흘렀을까.

운검은 천천히 고개를 끄덕였다. 명검의 눈에서 한 점의 거짓된 감정도 찾아볼 수 없었기 때문이다.

"너를 믿는다, 명검."

"고맙습니다, 사형."

그 말을 끝으로 운검은 자신의 처소로 돌아가기 위해 걸음을 옮기기 시작했다. 그러다 문득 생각난 것이 있어 고개를 돌려 명검을 바라봤다.

"천향옥로현단이라고 했지? 그중 하나를 내게 줄 수 있겠는가?"

"이건……."

난처한 표정으로 말끝을 흐리는 명검을 향해 운검이 말을 이어갔다.

"성분을 분석해 보면 비슷한 효력을 지닌 치상단을 만들 수 있을 것 같아 그렇다네. 앞으로도 이와 같은 일이 없으리란 법이 없으니 미리 대비해 둬야 하지 않겠나."

눈을 감은 채 고민하던 명검은 이윽고 고개를 끄덕이며 품속에서 밀랍에 싸인 작은 환단을 꺼내 운검에게 내밀었다.

"이것은 본래 제 물건이 아닙니다. 저는 보관만 하고 있을 뿐 이 물건의 주인은 따로 있지요. 하지만 그 역시 사형의 부탁이라면 선선히 건넸을 테니 그리하겠습니다."

뜻 모를 명검의 말에 운검은 잠시 의아한 표정을 지었으나 이내 천향옥로현단을 받아 품속에 갈무리했다.

"그럼 저는 두 못난 녀석들을 살피러 가보겠습니다."

　명검의 말에 운검은 고개를 끄덕였다. 명검의 제자인 권태룡과 백연 역시 부상이 가볍지 않음을 알고 있었기 때문이다.

　한차례 고개를 숙인 명검은 이내 자운정을 돌아 사라졌고, 운검은 그의 뒷모습을 한참 동안 응시하며 고민을 거듭했다.

　명검이 형산파에 입문하여 지내온 십구 년의 세월은 결코 짧은 것이 아니었다. 그리고 그간에 쌓아온 사형제의 정리 역시 거짓이 없었다. 하지만 예상을 훨씬 웃도는 무공을 지녔음에도 이를 숨긴 이유를 알 수 없었다. 워낙 창졸간에 벌어진 일이라 자세히는 볼 수 없었으나 기련십마 둘을 일격에 고혼으로 만든 그의 무위는 분명 형산파 최고수라 할 수 있는 진영인의 무위와도 비견되는 것이었다.

　복잡한 머리 속을 털어버리기 위해 운검은 고개를 흔들었다.

　"아무렴 어떤가. 그는 틀림없이 나의 사제이고 지금의 형산은 그가 필요한 것을."

　운검이 하는 말은 스스로에게 하는 다짐과도 같았다.

　처소로 돌아가 쉬려 하던 생각을 버리고 운검은 다시 자운정으로 향했다. 천향옥로현단의 성분을 분석하려면 필요한 서적이 한두 권이 아니었기 때문이다.

　그리고 혹시라도 훗날 명검이 형산을 적으로 돌린다면 그에게도 방법이 있었다. 비밀은 비단 명검만이 지닌 것은 아니었던 것이다.

第十三章

맹호출림(猛虎出林)

어슴푸레한 어둠이 채 가시지 않은 이른 아침. 처소를 나선 진영인이 찾은 곳은 형산의 최고봉인 축융봉(祝融峰)이었다.

정상에서 내려다보는 형산의 모습은 늘 보아왔던 형산과는 또 다른 정취를 풍겼다. 하나 그 정취마저도 진영인의 마음을 사로잡지 못했다. 오히려 너무 조용한 형산의 풍광은 진영인으로 하여금 더 많은 생각을 하게 만들었고, 그렇지 않아도 복잡한 심사를 더욱 엉망으로 만들었다.

그렇게 얼마나 시간이 흘렀을까.

"그래……."

오랜 시간 동안 미동도 하지 않던 진영인이 나직이 읊조렸다.

천천히 고개를 드는 그의 얼굴에는 더 이상의 망설임도 느껴지지 않았다. 비록 아픈 기억을 가슴속에 묻어야만 했지만 이번 일을 통해 진영인은 확실히 깨달았던 것이다. 자신의 주저함이 지인들을 위험에 빠뜨릴 수 있다는 것을.

어느덧 진영인의 두 눈에는 떠오르는 태양이 담겨 있었다.

"형산은 최고가 될 것이다. 내 손으로 형산을 오악의 으뜸으로 세우리라. 그것이 내가 사문에 속죄할 유일한 방법이리라."

떠오르는 해를 바라보는 그의 눈에는 어느덧 확고한 결의가 자리잡고 있었다.

어깨와 머리에 내려앉은 이슬을 털어내며 진영인은 발걸음을 돌렸다.

처소에 도착한 진영인은 문을 열고 안으로 들어섰다.

순간 얼굴에 의아함이 떠올랐다. 뜻밖의 손님이 그를 기다리고 있던 것이다.

"이처럼 이른 시각에 무슨 일이냐?"

반가운 표정으로 진영인에게 다가서던 단리정은 금세 시무룩한 표정으로 고개를 숙였다.

"사부님……."

말끝을 흐리며 잠시 머뭇거리던 단리정이 기어들어 가는 목소리로 입을 열었다.

"저는 이곳에 있으면 안 되는 건가요?"

"무슨 말이냐?"

"알고 있어요, 그 사람들이 저를 찾으러 온 것이라는 걸."

진영인은 잠시 할 말을 잃고 단리정을 바라봤다.

단리정은 영리한 아이였다. 사람을 대하는 게 서툴러 표현을 하지 않을 뿐 이번 사태의 원인이 자신에게 있음을 모를 만큼 어리석지 않았던 것이다.

"그러니까 제가 형산파의 제자가 아니었다면… 사부님을 따라오지 않았다면 이런 일은 없었을 거예요. 저 때문에 사부님이 곤란에 처하는 건 싫어요. 그러니까……."

진영인은 잔뜩 주눅 들어 있는 단리정을 끌어당겨 품속에 안았다.

흠칫하며 굳어지는 단리정의 등을 쓸어내리며 진영인이 조용히 입을 열었다.

"말해 보려무나, 무엇이 너를 이렇게 힘들게 하는지."

"저는……."

갑자기 단리정이 울먹이기 시작했다.

"저는 제가 좋아하는 사람들이 정말 행복해졌으면 좋겠어요. 하지만 저는 늘 주위 사람들을 불행하게 만든대요. 제가 정말 좋아하는 사람들, 엄마도, 그리고 아빠도… 저 때문에 불행해진 거래요."

"누가 그런 말을 하더냐?"

"숙부도 그랬고 사촌 형도 그랬어요. 그리고 제게 이상한 약을 먹이고 아프게 했던 사람들도 저더러 저주받은 아이라고 했어요."

진영인은 몹시 가슴이 아팠다. 불과 열 살밖에 되지 않은 아이가 언급할 만한 이야기가 아니었다. 그 또래에서 찾아볼 수 없는 어두운 기억, 그리고 이를 당연하게 여기는 어린 제자의 모습이 안타깝고 서글펐다.

"들어보려무나, 아정. 너를 잘 알지도 못하고 널 위해 뭔가 해주지도 못하는 무책임한 사람들의 말에 휘둘릴 필요 없다. 누구나 행복해질 권리가 있고 그건 너 역시 마찬가지다. 너는 저주받은 아이가 아니다. 너를 제자로 받아들인 건 나의 의지였고 지금도 나는 네가 내 제자인 것이 자랑스럽단다.”

단리정은 고개를 들어 진영인을 바라봤다. 아직도 기가 죽어 있는 단리정을 바라보며 진영인은 빙그레 웃으며 말을 이었다.

“염려 말고 사부의 그늘에 기대거라. 너를 괴롭히던 그자들에게 결코 너를 넘겨주지 않을 것이다.”

“으아아앙!”

단리정은 울음을 터뜨렸다. 그간 억눌렀던 감정의 둑이 무너진 것이다. 겉으로는 어떨지 몰라도 그 속은 아직 여린 마음을 지닌 어린애였다.

‘좋아하는 것을 지키고 싶어서 자기 자신을 상처 입히는 바보 같은 녀석.’

힘주어 자신을 끌어안는 단리정의 등을 진영인이 연신 토닥였다.

“엉엉, 사부님!”

어린 제자의 눈물을 닦아주며 진영인은 미안한 생각이 들었다. 단리정을 제자로 삼은 것은 자신이었다. 자신의 어린 제자는 아직 자신 이외의 다른 이에게 마음을 열지 못하고 있었고, 그런 아이를 지금껏 외롭게 방치했던 것이다. 그리고 한편으로는 분노가 치밀었다. 단리정에게서 제 또래의 천진난만한 웃음과 행복을 앗아간 자들에 대한 분노였다.

“미안하다, 아정. 이 사부가 무심했구나.”

진영인의 말에 아정은 고개를 흔들었다. 오히려 미안한 것은 자신이었다. 하지만 목이 메어 말을 할 수 없었기에 아정은 더욱 세게 진영인의 목을 껴안는 걸로 그 말을 대신했다.

이윽고 단리정의 울음이 잦아들자 진영인이 빙그레 웃으며 입을 열었다.

"아정, 나와 함께 세상 구경을 해보지 않겠느냐?"

단리정의 얼굴에 의아함이 떠올랐다. 하지만 영리한 아이답게 단리정은 진영인의 말속에 담긴 의미를 금방 눈치챘다. 그리고 진영인 역시 제자의 눈빛에 떠오른 생각을 읽어낼 수 있었다.

"그들은 쉽게 너를 놓아줄 생각이 없는 것 같더구나. 우리가 계속 형산에 머물면 언젠가 이와 같은 일이 반복될지도 모른다. 네겐 미안한 일이지만 우리는 당분간 형산을 떠나 있어야 할 것 같다."

"사부님과 함께라면 어디라도 상관없어요."

"그래, 고맙구나. 대신 내가 항시 너와 함께 있으마."

그때였다.

챙그랑!

갑작스런 소리에 고개를 돌린 진영인은 바닥에 떨어져 산산조각난 다기들과 망연자실한 표정으로 자신을 바라보는 하운지의 모습을 발견할 수 있었다.

"운지야!"

"거짓말이죠? 형산을 떠나시겠다니……! 사숙, 농담이시죠?"

믿을 수 없다는 얼굴로 중얼거리는 하운지를 향해 진영인은 고개를 저었다.

"농담이 아냐."

"……!"

진영인은 창백하게 질린 채 아무런 말도 하지 못하는 하운지를 향해 다가섰다. 그러나 하운지는 진영인의 손을 뿌리치며 소리치듯 입을 열었다.

“왜죠? 이미 장문인께선 사숙을 용서하셨잖아요!”

물끄러미 하운지를 바라보던 진영인이 씁쓸한 미소를 머금었다.

“기련십마를 수하로 부릴 정도라면 그들의 힘은 우리가 생각하는 것 이상으로 강할 거야. 그리고 그들이 아정을 포기할 거란 생각이 들지 않는구나. 오히려 이미 한 번 실패를 했기 때문에 더욱 전력을 가다듬 겠지. 지금의 형산으로는 그들을 감당할 수 없어. 그래서…….”

“그렇다면 저도 사숙과 함께 가겠어요!”

“안 돼. 나는 강호를 유람하기 위해 떠나는 것이 아니야. 모르긴 몰라도 험난한 여정이 될 게 틀림없어.”

“알아요. 그래서 함께 가겠다는 거예요. 둘보다는 셋이 낫지 않겠어요?”

좀처럼 물러서지 않는 하운지의 모습에 진영인은 나직이 한숨을 흘렸다.

그녀를 단념시키기 위해 마음을 다잡은 진영인은 최대한 야멸차게 입을 열었다.

“나는 아정만을 보호하기도 벅차. 솔직히 지금의 운지 너는 내게 어떠한 도움도 되지 못해. 오히려 발목을 잡을 뿐이지.”

진영인의 독한 말에 하운지는 잠시 멍한 표정이 되었다. 하지만 이내 고집스럽게 다문 그녀의 입술에서 흐느낌이 터져 나왔다.

“흑, 누가 저를 지켜달라 했나요? 어떻게 그런 잔인한 말을……. 왜 그렇게 사람이 못됐어요?”

하운지의 눈물 앞에 진영인은 상처에 소금을 뿌린 것처럼 가슴 한구석이 쓰라려 오는 것을 느꼈다.

진영인은 말없이 하운지의 어깨를 감싸 안았다. 그리고 다소 누그러진 어조로 입을 열었다.

"울지 마, 운지야. 나는 형산을 완전히 떠나는 것이 아니야. 그들의 이목을 돌리기 위해, 그리고 형산이 강해질 시간을 벌기 위해 잠시 형산을 떠나 있는 것뿐이야. 그리고 너는 이곳에서 할 일이 있어."

"아니요. 사숙이 없으면 전 아무것도 할 수 없어요. 가슴이 아파 숨조차 쉴 수 없을 거예요. 난… 나는…… 사숙을 좋아한단 말이에요!"

자신도 모르게 가슴 깊은 곳에 묻어두었던 진심을 고백한 하운지는 이내 후회가 밀려오는 것을 느끼며 푹 고개를 숙여 버렸다. 진영인의 반응이 두렵고 너무나 부끄러워 얼굴을 마주할 수 없었던 것이다.

당황하기는 진영인 역시 마찬가지였다. 그녀의 고백은 너무나 뜻밖이어서 한참 동안 말문을 열지 못했다.

그렇게 얼마나 시간이 흘렀을까.

해를 등지고 있던 진영인은 문득 반짝이는 물체가 시야를 어지럽히는 것을 느꼈다. 그리고 그것이 당혜 위로 떨어지는 하운지의 눈물임을 어렵지 않게 알 수 있었다. 그녀의 턱을 타고 떨어지는 눈물이 붉은색 당혜 위에서 햇살과 함께 부서지고 있었다.

뒤이어 더없이 여려 보이는 하운지의 어깨와 발갛게 물든 그녀의 목덜미가 눈에 들어왔다.

진영인은 두 손으로 하운지의 볼을 감쌌다. 그리고 그녀의 이마에 짧게 입술을 갖다 대었다.

"……!"

놀란 눈을 들어 자신을 바라보는 하운지를 향해 진영인은 조용히 웃으며 입을 열었다.

"나도 운지를 좋아해."

"사숙……."

"하지만 나에게 연연해하지 말고 강해지길 바라. 형산이 강해져야 나는 다시 형산에 돌아올 수 있어. 그러니 하루빨리 형산이 예전의 힘을 되찾을 수 있도록 노력해 줘."

진영인은 가늘게 떨리는 그녀의 허리를 깊이 껴안았다.

"기다려 줘. 내가 돌아올 곳은 네가 있는 이곳 형산뿐이야."

진영인의 마음을 확인한 하운지는 또다시 눈물을 흘렸다. 조금 전과는 다른 기쁨의 눈물이었다.

말없이 서로를 껴안은 채 그들은 한참 동안 상대방의 온기와 존재감을 확인했다.

"저런, 요즘 들어 눈물이 많아졌네? 내가 반했던 예전의 당찬 아가씨는 어디로 간 거지?"

진영인의 농담에 하운지는 눈물을 훔치며 새치름히 눈을 흘겼다.

"나빠요. 전부 사숙 때문이잖아요."

진영인은 웃고 하운지는 얼굴을 붉혔다. 이때 멀지 않은 곳에서 갑자기 곽범태와 안자명 형제가 튀어나왔다.

"사형, 갑자기 밀면 어떡해요?"

"미, 미안. 가, 갑자기 발이 미끄러져서……."

그들 사형제의 등장에 하운지는 화들짝 놀라며 진영인에게서 떨어졌다.

하운지의 매서운 눈빛을 외면하며 안자명이 크게 외쳤다.

"하하하! 축하해요, 사저."

"어, 언제부터 와 있었던 거야?"

"걱정 마세요. 사숙이 사저의 이마에 입 맞추는 모습은 절대 못 봤으니까요."

 평소의 하운지라면 의당 손톱을 세웠을 것이고, 안자명과 안지명은 얼굴에 생채기를 안은 채 달아나기 바빴을 테지만 하운지는 얼굴을 잔뜩 붉힐 뿐이었다.

 진영인은 멋쩍은 얼굴로 자신의 뺨을 긁었다. 하운지에게 신경을 쏟느라 그들 사형제가 가까이 다가서는 것을 눈치채지 못했던 것이다.

 "다친 곳은 괜찮아?"

 진영인의 질문에 안지명이 너스레를 떨며 곽범태와 안자명을 번갈아 가리켰다.

 "둘 다 인간이 아니에요. 마치 짐승의 회복력 같다고나 할까?"

 "누가 짐승이야?"

 "누구긴 누구야, 너지. 운검 사백도 그러셨잖아, 불가사의한 회복 속도라고."

 "뭐야?"

 안자명과 안지명이 옥신각신하는 사이 곽범태가 특유의 더듬거리는 음성으로 입을 열었다.

 "자, 장문인께서 차, 찾으세요."

 "나를?"

 답답한 곽범태를 대신해 안자명이 재빨리 끼어들었다.

 "아뇨, 전부요. 모든 제자들은 연무장에 모이라는 장문인의 말씀이 있었어요."

 이때 안지명이 의아한 얼굴로 진영인을 바라봤다.

 "그런데 사숙, 어디 가세요? 돌아올 곳은 이곳뿐이라는 말이 무슨 뜻이에요?"

금세 어두워지는 하운지의 얼굴에 의아함을 느끼며 곽범태와 안자명도 진영인의 대답을 기다렸다. 그러나 진영인은 빙그레 웃으며 고개를 저었다.

"조금 있으면 알게 될 거다."

진영인이 손짓으로 부르자 단리정이 쪼르르 달려왔다. 단리정을 들쳐 안은 진영인은 걸음을 옮겨 연무장 쪽으로 향했고, 그 뒤를 하운지가 따랐다.

"왠지 물어볼 분위기가 아니지?"

안지명이 멀어지는 하운지를 가리키며 입을 열자 안자명이 고개를 끄덕였다.

"저렇게 얌전한 사저의 모습은 난생처음 보는군. 오래 살고 볼 일이야."

연무장에 이른 진영인은 장문인이 제자들을 모이라 한 이유를 알 수 있었다. 연무장 중앙에 마련된 제단(祭壇)과 향로(香爐) 때문이었다.

제단 위에는 마흔세 개의 위패가 가지런히 놓여 있었고, 그 맞은편에는 온명 산인과 덕명 산인이 진혼제에 쓸 제문(祭文)을 만들고 있었다. 다만 송현자의 모습은 어디서도 찾아볼 수 없었다.

이때 이대제자들과 이야기를 나누고 있던 풍검이 연무장으로 들어서는 진영인을 향해 다가섰다.

"괜찮느냐?"

"염려를 끼쳐 죄송합니다, 사형."

"되었다, 그 기분을 모르는 것도 아니니."

가볍게 진영인의 어깨를 툭툭 두드린 풍검은 그제야 생각난 듯 진영인을 바라봤다.

"사부님께서 잠깐 따로 보자시더구나."

"어디에 계십니까?"

"의관을 정제한다 하셨으니 아마 현정전(顯正殿)에 계실 것이다."

한차례 고개를 끄덕이고 신형을 돌리던 진영인이 문득 의아한 표정으로 풍검을 바라봤다.

"그런데 운검 사형의 모습이 보이지 않는군요."

"글쎄, 나 역시 며칠 동안 사형을 뵙지 못했다. 모르긴 몰라도 처소에 계시겠지. 며칠 전에 의학 서적을 싸들고 들어가시더니 좀처럼 나오시질 않는구나. 그보다 진혼제(鎭魂祭)가 곧 시작될 것 같으니 사부님을 먼저 뵙거라."

"예."

진영인은 고개를 숙여 자신의 옷자락을 쥐고 있는 단리정을 바라봤다.

"아정, 여기서 잠시만 기다리고 있거라."

단리정이 고개를 끄덕이며 옷자락을 놓자 진영인은 웃으며 머리를 쓰다듬어 주었다. 그리곤 신형을 돌려 현정전을 향해 걸음을 옮겼다.

현정전에 도착한 진영인은 의복을 단정히 한 다음 인기척을 냈다.

"제자 영인입니다."

"들어오너라."

문을 열고 현정전 안으로 들어서자 까만색 제례복(祭禮服)을 갖춰 입은 송현자가 진영인을 맞았다.

"표정이 어둡구나. 아직도 상념을 털어내지 못한 것이냐?"

송현자의 질문에 진영인은 고개를 저었다. 이에 송현자는 마음을 놓으며 인자한 웃음을 머금었다.

"그래, 다행이구나. 내가 너를 따로 보자고 한 것은……."

"사부님."

송현자는 자신의 말을 자르는 진영인을 의아한 눈으로 바라봤다. 그런 송현자를 향해 진영인이 다시금 입을 열었다.

"무례를 용서하십시오. 하지만 먼저 제자가 드릴 말씀이 있습니다."

"말해 보거라."

진영인은 고개를 들어 송현자와 눈을 마주했다.

"제자 당분간 형산을 떠나려 합니다."

얼굴이 굳어지는 송현자의 모습에 진영인은 잠시 주저했으나 이내 하운지와 나눴던 자신의 생각을 설명하기 시작했다.

"그리 생각했느냐?"

송현자의 반문에 진영인은 고개를 끄덕였다.

"지금으로서는 달리 방법이 없는 것 같습니다. 하지만 언젠가 다시 돌아와 사부님의 곁에 머물겠습니다. 이는 제 개인의 안위를 위해서가 아닌 형산 전체를 위한 결정임을 헤아려 주십시오."

송현자는 잠시 동안 말이 없었다. 심유한 눈빛으로 진영인의 눈을 들여다볼 뿐이었다.

그렇게 얼마나 시간이 흘렀을까.

이윽고 송현자는 천천히 고개를 끄덕였다.

"그래, 눈빛이 흔들리지 않는 것을 보니 수많은 고민 끝에 결정한 것 같구나. 허락한다."

송현자가 너무나 선뜻 수락하자 오히려 당황한 것은 진영인이었다.

"왜 그런 표정을 하느냐? 내가 붙들지 않아 서운한 것이냐?"

"아닙니다. 다만……."

"다만?"

마땅한 대답을 찾지 못해 머리를 긁적이는 진영인을 향해 송현자가 빙그레 웃음을 머금었다.

"내가 펄쩍 뛰며 꾸짖기라고 할 줄 알았더냐?"

조심스레 고개를 끄덕이는 진영인의 모습에 송현자는 웃으며 고개를 저었다.

"내가 무슨 권리로 비상하려는 제자의 날개를 꺾겠느냐?"

"사부님……."

다소 미안한 마음이 들어 진영인이 말끝을 흐리자 송현자는 가볍게 진영인의 어깨를 두드렸다.

"그만 가자꾸나."

"하지만 사부님께서 제게 하실 말씀이 있지 않으셨습니까?"

"여기서 언급할 만한 성질의 것이 아닌 듯싶구나. 나가서 이야기하마."

말을 마친 송현자는 자신의 서탁으로 다가가 그 위에 놓여 있는 비단으로 싸인 물건을 집어 들었다.

현정전을 나서는 송현자의 뒤를 따르면서 진영인은 매우 궁금했다.

'사부님께서 무슨 말씀을 하려 하셨던 걸까?'

하지만 그 의문은 머지않아 풀어졌다.

연무장에 도착한 송현자는 제단 앞에 도열해 있는 이대제자들과 일대제자들을 향해 근엄한 음성으로 입을 열었다.

"진혼제에 앞서 모두가 모인 이 자리에서 공표할 것이 있다."

이때 서로 눈빛을 교환한 온명 산인과 덕명 산인이 서로를 마주 보며 고개를 끄덕였다. 그리고 극공의 예를 갖추어 송현자 앞에 머리를 조아렸다.

진영인은 놀란 눈으로 풍검을 바라봤다. 풍검 역시 뜻밖이었던지 커다란 눈으로 송현자와 그의 손에 들린 물건을 주시했다.

이윽고 송현자는 손에 들린 물건의 비단을 벗겨냈다. 그와 동시에 풍검과 진영인, 명검을 비롯한 모든 형산의 문하가 무릎을 꿇었다. 송현자가 풀어헤친 비단 사이로 모습을 드러낸 한 자루 고색창연한 검을 발견했기 때문이다.

장문인의 권위를 상징하는 신물, 자전뇌검(紫電雷劍)이었다.

"장문령(掌門令)을 받듭니다!"

한목소리로 외치는 형산 문하들의 음성이 쩌렁하게 대기를 흔들었다. 뒤이어 굳은 의지를 담은 송현자의 목소리가 이어졌다.

"작금의 형산에 닥친 위기를 느끼는 것은 본 장문인뿐이 아닐 것이다! 어찌 조사님들의 영령 앞에 부끄럽지 않겠는가! 나 송현자는 이 자리에서 자전뇌검을 들어 장문령을 발동하니 모든 제자는 이에 따를 것을 명한다!"

송현자는 돌연 검을 휘둘러 자신의 오른쪽 어깨를 내려쳤다.

푸학!

쏟아지는 피안개와 함께 송현자의 어깨로부터 잘린 왼팔이 바닥으로 떨어졌다.

형산 문하들은 경악을 금치 못했다. 하지만 이어진 송현자의 말에 그들의 눈에서는 뜨거운 불꽃이 일렁이기 시작했다.

"형산 문하는 들어라! 형산을 지키지 못한 모든 과오는 나 송현자가 짊어지겠다! 하지만 두 번 다시 형산이 이와 같은 수모를 겪지 않게 만드는 것은 너희들의 몫이다!"

투두둑!

비처럼 흩뿌려지는 핏방울.

더없이 뜨거운 피가 청석 판을 붉게 적셨다.

과도하게 피를 흘린 송현자의 안색은 핏기 한 점 없이 창백하여 마치 밀랍을 씌워놓은 것만 같았다. 하지만 송현자는 지혈조차 하지 않고 다시금 입을 열었다.

"속가제자들을 소집하라! 지금까지의 전통을 깨고 형산은 본산의 절기를 속가제자들에게 개방할 것이다!"

"……!"

모든 형산 문하가 놀라움을 금치 못할 때 형산파 사람이 아닌 까닭에 멀리서 이를 지켜보고 있던 악원홍은 경악과 우려를 금치 못했다. 하지만 송현자는 추호의 흔들림도 없이 자전뇌검을 높이 들어 장문령을 발동했다.

"비명 속에 먼저 간 이대제자들, 그 아이들의 피로 형산은 도약의 발판을 마련했다. 우리는 결코 이를 헛되이 해서는 안 된다! 힘을 키울 것이다! 누구도 형산을 넘보지 못할 힘을 키울 것이다!"

"와아!"

우레와 같은 엄청난 함성이 연무장을 집어삼켰다.

'결국 이렇게 되는가……'

악원홍은 내심 한숨을 흘리며 고개를 흔들었다.

이십 년 전 치열했던 정사대전 끝에 정파와 사파 무림은 상호불가침을 약조했다. 이로 인해 정파와 사파 사이는 팽팽하게 당겨진 실처럼 아슬아슬한 균형을 이루고 있었고, 어느 한쪽으로 세력이 기울어지는 것을 극도로 꺼리는 형국이었다. 하지만 형산이 힘을 키운다면 이는 당금의 균형을 뒤흔드는 기폭제(起爆劑)가 되고 말 것이다.

누가 뭐라 할지언정 형산은 정파무림에 속한 문파. 흑무련에서 이를 좌시할 리가 없었다. 아니, 흑무련의 견제가 아니더라도 당장에 구대문파가 압력을 행사해 올 것이다.

비록 형산이 구대문파에 들 수는 없었지만 형산의 잠재력은 누구도 무시할 수 없었다. 아무리 정도를 자처하는 구대문파일지언정 형산의 힘이 강해져 자신들의 입지를 위협한다면 순순히 보고만 있지 않을 것이 틀림없었다.

일찌감치 이를 염려하여 악원홍은 어젯밤 송현자의 처소를 찾았다. 하지만 송현자의 대답은 확고했다.

"흑무련 휘하의 단리세가로부터 형산은 돌이킬 수 없는 피해를 입었습니다. 따라서 흑무련은 우리를 힐난할 수 없을 것입니다. 이 일로 인한 사파와 정파의 세력 확장, 그리고 그로 인한 마찰은 우려하지 않으셔도 됩니다. 이렇다 할 명분이 없는 그들로서는 서로의 눈치를 보느라 함부로 세력을 키울 수 없습니다. 이십 년 전 형산은 막대한 피해를 입고도 침묵했습니다. 그러나 이제 우리에게는 명분이 있습니다. 우리는 형산을 다시 일으킬 것입니다."

송현자의 말을 떠올린 악원홍은 더없이 마음이 무거웠다.

'그처럼 명분을 따져 바르게 움직이는 것이 무림이라면 그런 걱정은 하지 않았을 걸세.'

악원홍은 자신의 품속에서 어찌할 줄 몰라 허둥대는 손녀를 토닥이며 조용히 입으로 손가락을 가져갔다. 그리고 깊은 우려를 담아 제단

위를 바라봤다.

장내가 떠나갈 듯한 함성 소리는 송현자가 손을 들어 올리자 거짓말처럼 사라지고 다시금 적막이 내려앉았다.

모두가 숨을 죽인 채 이어질 송현자의 말을 기다리는 가운데 송현자가 자전뇌검을 들어 진영인을 가리켰다.

"일대제자 진영인은 장문령을 받들라!"

"제자 진영인 장문령을 받듭니다!"

무릎걸음으로 나선 진영인이 송현자 앞에 엎드렸다.

"너에게 자전뇌검을 들려 강호로 보내겠다!"

"……!"

어찌나 놀랐던지 진영인은 할 말을 잃은 채 송현자를 올려다봤다.

이는 진영인뿐만이 아니었다. 이미 언질이 있었던 듯 온명과 덕명산인을 제외한 모든 이가 송현자의 말에 놀라움을 금치 못하고 있었다. 특히나 명검은 놀란 나머지 벌떡 일어나 진영인을 바라보았고, 풍검이 급히 그의 소매를 잡아당기고 나서야 정신을 차릴 수 있었다.

"사제, 왜 그리 허둥대는가?"

"사형, 방금 장문인께서……."

"쉿, 나 역시 들었네."

풍검이 눈살을 찌푸리자 명검은 침음성을 흘렸다.

이는 결코 단순한 의미가 아니었다.

자전뇌검은 처음 형산파를 세운 개파조사(開派祖師)의 신물(信物)로서 수백 년 동안 대물림하는 동안 형산을 상징하는 물건이 되었다. 자전뇌검을 통해 모든 형산의 대소사는 물론 형산 문하의 목숨까지도 결정할 수 있었고, 이는 오로지 장문인만이 사용할 수 있었다. 다시 말해 송현자가 진영인에게 자전뇌검을 넘긴 것은 이미 발동한 장문령의 모든 권한을 진영인에게 일임하는 것을 뜻했다.

"사부님!"

"제자 영인은 신물을 받으라!"

추상같은 송현자의 음성에 진영인은 두 손을 들어 자전뇌검을 받아 들었다.

"영인은 이 길로 형산의 모든 속가를 방문하여 장문령으로 그들의 힘을 모아라! 또한 너는 그 누구를 막론하고 형산의 제자로 삼을 수 있으며 너의 말과 행동이 곧 형산의 의지가 될 것이다!"

진영인을 바라보는 송현자의 눈에 더없이 따듯한 인자함이 깃들었다.

"네가 곧 형산의 얼굴임을 기억하거라! 강호인들의 눈에 비친 네 모습 하나하나가 형산을 욕되게 할 수도 명예롭게 할 수도 있다!"

"사부님……."

슬픔과 격동의 심정이 뒤섞인 복잡한 감정을 맛보며 진영인은 자전뇌검을 무릎 위에 내려놓았다. 그리고 자전뇌검을 감싸고 있는 비단을 풀어 바닥에 뒹구는 송현자의 팔을 조심스럽게 싸안아 송현자에게 내밀었다.

그제야 송현자는 웃으며 자신의 혈도를 짚어 지혈을 했고, 나머지 한 손으로 진영인이 건넨 자신의 팔을 받아 들었다.

장포를 벗어 송현자의 어깨를 묶으며 진영인은 입술을 깨물었다.

'여기서 눈물을 보이는 것은 사부님의 의지를 욕되게 하는 것. 울지 않을 것이다. 다만 지금 사부님의 모습과 마음을 가슴 깊이 새겨 결코 잊지 않으리라!'

지이이잉!

그의 마음이 전해졌던 것일까. 진영인이 검병(劍柄)을 움켜쥐자 자전뇌검이 나직한 울음을 토했다.

진영인은 검을 눈앞으로 검을 들어 올려 손가락으로 검신을 튕겼다.

째앵!

가슴까지 시원해지는 청아한 음향이 검신을 타고 흘러내렸다. 진영인은 곧바로 중지와 약지 사이에 검신을 끼고 훑어 내리듯 천천히 검신을 쓰다듬었다.

키이이잉!

그의 손가락이 검극으로 향할수록 영롱한 검명(劍鳴)이 점차 높아지더니 결국 긴 여운을 남기며 허공에 흩어졌다.

진영인은 번쩍 검을 치켜들었다.

"와아아아아!"

그와 동시에 형산이 떠나갈 듯한 함성이 울려 퍼졌다.

"다섯 달 뒤 화산에서 오악대회가 있을 것이니 늦지 않고 합류하도록 하거라."

"명심하겠습니다."

진영인이 자전뇌검을 품에 안은 채 한쪽으로 비켜서자 비로소 진혼제가 시작되었다.

송현자가 온명 산인으로부터 건네받은 제문을 읽기 시작하자 연무장 안은 숙연한 분위기로 가득 찼다.

"금일 영가 형산 조사 영전에 형산파 이십삼대 장문인 송현자가 지극한 마음으로 받들어 청하옵니다."

한 손밖에 쓸 수 없는 송현자를 대신하여 진영인이 향을 살라 향로에 꽂았다. 그리고 다시금 제문을 낭독하는 송현자의 음성이 이어졌다.

"기한이 다하여 몸을 잃었으니 순간처럼 빠른 세월 속의 한바탕 꿈이로다. 인연이 모였다가 흩어짐은 옛날과 지금이 다르지 않아 텅텅 비어 넓고 큰 우주에 신령스럽게 통하니 오고 감이 자유로워 아무런 걸림 없어라. 참된 모양은 이름을 떠나 있고 인연따라 들고나는 것은 마치 거울 속의 모양이 있다가 없음 같으니 그 묘한 변화는 예측하기 어렵구나. 환(環)과 같은 세상을 오고 감이 어찌하여 어려우랴? 구부리면 숨게 되고 쳐들면 나타나서 보고 들음이 밝고 역력하구나. 태어남은 본래 없고 죽음 또한 본래 없네. 나고 죽음이 본래 없으므로 참된 세계에 항상 머무르도다. 만약 이 도리를 알아서 단박에 진리를 깨닫는다면 영원히 굶주리고 허기짐을 면할 것이니 원시천존(元始天尊)이시여, 원시천존이시여, 향을 살라 청하옵니다. 본래의 자리로 돌아가는 마흔셋 형산 제자를 인도하소서."

제문을 읊는 송현자의 음성은 절절한 그의 심정이 고스란히 담겨 있어 모든 제자들의 눈시울을 시큰하게 만들었다.

이윽고 송현자는 제문을 태운 다음 향과 지전을 살라 먼저 간 제자들의 넋을 위로했다.

그 뒤를 이어 온명 산인과 덕명 산인이 제단 앞으로 다가와 향과 지전을 살랐고, 풍검과 진영인, 명검 순으로 서열에 따라 진혼제의 의식을 치렀다. 하지만 운검은 끝내 모습을 나타내지 않아 결국 이대제자들이 먼저 제단 앞에 섰다.

먼저 입문한 순서대로 지전과 향을 사르던 이대제자들은 시종일관 숙연한 분위기로 아무런 말도 꺼내지 않았다. 하지만 곽범태와 하운지를 지나 안자명 차례가 되자 돌연 안자명이 제단을 향해 낭랑한 목소리로 입을 열었다.

"천지신명과 태상노군, 원시천존께 비나니 부디 우리 사숙의 앞길을 굽어 살펴주시옵소서. 그리고 율하 사제, 무보 사제, 진원 사제……."

죽은 이대제자들의 이름을 모두 부른 안자명이 다시금 말을 이었다.

"지켜봐 줘. 우리는 강해질 거야. 대신 사제들은 우리 사숙의 걸음마다 함께해 잡귀들이 꼬이지 않도록 도와줘. 나중에… 아주 나중에 다시 만나면 반드시 보답할 테니."

결국 안자명은 말을 끝맺지 못하고 눈물을 흘리고 말았다.

늘 장난스럽던 안자명이 아니었다. 끅끅거리며 눈물을 삼키는 안자명 대신 안지명이 앞으로 나섰다.

"나도 자명과 같아. 형산이 오악 가운데 우뚝 서는 그날까지 조금만 더 우리와 함께해 줘. 너희들을 위해 우리는 반드시 해낼 거야."

이것이 시작이었다.

"영인 사숙의 안녕을 바랍니다."

"부디 영인 사숙께서 무사히 돌아오시길……."

이대제자들은 너나 할 것 없이 자신의 차례가 돌아오면 지전과 향을 사르며 진영인의 앞날을 축원하며 그의 무사를 기원하기 시작했다. 하지만 누구도 이를 나무라지 않았다.

진영인은 그런 이대제자들의 얼굴을 한 명 한 명 놓치지 않고 자신의 눈 속에 새기기 시작했다.

"사부님, 부디 보중하시길……."

그 말을 끝으로 진영인은 신형을 돌렸다.

"영인!"

막 진영인이 연무장을 벗어나려는 순간 다급히 그를 부르는 음성이
있었다.

고개를 돌린 진영인은 자신을 향해 달려오는 운검의 모습을 발견하
고 그에게 다가섰다.

"헉헉!"

가쁜 숨을 몰아쉬던 운검이 진영인을 향해 작은 주머니를 건넸다.

"이건?"

"치상단이다. 내상을 입었을 때 복용하거라."

그랬다. 운검은 그동안 천향옥로현단의 성분을 분석하여 비슷한 효
능을 지닌 치상단을 만드느라 진혼제에도 참석하지 못했던 것이다.

"사형……."

며칠 사이 눈에 띄게 해쓱해진 운검의 모습에 진영인은 몹시 가슴이
아팠다. 하지만 운검은 밝게 웃으며 자신의 가슴을 두드렸다.

"걱정 마라. 이 정도에 어찌 될 내가 아니다. 결국 천향옥로현단을
제조하는 건 실패했지만 그 안에 들어 있는 열 개의 치상단은 천향옥
로현단을 재료로 그 효능을 나눈 것이니 여타 의가(醫家)의 것들보다는
훨씬 나을 것이다. 부디 몸조심해라, 영인."

이때 명검이 진영인에게 다가섰다.

"이것도 가져가십시오. 천향옥로현단입니다. 비록 한 알밖에 남지
않았지만 능히 한 번은 사형을 위기에서 구해줄 것입니다."

"명검 사제."

고개를 끄덕인 진영인은 운검이 건넨 치상단과 명검이 건넨 목합을
소매에 갈무리했다.

"사숙!"

자신을 부르는 음성에 고개를 돌린 진영인은 곽범태를 비롯한 안자명 형제, 그리고 하운지를 바라보며 빙그레 미소를 지어 보였다.

"열심히 해. 다음에 만났을 때 나아진 점이 없다면 엉덩이를 걷어차 줄 테니까."

곽범태는 눈빛으로 대답을 대신했고, 안자명과 안지명은 연신 눈물과 콧물을 훔치며 고개를 주억거렸다.

"사숙, 부디 건강하세요. 강해지면… 우리가 먼저 사숙을 찾아가겠어요. 그러니까… 조금만…… 조금만 기다려 줘요."

하운지의 말에 진영인은 웃으며 고개를 끄덕였다. 그리고 팔을 뻗어 그들 사형제를 한꺼번에 끌어안았다.

"기다리지."

진영인의 한마디 말에 그들 사형제에게는 한 가지 목표가 생겼다.

문득 자신들을 올려다보는 커다란 눈망울을 깨달은 하운지는 허리를 숙여 단리정의 머리를 쓰다듬었다.

"아프지 말고 사부님 말씀 잘 들어야 한다?"

"사저도 건강하세요."

하운지는 의외란 표정으로 단리정을 바라보았다. 그도 그럴 것이, 진영인을 제외한 누구에게도 입을 연 적이 없었던 단리정이었기 때문이다.

하운지는 빙그레 웃으며 단리정을 안아주었다.

"그럼."

하운지에게서 단리정을 건네받은 진영인은 그 말을 끝으로 신형을 돌렸다.

"오악의 으뜸은 형산이다!"

“와아아아!”

누군가의 외침으로 시작된 함성이 연무장을 들썩이게 했다.

모든 이의 축원과 환호 속에서 그렇게 진영인은 무림을 향해 한 발을 내디뎠다.

*　　　*　　　*

콰직!

태사의 손잡이 부분을 움켜쥔 손가락은 단단하기로 유명한 자단목(紫檀木)을 두부처럼 으깨 버렸다.

푸스스.

가늘게 쪼개진 목피는 허공으로 튀어 오르기가 무섭게 가루가 되어 흩날렸다. 제아무리 강철과 같은 견고함을 자랑하는 자단목이라 해도 극성에 이른 혈라강기의 압력을 견뎌내지 못한 것이다.

잠시 후, 태사의에 기대고 있던 중년인이 신형을 일으켰다. 그리곤 비틀거리는 걸음을 옮겨 눈앞의 시신을 향해 다가섰다.

이윽고 하얀 면포로 덮여 있는 시신 앞에 무릎 꿇은 중년인은 손을 뻗어 천천히 면포를 젖혔다. 그리고 시신의 얼굴을 확인했다.

“……!”

믿을 수 없다는 듯이 한참 동안 시신을 바라보던 중년인은 이내 떨리는 손으로 차갑게 누워 있는 아들의 얼굴을 쓰다듬었다. 동시에 그의 전신에서 피어오르기 시작한 자욱한 살기가 실내를 가득 메웠다.

질식할 것만 같은 그의 살기 앞에 진여립은 마른침조차 삼킬 수 없었다.

"누구냐?"

이윽고 한참의 침묵 끝에 그가 입을 열었다.

스윽.

중년인의 눈이 시신의 일 장 뒤에 부복하고 있는 진여립에게로 향했다.

"누구냐고 묻지 않았느냐!"

쩌저저적!

돌연한 그의 일갈에 실내의 벽멱이 거미줄처럼 갈라지더니 천장이 들썩이며 흙먼지가 우수수 쏟아졌다.

"왁!"

부복해 있던 진여립은 그대로 피를 토하며 앞으로 고꾸라졌다. 단리종의 음성에 실린 혈라강기에 내부가 진탕된 것이다.

꾸역꾸역 넘어오는 핏물을 억지로 삼키며 진여립이 힘겹게 입을 열었다.

"형산파… 일대제자… 진영인……."

단리종은 그런 진여립의 목줄기를 틀어잡아 억지로 일으켜 세웠다.

"닥쳐라! 형산파 따위가! 그것도 겨우 일대제자에게 호가 당했단 말이냐?"

"그는… 무서운 자입니다. 남지악조차 그에게 오 초를 버티지 못했습니다."

단리종의 두 눈에서는 핏빛 안개를 연상케 하는 붉은 안광이 줄기줄기 흘러내리고 있었다.

"기련십마는 그때 무얼 하고 있었으냐?"

"그들은 이미… 형산에서 전멸했습니다."

“무능한 놈들!”

분노로 부들부들 떨던 단리종은 진여립의 목줄기를 틀어쥔 손에 힘을 넣기 시작했다.

“컥!”

숨넘어가는 고통과 함께 진여립은 자신의 죽음을 직감했다. 하지만 목이 부러지기 직전 뜻밖의 음성이 단리종을 만류했다.

“죽일 거라면 그 아이 차라리 내게 주게나.”

“진 노사!”

“제법 강단있는 녀석이군. 쓸모가 있겠어.”

으드득.

한차례 이를 갈아붙인 단리종은 천천히 손아귀의 힘을 풀었다.

털썩.

“콜록콜록!”

간신히 저승의 문턱에서 빠져나온 진여립은 연신 밭은기침을 내뱉었다. 그리고 힘겹게 눈을 들어 죽음으로부터 자신을 건져 준 목소리의 주인을 바라봤다.

선풍도골(仙風道骨).

노인의 모습을 눈에 담는 순간 진여립이 가장 먼저 떠올린 말이었다. 하얀 의복을 입고 머리카락과 눈썹은 물론 가슴까지 이른 수염마저 새하얀 노인은 모습은 마치 속세를 유람 나온 신선과도 같았다. 하지만 자신을 향해 빙그레 웃는 노인의 얼굴이 전혀 낯설지가 않았다.

‘가주는 방금 저 노인을 진 노사라 불렀다. 그렇다면 저 노인의 성이 진씨?’

자신의 목을 쓰다듬던 진여립의 눈이 더없이 크게 홉떠졌다. 죽어가기 직전 진영인을 향해 내뱉던 단리호의 말을 떠올린 순간 노인의 얼굴과 결코 잊을 수 없는 한 사람의 모습이 겹쳐졌기 때문이다.

"입을 여는 순간 넌 죽는다."

머리 속을 울리는 노인의 전음에 진여립은 목까지 넘어온 경악성을 황급히 삼켰다.

이에 노인은 흡족한 웃음을 머금으며 고개를 끄덕였다. 그리곤 단리종을 향해 고개를 돌렸다.

"그리고 덤으로 신기수사(神技修士)도 빌려주게."

"예? 하지만……."

말끝을 흐리며 망설이는 단리종을 바라보는 노인의 미소가 더욱 짙어졌다.

"나흘 후에 돌려보내겠네. 약속하지."

"음……."

그래도 선뜻 대답을 못하는 단리종을 향해 노인이 말을 이어갔다.

"듣자 하니 금강동인은 아예 못 쓰게 된 것 같더군. 그러게 애초 위호상이란 작자는 능력이 부족하다 이야기했거늘……."

노인이 혀를 차자 단리종의 얼굴이 붉게 달아올랐다.

"하지만 염려 마시게. 어차피 금강동인은 실험에 실패한 장난감일 뿐. 머잖아 자네는 그토록 원하던 진품(眞品)들을 얻을 수 있을 것이네."

"성공한 것입니까?"

"아직은 아닐세. 하지만 성공을 목전에 두고 있지."

단리종의 눈에 떠오른 기광을 읽었음인지 노인은 천천히 돌아섰다.

"그럼 신기수사를 빌려주는 것으로 알겠네."

진 노사라 불린 노인은 바닥에 엎드려 있는 진여립을 스쳐 지나갔다.

또다시 귓전을 울리는 전음에 진여립은 황급히 신형을 일으켜 노인의 뒤를 따르기 시작했다.

그들이 사라지자 단리종은 다시금 싸늘한 시신으로 돌아온 아들을 눈에 담았다.

그러기를 잠시.

"크으윽."

단리종의 입술을 비집고 폐부를 쥐어짜는 듯한 신음이 흘러나왔다.

"으아아악!"

돌연 단리종이 미친 듯이 소리를 지르며 손을 휘둘렀다.

콰콰콰쾅!

그의 손을 떠난 가공할 경력의 파도는 탁자와 집기를 비롯한 실내의 모든 경물을 가루로 만들기 시작했다.

"아버님."

자신을 부르는 음성에 단리종이 돌아섰다. 그리고 막 방 안으로 들어서는 흑의 무복의 청년을 발견했다.

끔찍한 살기가 일렁이는 단리종의 시선을 받고도 청년은 안색 하나 변하지 않았다. 다만 침울하게 가라앉은 눈으로 면포에 싸인 시신을 바라볼 뿐이었다.

"형님이 돌아왔군요."

짧게 입을 연 청년은 천천히 단리호의 시신을 향해 다가섰다.

주륵.

유독 자신과 닮은 얼굴을 물끄러미 응시하던 그의 눈에서 한줄기 눈물이 흘러내렸다. 그 유약한 모습이 마음에 들지 않았던지 단리종은 잔뜩 눈살을 찌푸렸다. 하지만 이에 상관없이 단리혁은 형의 시신을 앞에 두고 입을 열기 시작했다.

"극락왕생(極樂往生)을 바라지는 않겠습니다, 형님. 다만 구천을 떠도는 원혼이 되어서라도 저와 함께해 주십시오. 형님의 원한은 제가 풀어드리겠습니다."

"흥! 너 따위가 어찌 호아의 복수를 해줄 수 있다는 말이냐?"

단리종의 음성은 혈육의 피를 나눈 부친이라 믿어지지 않을 만큼 차가웠다.

"차라리 네가 죽었다면 좋았을 것을……."

이어진 부친의 말에 단리혁은 더없이 쓰게 웃으며 단리종을 바라봤다.

"아버님의 욕심이 형님을 죽인 것입니다. 처음 제 말을 들어주셨더라면 형님이 이런 모습으로 돌아오지는 않았을 것입니다."

짜악!

뺨을 얻어맞은 단리혁은 입가에 흘러내리는 핏물을 손등으로 훔쳤다.

씩씩거리며 단리혁을 노려보던 단리종이 노기를 참지 못하고 재차 손을 들어 올릴 때였다.

"가주님!"

"뭐냐?"

방 안으로 들어선 흑의인이 거칠게 접힌 전서구를 단리종에게 내밀었다.

획.

신경질적으로 전서구를 낚아챈 단리종은 그 안에 적힌 맹호출림(猛虎出林)이란 네 글자를 뚫어져라 응시했다.

짜자자작!

갈가리 찢겨 허공에 나부끼던 종잇조각 사이로 진노한 단리종의 음성이 이어졌다.

"추명대주(追命隊主) 종각(鍾覺)을 불러와라!"

"하지만 추명대는 련주님과 장로들의 허락을 얻어야……."

퍼헉!

단리종의 발이 흑의인의 복부에 틀어박혔다.

"우웩!"

단리종은 배를 움켜쥔 채 피를 토하는 수하를 차가운 눈으로 바라봤다.

"추명대는 본래 단리세가의 것이었다. 언제부터 늙은이들의 눈치를 보며 보게 되었지? 너는 가주의 명령보다 그들의 눈이 두려운 것이냐?"

"끄으윽… 가주……."

"목이 떨어지기 싫다면 당장 내 앞에 들라 해라!"

"보, 복명."

수하가 사라지자 단리종은 시신이 된 단리호와 그 옆을 지키고 있는 단리혁을 번갈아 바라봤다.

같은 핏줄을 타고난 형제임에도 불구하고 단리호와 단리혁의 성격은 판이했다. 포부가 큰 형에 비해 단리혁은 매사에 조심스러웠으며 아버지인 자신에게도 비밀이 많았다. 더구나 무공에 대한 열망과 재능이 형인 단리호에게 크게 미치지 못하여 마른 솜이 물을 빨아들이듯 일취월장(日就月將)하는 형과 달리 늘 자신의 기대에 미치지 못했다. 그래서 그는 둘째 아들에게는 일찌감치 관심을 끊어버렸다. 그리고 그만큼 단리호에게 더욱 많은 정성과 노력을 쏟아 부었다. 그리고 언젠간 그가 자신의 뒤를 이어 단리세가를 이끌 것이라 믿어 의심치 않았다.

그런 아들이 차디찬 주검이 되어 돌아왔다.

이에 단리종은 분노하지 않을 수 없었다.

"비켜라."

단리혁을 향해 차갑게 입을 연 단리종은 단리호의 시신을 들어 올렸다.

"으득! 이노옴! 뼈까지 씹어주마!"

방을 나선 단리종의 쩌렁한 음성이 대기를 흔들었다. 그가 뿜어내는 엄청난 기파에 휩쓸린 정원수는 금세 생기를 잃고 메말라 버렸고, 멀리서 이를 바라보던 단리혁의 얼굴에는 더없이 쓸쓸한 감정이 자리잡았다.

고개를 숙인 단리혁은 쓸쓸한 눈으로 바닥에 남겨진 핏자국을 바라봤다.

"정말 인생이란 우습지요? 죽어도 아깝지 않은 나는 멀쩡히 살아 있는데 그토록 아버지가 편애하던 형님은 이미 산 사람이 아니니……."

단리혁은 손을 뻗어 핏자국이 말라붙은 바닥을 쓰다듬었다.

"그래도 전 한 번도 형님을 원망하거나 미워한 적이 없습니다. 제게 유일하게 따듯한 혈육의 정을 느끼게 해준 사람이었으니까요."

추억을 더듬던 그의 눈에 어느덧 뿌연 습막이 차 오르기 시작했다.

"형님만은 잘되길 빌었는데……. 그래서 일부러 형님과의 경쟁을 피해왔던 것인데… 결국은 이렇게 되고 말았군요."

말을 마친 단리혁은 천천히 신형을 일으켰다.

"형님의 원한은 제가 풀어드리겠습니다. 그자의 뼈를 태워 유골함을 만들고 그자의 피와 형님의 넋을 위로하겠습니다."

콰드득!

지금까지 숨겨왔던 기파를 개방하는 순간 그를 떠받치고 있던 한 치 두께의 청석 판이 그의 발밑에서 으스러졌다.

"기다려라."

이윽고 단리혁은 천천히 돌아섰다.

돌아서는 그에게서는 조금 전의 유약했던 모습은 찾아볼 수 없었다. 그의 차가운 눈빛 뒤에는 같은 사람이라 믿어지지 않을 만큼 더없이 날카롭고 위험한 눈빛이 도사리고 있었다.

第十四章

상전벽해(桑田碧海)

형산을 떠나온 지 보름.

호남과 호북의 경계인 통성(通城)에 도착한 진영인은 곧바로 형산의 속가 문하인 금산철가(金山鐵家)를 수소문하기 시작했다.

대대로 철을 다뤄온 금산철가는 형산의 역사와 함께해 왔다 해도 과언이 아니었다. 초대 형산파의 조사였던 뇌공(雷公) 하원일(河元日)의 둘째 제자이자 형산파 이대 장문인이었던 파뢰율검(波雷燏劍) 담정(潭正)이 이곳 출신으로 그가 형산에 입문하면서 금산철가 역시 속가로 편입되었다.

형산파의 신물이자 장문인의 권위를 상징하는 자전뇌검을 만든 곳도 이곳 금산철가였다. 하지만 삼백 년 가까이 이어온 깊은 전통과 명성도 점차 퇴락해 가고 있었다. 형산이 점차 힘을 잃어갈수록 형산의 영향력은 크게 줄어들었고, 이로 인해 금산철가의 가세(家勢)도 급격히 기울어지고 있었던 것이다.

더구나 벌써 오 년이 넘게 본산과의 연락이 두절된 상태로 형산파의 연례 행사인 연무 점검 때도 금산철가의 사람은 모습을 보이지 않았다.

지나가는 행인들을 붙들고 금산철가의 위치를 묻던 진영인은 한참이 지나서야 늙수그레한 장사치로부터 금산철가의 위치를 알아낼 수 있었다.

진영인은 곧장 늙은 장사치가 말해 준 곳으로 향했다.

"사부님."

말없이 걷는 게 지루했던지 단리정이 진영인의 소매를 잡아당겼다.

"피곤한 것이냐?"

진영인의 물음에 단리정은 설레설레 고개를 저었다.

"그렇다면 배가 고픈 모양이구나?"

"아니요."

"그럼?"

진영인의 반문에 단리정은 우물쭈물 대답을 망설였다.

"아야!"

단리정이 갑자기 뾰족한 비명을 터뜨렸다. 그리고 몹시 아픈 듯 인상을 찡그리며 진영인을 바라봤다. 그제야 진영인은 단리정의 볼을 놓아주며 빙그레 웃었다.

"토실토실한 네 녀석의 볼을 보고 있으면 자꾸만 꼬집고 싶어지는구나. 아무래도 중독인가 보다."

아픈 볼을 문지르며 단리정이 입술을 삐죽였다.

"저런, 갑자기 또 꼬집고 싶어지네?"

진영인이 웃으며 다시금 손을 뻗자 단리정은 두 손으로 양 볼을 감싸며 재빨리 물러섰다.

그 모습이 어찌나 귀엽던지 진영인은 껄껄 웃음을 터뜨렸다. 그리곤 손짓을 해 단리정을 가까이 불렀다.

"그래, 무슨 말이 하고 싶은 게냐?"

그제야 단리정이 웃으며 진영인에게 다가섰다.

"저… 무공은 언제 가르쳐 주실 건가요?"

"무공을 익히고 싶으냐?"

단리정은 열심히 고개를 끄덕였다. 이에 진영인은 얼굴에서 장난기를 지우고 자신의 제자를 바라봤다.

"어째서 무공을 익히고자 하느냐?"

"빨리 무공을 익혀 사부님과 같은 고수가 되고 싶어요."

"고수가 되어서 무얼 하려고?"

"음… 착한 사람들을 괴롭히는 나쁜 사람을 혼내주고 싶어요. 그리고 사부님께 도움이 되고 싶어요. 나중에 사부님이 늙어서 힘이 없어지면 그땐 제가 사부님을 보호해 드릴게요."

열망을 담아 반짝이는 단리정의 두 눈을 바라보며 진영인은 빙그레 웃음을 머금었다.

"무공이란 양날의 검과 같은 것이다. 무공을 익히면 범인보다 강한 힘을 얻을 수 있지만 이로 인해 자신을 망치기도 한단다."

의아해하는 단리정의 머리를 쓰다듬으며 진영인은 계속해서 말을 이어갔다.

"무공을 익히는 목적은 신체와 정신을 단련하는 데 있다. 이를 통해 얻어지는 힘으로 외부의 위협으로부터 자신을 지키고 자신이 사랑하는 사람들을 안전하게 보호하기 위해 존재하는 것이지."

“그래서 저도 무공을 배우고 싶어요.”

“하지만 말이다. 무공은 결코 장점만이 있는 것이 아니란다. 진정 강한 사람은 무공이 강한 사람이 아니라 마음이 강한 사람이라는 말을 들어보았느냐?”

잠시 곰곰이 생각에 잠겨 있던 단리정은 이내 고개를 저었다. 이에 진영인은 길가에 녹음을 드리운 느티나무 그늘로 단리정을 이끌었다. 그리고 단리정을 앞에 앉힌 다음 이야기를 시작했다.

“무공에 지나치게 심취하면 자신을 잃어버릴 수도 있단다. 지나치게 힘을 추구한 나머지 본래 자신이 무공을 익힌 목적을 망각하는 것이지. 그런 사람은 결코 강한 사람이 아니다. 무공은 강할지언정 정작 자신의 마음은 깨지기 쉬운 유리처럼 약해지기 때문이다. 육체와 정신이 균형을 이루지 못하고 한쪽으로 기울어지면 어떻게 되겠느냐?”

“잘 모르겠어요.”

대답을 마친 단리정은 진지하게 자신을 바라보는 사부의 눈빛에 조바심을 느꼈다.

아니나 다를까.

이어진 진영인의 말에 단리정은 실망을 금치 못했다.

“솔직히 말해 아직 나는 네게 무공을 가르치고 싶은 마음이 없단다.”

“왜요?”

다소 원망 섞인 제자의 음성에 진영인은 웃으며 입을 열었다.

“너는 분명 너와 네 누나를 괴롭힌 사람들을 원망하고 있을 것이다. 그렇지?”

“그건…….”

"아니라 할 수 있느냐?"

차마 거짓말은 할 수 없어 단리정은 말없이 고개를 떨궜다.

"네 마음 한구석 어딘가에는 훗날 힘을 얻어 그들을 벌하고자 하는 마음도 있을 것이다. 그렇지 않느냐?"

"하지만 사부님……."

"끝까지 들으렴."

뾰로통한 표정으로 입술을 삐죽이는 단리정을 향해 진영인이 말을 이어갔다.

"마음의 상처가 깊은 사람은 무공을 익혀서는 안 된다. 마음이 약할수록 무공의 힘에 쉽게 심취하기 마련이고 이는 걷잡을 수 없는 결과를 불러오기 때문이다. 무공의 밝은 이면에는 늘 어두운 심마가 도사리고 있는 법. 지금의 너는 어둠의 유혹을 쉽게 뿌리칠 만큼 마음이 강하지 않다. 무공의 어두운 면은 사람의 약한 마음을 집요하게 파고든단다. 그로 인해 힘을 얻을 수 있다 해도 결국 그가 이르는 곳은 파멸뿐이다. 아정, 난 네가 그런 길을 가는 것을 원하지 않는다."

"그럼 앞으로도 계속 무공을 가르쳐 주시지 않을 건가요?"

단리정의 질문에 진영인은 침묵으로 대답을 대신했고, 이에 단리정은 실망 섞인 표정으로 진영인을 바라봤다.

"그렇다면 어째서 저를 제자로 거두셨어요?"

"그야……."

진영인이 말끝을 흐리며 자신의 시선을 외면하자 단리정은 다그치듯 더욱 바짝 진영인에게 다가섰다.

순간, 진영인은 기다렸다는 듯이 손을 뻗어 단리정의 뺨을 꼬집었다.

"이렇게 너를 놀리는 재미가 매우 쏠쏠하기 때문이지."

황당한 표정으로 눈을 끔뻑거리는 단리정의 모습에 진영인은 유쾌하게 웃음을 터뜨렸다.

"하하하! 그 말을 곧이곧대로 믿었더냐?"

"예?"

"너는 엄연히 내 제자인데 어찌 무공을 가르쳐 주지 않겠느냐?"

"그럼 지금까지 절 놀리신 거예요?"

"아니, 반쯤은 진담이었다."

장난스럽게 단리정의 볼을 톡톡 두들기던 진영인은 천천히 신형을 일으켰다.

"그렇지 않아도 슬슬 무공을 가르치려 생각하고 있었다. 다만 그전에 이 점을 분명히 짚고 넘어가려 했던 것이다. 조금 전에도 말했듯이 무공을 익히는 사람은 항상 무공의 밝은 이면에 자리한 어둠을 경계해야 하는 법이다. 너는 항상 그걸 명심하거라."

"네."

힘차게 대답하는 단리정을 향해 진영인이 손을 내밀었다.

"자, 충분히 쉰 것 같으니 그만 갈까?"

밝은 얼굴로 고개를 끄덕인 단리정은 재빨리 일어나 진영인의 소매를 붙잡았다.

하지만 이도 잠시.

"제자야."

"예?"

"아무래도 진짜 중독인가 보다."

아쉬운 듯 입맛을 다시던 진영인이 자신의 뺨을 향해 슬쩍 손을 내밀자 단리정은 화들짝 놀라 앞으로 달아났다.

그런 단리정의 모습에 진영인은 흐뭇한 웃음을 머금었다. 비로소 아이다운 모습을 되찾은 자신의 어린 제자가 더없이 귀여웠기 때문이다.

그렇게 한참을 걸어 진영인은 늙은 장사치가 가리켰던 통성의 변두리 마을에 다다를 수 있었다.

이후 금산철가를 찾는 것은 그리 어려운 일이 아니었다. 마을에 들어서자마자 멀지 않은 곳에서 쇠를 두드리는 소리가 들려왔던 것이다.

그 소리를 따라 걸음을 옮긴 진영인은 이윽고 커다란 장원 앞에 이르렀다. 그리고 금산철가라 쓰여진 낡은 현판과 그 옆에 안쓰럽게 매달려 있는 형산 속가라는 글귀를 발견할 수 있었다.

장원의 규모는 실로 거대해 과거 금산철가가 누렸던 성세를 짐작할 수 있었다. 하지만 퇴락한 장원이 으레 그러하듯 오랫동안 사람의 손길이 닿지 않아 더없이 을씨년스러운 분위기를 자아내고 있었다.

무너진 담벼락 밑으로는 깨진 기와가 어지럽게 널려 있었고, 그 사이로 보이는 전각의 기둥은 상당수가 기울어져 있었다. 대문 또한 몹시 낡아 금세라도 부서질 것만 같았다.

조심스레 문을 열고 장원 안으로 들어선 진영인은 설레설레 고개를 흔들었다. 본래는 정원이었을 법한 넓은 공간은 온통 잡초와 덩굴이 휘감고 있었으며, 연못으로 보이는 곳에는 시커멓게 썩은 물이 고여 심한 악취를 풍기고 있었다.

깡! 깡! 까앙!

적막한 가운데 쇠를 다루는 금속성만이 울려 퍼지는 장원의 모습은 더없이 음산하여 귀기(鬼氣)마저 감도는 듯했다.

말없이 주위를 둘러보던 진영인은 곧장 소리가 들려오는 곳으로 향

했다. 다 쓰러져 가는 담벼락을 따라 반 각쯤 걷자 색 바랜 월동문이
나타났고, 월동문을 넘어서자 커다란 화로 앞에서 쇠를 두드리는 노인
을 발견할 수 있었다.

가을로 접어들고 있었으나 대지는 아직도 뜨거운 열기를 뿜어내고
있었다. 거기에 화로의 열까지 더해지니 그 앞은 숨도 쉬기 어려울 정
도로 뜨거웠다.

노인에게 다가서며 진영인이 입을 열었다.

"말씀 좀 여쭙겠습니다."

"아무 데나 놓고 가시오. 그리고 내일 이 시간에 찾으러 오시구려."

뒤도 돌아보지 않고 대꾸하는 노인의 엉뚱한 대답에 진영인은 흘깃
시선을 돌렸다. 그러자 마당 한쪽에 널려 있는 농기구들이 눈에 들어
왔다.

"여기가 금산철가 맞습니까?"

진영인의 질문에 쇠를 두드리던 노인의 손이 멎었다.

"금산철가라……. 오랜만에 들어보는 이름이군."

노인이 돌아섰다.

순간 단리정이 흠칫하며 진영인의 뒤로 숨어버렸다. 매우 흉한 노인
의 얼굴 때문이었다.

머리카락은커녕 눈썹도 찾아볼 수 없는 그의 얼굴은 화마(火魔)가
훑고 지나간 듯 녹아내린 피부가 얼굴 전체를 덮고 있었고 이로 인해
한쪽 눈이 보이지 않는 상태였다. 더구나 입술마저 뒤틀려 어조도 분
명치 않았다.

들고 있던 망치를 한쪽에 던져 놓은 노인은 진영인을 유심히 바라보
다 입을 열었다.

"이곳 사람이 아닌 것 같구려. 금산철가의 이름은 사라진 지 오래요. 무슨 용무로 그들을 찾는 것이오?"

"노인장께서는 금산철가 사람이오?"

진영인의 반문에 노인은 하나밖에 남지 않은 눈으로 진영인을 노려보았다. 이에 진영인은 말없이 손에 들린 자전뇌검을 들어 노인의 눈앞에 들어 보였다.

"이건?"

노인의 입술을 비집고 경악성이 터져 나왔다.

"이걸 알아보시는군요."

"모, 모르오! 나는 농기구를 수리할 뿐 병장기 따위는 취급하지 않소!"

노인은 황급히 고개를 흔들었다. 하지만 진영인은 흔들리는 노인의 눈빛에서 그가 거짓말을 하고 있음을 알 수 있었다.

노인은 서둘러 망치와 집게를 챙기더니 십 장쯤 떨어진 모옥으로 달아나듯 걸음을 옮겼다. 그리고 안으로 들어서기가 무섭게 쾅 하고 문을 닫아버렸다.

그 모습에 진영인은 설레설레 고개를 흔들었다. 고개를 들어 하늘을 보니 어느덧 서산에는 붉은 석양이 서서히 긴 그림자를 드리우고 있었다.

"무슨 사정이 있는 모양이구나. 마침 오늘은 거할 곳도 마땅치 않으니 이곳에서 하룻밤 묵자꾸나."

"여기서요?"

"가까운 곳에 화로(火爐)도 있으니 노숙보다는 낫지 않겠느냐?"

"하지만 귀신이 나올 것 같단 말이에요. 저 할아버지도 무섭고……."

“이 사부와 있는데도 무섭단 말이냐?”

진영인은 두려운 얼굴로 노인이 사라진 모옥에서 눈을 떼지 못하는 단리정의 머리를 쓰다듬었다.

“오늘부터 무공을 익히도록 하자. 이곳은 사람도 별로 없고 조용하니 심법을 배우기에 적절한 장소 같구나.”

그제야 단리정은 두려움을 잊고 함박웃음을 머금었다.

진영인은 화로와 적당히 떨어진 곳에 자리를 잡았다. 그리고 자신의 맞은편에 단리정을 앉힌 다음 조용히 입을 열었다.

“예전 단리세가에 있을 때 혹 다른 내공심법을 익힌 적이 있느냐?”

진영인의 질문에 단리정은 잠시 생각을 하더니 이내 고개를 끄덕였다.

“어렸을 때 아버지께서 가르쳐 주신 게 있어요.”

“음…….”

진영인이 인상을 찌푸리자 단리정은 걱정스러운 얼굴로 진영인을 바라봤다.

이에 진영인은 잠시 고민을 하다 단리정을 향해 입을 열었다.

“그것에 대해 네가 알고 있는 대로 설명해 줄 수 있겠느냐?”

“혈라강기의 입문 심법이라 하셨어요. 혈라강기를 운용하기 위해서는 일정 이상의 내공을 지녀야 하는데, 그렇지 않으면 받아들인 진기를 제어하지 못해 폭주를 한다고 하셨어요.”

“혈라강기를 받아들인다 했느냐?”

“네, 분명히 그러셨어요. 나중에 혈라강기를 물려줄 테니 그때까지 열심히 기초를 다져 놓으라고. 하지만 아버지는 얼마 후 돌아가셨고, 저는 이상한 곳으로 끌려가서 그것을 익힐 수가 없었어요.”

싫은 과거를 떠올렸음인지 단리정의 얼굴은 몹시 어두웠다.

진영인은 잠시 생각에 잠겼다.

'본신의 내공은 다른 이로부터 물려받은 진기를 제어할 뿐 혈라강기의 본질은 격체진력(隔體眞力)에 있었군. 이미 완성한 혈라강기를 누군가로부터 받아들여 이를 발전시킨다면 속성으로 이를 익힐 수 있을 것이다.'

진영인은 비로소 자신과 비슷한 또래인 단리호가 어떻게 그처럼 강력한 강기류의 무공을 쓸 수 있었는지 이해할 수 있었다.

진영인은 단리정의 손목을 잡았다.

"무슨 일이 있더라도 놀라지 말거라."

단리정이 고개를 끄덕이자 진영인은 천천히 진기를 흘려 넣기 시작했다. 이질적인 기운이 자신의 몸속을 휘돌자 단리정은 깜짝 놀라 몸을 움츠렸다. 하지만 진영인의 언질이 있었기에 이내 차분히 사부의 손에 몸을 맡겼다.

눈을 감은 채 단리정의 상태를 살피던 진영인은 이윽고 일각 정도의 시간이 흘러 천천히 눈을 떴다.

"사부님."

걱정스런 얼굴로 자신을 부르는 단리정을 향해 진영인은 빙그레 웃어주었다.

"정공과 마공은 그 궤를 달리하기 때문에 행여 네가 그 심법을 익혔다면 형산의 내공심법인 뇌정단공을 익히지 못했을 것이다. 하지만 네 성취가 워낙 얕아 그리 큰 문제는 없을 것 같구나."

그제야 단리정의 얼굴에는 안도의 감정이 떠올랐다.

"잘 듣고 빠짐없이 외우거라."

진영인은 곧바로 뇌정단공의 구결을 단리정에게 읊어주었다.

다행히 단리정은 총명한 아이였다. 진영인이 네 번을 반복하여 구결을 말해 주자 어렵지 않게 외워낼 수 있었다.

"똑똑하구나."

진영인의 칭찬에 단리정은 밝게 웃었고, 이에 진영인은 뇌정단공의 요체를 설명하기 시작했다.

"하늘을 찢고 산을 무너뜨리는 뇌전의 힘은 예측할 수 없는 변화에서 시작한다. 그 변화의 근본은 태초에 만물을 이룬 음과 양이 서로 부딪치고 뒤섞이며 균형을 찾아가는 과정이다. 변화 안에 담긴 힘은 정해져 있으니 백 년에 걸쳐 이룬다면 느끼는 힘이 미미할 것이나 짧은 시간 동안 균형을 찾는다면 그 힘이 지닌 위력은 누구도 짐작 못하리라. 이를 가리켜 패(覇)라 한다."

이어지는 설명에도 단리정은 두 눈을 빛내며 열심히 진영인의 설명을 새겨들었고, 진영인에게 있어 그 모습은 매우 흡족한 것이었다.

"이제 진기를 운용하는 방법을 자세히 알려주마."

단리정을 돌려 세운 진영인은 단리정의 허리 부근에 자신의 손바닥을 올렸다.

"지금부터 이 사부가 명문혈에 진기를 주입할 것이다. 그 진기는 뇌정단공을 운기하는 순서를 따라 너의 혈도를 건드릴 것이니 이것을 기억하도록 해라. 절대 눈을 떠서는 안 되며 입을 열어 말을 해도 안 된다. 잡념을 털어내고 운기에 집중해야 한다. 알겠니?"

단리정이 고개를 끄덕이자 진영인은 뇌정단공을 끌어올렸다. 그리고 서서히 명문혈에 진기를 흘려 넣기 시작했다.

명문혈로 들어온 한줄기 진기가 기점이 되는 혈도를 건드릴 때마다 단리정은 깜짝깜짝 놀라곤 했으나 이내 신기하고 재밌다는 생각을 하며 그 순서를 잊지 않기 위해 신경을 집중했다.

기맥을 따라 움직이던 진기는 회음, 장강, 신도, 대추혈을 거쳐 아혈, 백회, 미간, 천돌, 인자, 신궐혈로 움직였다. 그리고 기착점이자 내공을 담는 그릇인 기해혈로 흘러들어 갔다.

"그대로 운기를 멈추지 마라. 기억한 순서에 따라 진기를 이끌면 된다."

진영인은 천천히 단리정의 명문혈에서 손을 뗐다. 하지만 단리정은 이를 눈치채지 못한 듯 진영인이 가르쳐 준 방법에 따라 계속 뇌정단공을 운공하고 있었다.

그렇게 얼마나 시간이 흘렀을까.

단리정이 긴 숨을 내뱉으며 눈을 떴다.

"와! 이렇게 상쾌한 기분은 처음이에요. 피곤하지도 않고 몸도 가벼워요."

"그건 몸 안에 쌓여 있던 탁한 기운을 토해냈기 때문이다."

"더 해봐도 돼요?"

들떠 있는 제자의 모습에 진영인은 조용히 웃음을 머금었다.

"앞으로 너는 틈나는 대로 뇌정단공을 운공해야 한다. 이를 통해 무공의 기본이 되는 내공을 익혀 나갈 수 있으며 그 노력의 여하에 따라 네가 이루는 성취가 달라질 것이다."

열심히 고개를 끄덕인 단리정은 다시금 바닥에 좌정을 하고 뇌정단공을 운공하기 시작했다.

그런 제자를 흐뭇하게 바라보던 진영인은 문득 고개를 들어 하늘을 바라봤다.

시간은 매우 빨리 지나가 어느덧 밤이 되어 있었다. 금방이라도 쏟아질 것만 같은 무수한 별들이 까만 밤하늘을 가득 메우고 있었고 더없이 고아한 달빛이 푸르게 흘러내리고 있었다.

덜컹.

이때 멀리 모옥의 문이 열리며 노인이 다시금 모습을 나타냈다.

"거기서 밤을 새려 하는 거요?"

처음과는 달리 다소 누그러진 음성이었다. 이에 진영인은 빙그레 웃으며 입을 열었다.

"설마 여기에서조차 쫓아내실 생각은 아니겠지요?"

"식사는?"

"아직입니다."

"안으로 드시오."

때마침 운기를 마친 단리정이 눈을 뜨자 진영인은 단리정의 손을 잡고 모옥 안으로 들어섰다.

방 안은 매우 검소하여 작은 식탁과 의자, 침상이 전부였다. 그리고 식탁 위에는 야채와 함께 면을 볶아낸 음식이 놓여 있었다.

"워낙 촌인 데다 살림이 궁핍하여 찬이 넉넉지 않소."

"신경 써주셔서 감사합니다."

진영인의 인사에 노인은 헛기침과 함께 돌아앉았다.

진영인과 단리정은 식사를 시작했다.

음식은 소금만으로 간을 해 매우 소박했으나 그동안 건량으로 식사를 대신해 왔던 그들 사제는 기꺼운 마음으로 음식을 들 수 있었다.

그들이 식사를 하는 동안 노인은 진영인 쪽을 힐끔거리며 말없이 독한 화주를 들이키고 있었다.

이윽고 그들이 식사를 마치자 노인이 진영인을 향해 입을 열었다.

"형산에서 예까진 어인 일이오?"

"역시 노인장께선 금산철가 사람이었군요?"

진영인의 말에 노인은 가뜩이나 험한 얼굴을 찌푸리며 쓴소리를 내뱉었다.

"이미 말했다시피 금산철가는 이미 여기에 없소. 오 년 전 그날 형산의 외면과 함께 사라졌기 때문이오."

"그게 무슨……?"

"흥! 몰라서 묻는 것이오? 자, 말해 보시오. 이제 와서 금산철가를 찾는 이유가 뭐요?"

거친 성정이 묻어나는 노인의 말에 진영인은 당혹감을 금치 못했다.

뭔가 오해가 있었다. 아무리 형산이 기울어졌다 해도 속가의 어려움을 외면할 만큼 몰락한 것은 아니었다.

"자세히 말씀해 주시겠소?"

씩씩거리며 진영인을 노려보던 노인은 이내 독한 화주를 쉬지 않고 벌컥벌컥 들이켰다.

진영인은 말없이 그런 노인을 바라보며 그가 입을 열기만을 기다렸다.

이윽고 노인은 오랜 세월 동안 가슴속에서 삭이던 울분을 토해내기 시작했다.

"오 년 전, 중추절을 보름 남긴 그날 사단이 벌어졌소. 아니, 정확히 말하자면 인근에 철산장(鐵山莊)이라는, 우리처럼 쇠를 만지는 자들이 들어서면서부터였지. 그들은 말도 안 되는 가격으로 병기와 농기구를 팔기 시작했소. 비록 그들이 만든 물건은 우리 금산철가를 따라올 수 없었지만 그들은 이윤을 남기기는커녕 오히려 손해를 감수하며 물건을 팔기 시작했고, 그로 인해 금산철가는 많은 손님들을 놓치게 되었소."

당시를 회고하는 노인의 외눈에서 원한에 찬 광망이 흘러나왔다.

"결국 우리는 하는 수 없이 가격을 내려야만 했지. 그런데 문제는 거기서 끝나지 않아 같은 시장을 놓고 경쟁하던 그들은 사사건건 우리에게 시비를 걸어왔소. 이로 인해 마찰이 잦아지자 우리는 그들과 노선을 달리하여 가격은 비싸지만 최상의 품질로 수요자의 높은 안목을 만족시키는 정책으로 돌아섰소. 그리고 잠시나마 성공을 거두는 듯했지."

잠시 말을 멈춘 노인은 화주를 입으로 가져갔다. 하지만 술병은 이미 비어 있었고, 노인은 벽을 향해 술병을 집어 던졌다.

쨍그랑!

노인은 다시금 입을 열었다.

"그런데 언제부턴가 근방에서 비적 무리가 날뛰기 시작했다오. 그들은 재산뿐만이 아니라 여인을 겁탈하고 인명을 해치는 것을 서슴지 않아 관아에서는 눈에 불을 켜고 그들을 추적했소. 하지만 그들은 워낙 신출귀몰하여 꼬리를 드러내지 않았지. 이때 철산장에서 일단의 무림인들을 초빙했소. 그리고 불과 보름도 되지 않아 비적들의 두목을 비롯해 잔당까지 모조리 척살할 수 있었다오. 그런데 그 비적의 무리들이 하나같이 우리 금산철가에서 만든 병기를 소지하고 있었다고 하오. 이로 인해 금산철가의 신뢰는 바닥으로 떨어졌고, 나날이 손해가 늘어 큰 빚을 지게 되었소. 그러던 중 나는 우연히 거리를 지나다 철산장에서 초빙한 무림인들과 조우하게 되었소. 한데 그자들 중 대부분이 우리 금산철가에서 만든 병기를 지니고 있었다오. 나는 곧장 관부의 인물 중 한 명을 매수하여 비적들로부터 압류한 무기들을 살펴볼 수 있었소. 그런데……."

목이 탄 듯 노인은 침으로 타는 입술을 적신 뒤 말을 이어갔다.

"그 병기는 우리 금산철가가 만든 것이 아니었소. 분명 손잡이에는 우리 금산철가의 인이 새겨져 있었지만 그건 모조품이었던 것이오. 이 모든 일에 어떤 음모가 깔려 있다 판단한 나는 비밀리에 사람을 풀어 비적 떼가 출몰했던 당시의 목격자들을 수소문하기 시작했소. 겨우겨우 어렵게 그들을 만나 비적들의 인상착의를 대조한 결과 비적의 정체가 철산장에서 초빙한 무림인들이라는 것을 알아낼 수 있었소."

노인의 계속되는 이야기에 진영인은 분노를 금할 수 없었다.

관아에 이 사실을 알렸으나 관아에서는 이를 시장을 놓고 벌이는 단순한 음해로 치부해 버렸고, 오히려 자신들의 음모를 발각당한 철산장이 무력 시위를 감행해 오기 시작했다는 것이다. 갈수록 늘어가는 적자에 허덕이던 금산철장은 결국 높은 이자의 사채(私債)를 얻기에 이르렀고, 이것이 결정적으로 금산철가의 목을 조이는 결과가 되고 말았다. 금산철가에 돈을 빌려준 자들은 적은 돈을 빌려줘 놓고 나중에 수십 배를 폭리를 취하는 염왕채(閻王債)를 전문으로 하는 자들로 그들이 철산장과 모종의 관계가 있음을 뒤늦게 눈치챘으나 이미 돌이킬 수 없는 일이 되고 말았다는 이야기였다.

"그것만으로도 부족했는지 철산장의 장주 황의철은 아예 우리를 이곳에서 지우기로 마음먹은 듯 중추절을 보름 남긴 야심한 밤 수많은

무사들과 함께 금산철장을 방문했소. 그들로 인해 수많은 금산철장의
식솔들이 죽거나 크게 다쳐 결국 이곳을 떠나야만 했소. 재산도 모조
리 그들이 긁어가 남은 것이라고는 낡은 화로와 그 곁을 지키는 이 늙
은 몸뚱이뿐이오.”

“어째서 본산에 이를 알리지 않은 것입니까?”

“흥! 네 번이나 사람을 보냈지만 형산은 침묵했소. 형산으로서는 철
산장 뒤에 버티고 있는 흑무련이 두렵기도 했겠지. 형산이… 한 몸과
도 다름없다 믿었던 형산이 우릴 버린 것이오.”

“아니오. 형산은 금산철가를 버린 적이 없소. 우리는 금산철가로부
터 그 어떤 연락도 받은 적이 없습니다.”

“아직 나이가 어린 당신이 윗선에서 내린 결정을 어찌 알겠소?”

“나는 형산의 일대제자요. 가까운 곳에서 사부님을 모셔온 내가 어
찌 모를 수 있겠습니까?”

“그렇다면……?”

“아마 그들이 사전에 손을 써 연락을 차단한 것이겠지요. 그와 같은
음모를 꾸미기 위해 만반의 준비를 갖춰두었을 것이 틀림없습니다.”

노인의 눈이 미미하게 떨리기 시작했다.

그때였다.

쿵!

밖에서 들려오는 육중한 소리에 노인은 무거운 한숨을 내쉬었다. 그
리곤 말없이 밖으로 나가 술에 절어 곤드레만드레가 된 한 청년을 방
안으로 끌고 왔다.

청년이 방 안에 들어서자 지독한 술 냄새와 함께 코를 찌르는 역한
냄새가 방 안을 가득 메웠다. 노인은 방 한쪽에 청년을 눕힌 다음 진영

인을 바라봤다.

"제 유일한 혈육입니다."

노인은 어느새 어조를 달리해 경어를 사용하고 있었다. 하지만 진영인은 어딘지 눈에 익은 청년의 얼굴을 살피느라 이를 눈치채지 못하고 있었다.

"아!"

진영인은 이내 청년의 얼굴을 기억해 낼 수 있었다. 육 년 전 연무 점검 때 형산을 찾은 속가제자들 중 유일하게 자신과 비슷한 또래였기 때문이다.

"어찌 된 일입니까?"

진영인의 질문에 노인은 안쓰러운 얼굴로 자신의 아들을 바라봤다.

"사단이 있던 그날 다행히 이 아이는 이곳에 없어 화를 면할 수 있었습니다. 하지만 집에 돌아와 이 모든 일의 원흉이 철산장임을 알게 된 이 녀석은 제가 만류할 틈도 없이 철산장으로 쳐들어갔지요. 듣기론 자신보다 어린 철산장의 소장주에게 삼 초 만에 패배하고 심한 모욕을 당한 모양입니다. 그 이후론 보시는 바처럼……."

말끝을 흐리는 노인의 모습이 진영인은 더없이 안쓰럽게 느껴졌다.

"다시 한 번 신물을 보여주시겠습니까?"

노인의 요청에 진영인은 자전뇌검을 노인에게 내밀었다.

떨리는 손으로 자전뇌검을 받아 든 노인의 얼굴에는 결코 지우지 못할 격한 심정이 고스란히 묻어나 있었다. 한참 동안 자전뇌검을 살피던 노인은 진영인을 향해 조심스레 입을 열었다.

"틀림없는 자전뇌검. 그렇다면 혹시… 장문령이 발동한 것입니까?"

"그렇습니다."

진영인의 대답이 떨어지기가 무섭게 노인은 바닥에 털썩 무릎을 꿇었다.

"형산 속가 금산철가 이십삼대 가주 담가진이 장문령을 받듭니다."

"일어나십시오."

진영인은 담가진이라 자신을 밝힌 노인을 일으켜 의자에 앉혔다. 이에 담가진은 굵은 눈물을 흘리며 진영인을 향해 연신 고개를 숙였다.

"몰랐습니다. 정녕 몰랐습니다. 형산이 우릴 버린 줄로만 알았습니다. 이 어리석은 늙은이는 오랜 세월 본산만을 원망하였습니다. 그래서 감히 장문령의 권위 앞에서도……."

"이해합니다."

진영인은 방 한구석에 쓰러져 잠든 청년을 가리켰다.

"저 친구 이름이 담천우였던가요?"

설마 아들의 이름까지 기억하고 있으리라곤 생각지 못했던 담가진은 황송한 듯이 고개를 끄덕였다.

이에 진영인은 한차례 고개를 끄덕이고는 담가진을 향해 입을 열었다.

"금산철가의 이십삼대 가주 담가진은 들으시오."

"말씀하십시오."

"지금부터 어떤 일이 벌어지더라도 그대는 결코 나서서는 아니 되오."

"예?"

의아하게 자신을 바라보는 담가진을 향해 진영인은 한쪽 눈을 찡긋해 보였다. 그리고 신형을 일으켜 잠들어 있는 담천우에게 다가섰다.

진영인이 아들의 멱살을 쥔 채 방을 나서자 담가진은 걱정부터 앞섰

다. 하지만 눈을 돌려 아까부터 자신을 힐끔거리는 단리정을 바라봤
다.

"소협도 형산의 제자요?"

소협이란 호칭이 멋쩍었던지 단리정은 얼굴을 붉히며 진영인을 가
리켰다.

"네, 저분이 저의 사부님이세요."

"사부의 함자를 내게 알려줄 수 있겠소?"

"우리 사부님은 진씨 성에 영인이란 이름을 쓰십니다."

씩씩하게 진영인을 소개하는 단리정의 목소리에서는 자부심이 가득
담겨 있었다.

"소협의 사부는 매우 훌륭한 분이겠구려?"

"물론이에요. 우리 사부님은요……."

단리정은 기다렸다는 듯이 진영인에 대한 자랑을 쉬지 않고 늘어놓
기 시작했다. 진영인과의 만남에서부터 최근의 형산 혈사까지…….

비록 나이 어린 소년의 이야기라 과장이 섞이지 않을 수 없었지만
이야기를 듣는 내내 담가진은 놀라움을 금치 못했다.

담가진은 자신의 아들을 끌고 가는 진영인의 뒷모습에서 절망의 끝
에 드리워진 한줄기 희망의 빛을 발견할 수 있었다.

담천우의 멱살을 잡아 방에서 끌어낸 진영인은 곧장 정원의 연못으
로 향했다. 하지만 그 외중에도 담천우는 코까지 골며 깊이 잠들어 있
었다. 그 모습이 한심하고 한편으로는 안쓰러워 진영인은 내심 혀를
찼다. 하지만 목적했던 정원에 이르자 진영인은 일말의 망설임도 없이
담천우를 연못에 집어 던졌다.

첨벙!

"어푸!"

연못의 차가운 한기에 정신을 차린 담천우는 허리까지 잠기는 물속에서 마구 손발을 내저었다.

그러기를 잠시, 연못의 썩은 물을 한 바가지나 들이킨 담천우는 그대로 배를 움켜쥔 채 마구 토악질을 하기 시작했다.

"우웩!"

위에서 쓴 물이 넘어올 때까지 구토를 하던 담천우는 이윽고 연못가에서 자신을 내려다보는 진영인을 발견하고는 험악하게 인상을 구겼다.

"이런, 썅! 넌 뭐야?"

담천우는 이내 피식 웃음을 터뜨렸다.

"쳇, 화련이 넌 기둥서방이라는 놈이 너였냐? 과연 면상을 보아하니 계집년 좀 후리게 생겼군. 그래, 화련이 년이 밀린 화대(花臺)라도 받아오라던?"

"아직도 상황 파악이 안 되나보군."

담담한 진영인의 음성에 담천우의 눈이 뒤집혔다.

"너, 그거 알아? 넌 오늘 잘못 걸린 거야. 내가 누군지 잘 모르나 본데……."

팔을 걷어붙인 담천우가 썩은 연못을 휘저으며 진영인에게 다가섰다. 그러나 막 연못 밖으로 빠져나오려던 순간 진영인의 발에 가슴을 얻어맞은 담천우는 또다시 연못 속으로 나동그라졌고, 몇 모금의 썩은 물을 더 들이켜야만 했다.

"주정뱅이의 푸념을 들어줄 만큼 나는 한가한 사람이 아니다."

"우웩! 이런 썅… 어?"

욕설을 내뱉던 담천우의 얼굴에 의아함이 서렸다. 그리고 그 의아함은 이내 놀라움으로 바뀌었다. 구름 속에 가려져 있던 달이 모습을 드러내면서 상대의 얼굴을 알아볼 수 있었기 때문이다.

"여, 영인 사숙!"

"나를 아는가?"

진영인의 반문에 담천우는 급히 고개를 주억거렸다.

"접니다. 저 담천웁니다. 왜 육 년 전 연무 점검 때 첫 번째로 사숙께 비무를 신청했던……."

반가운 마음에 진영인을 향해 다가서던 담천우는 이내 흠칫하며 석상처럼 굳어졌다. 더없이 차갑게 느껴지는 진영인의 눈빛 때문이었다.

"감히 형산의 제자를 사칭하다니, 죽고 싶은 게로구나."

"예?"

담천우는 어이가 없었다.

오 년 동안 발길을 끊었다 하지만 열 살 때부터 한 해도 거르지 않고 형산을 방문한 그였다. 진영인의 기억에 조금이라도 오래 남고자 연무 점검 때마다 항상 제일 먼저 그에게 비무 신청을 했고, 그때마다 진영인은 반갑게 자신의 이름까지 불러주지 않았던가.

자신을 기억하지 못하는 진영인의 모습에 담천우는 서운함이 밀려왔다. 하지만 애써 웃으며 입을 열었다.

"하긴 육 년 만이니 알아보기 힘들 수도 있겠군요. 정말 기억 안 나세요? 제가 칠 합 만에 코피가 터졌잖아요. 그래서 사숙께서 저더러……."

"너는 담천우가 아니다."

진영인이 단호히 자신의 말을 자르자 담천우는 할 말을 잃었다.

냉혹하고 싸늘한 눈빛을 던지는 진영인의 모습은 지금까지 자신이 알고 있던 진영인이 아니었다.

더없이 낯설게 느껴지는 진영인의 모습에 담천우가 당황하고 있을 때 진영인이 다시금 입을 열었다.

"두 번 묻지 않겠다. 감히 형산의 제자를 사칭하는 이유가 뭐냐?"

"사숙, 왜 이러십니까? 제가 담천우라니까요."

엉금엉금 기어 연못 밖으로 빠져나온 담천우는 혹시 자신이 뒤집어쓴 썩은 물 때문에 진영인이 알아보지 못하는 것이 아닌가 하여 손바닥으로 얼굴을 문질러 진흙처럼 엉긴 찌꺼기를 털어냈다.

"접니다. 모르시겠어요? 저 담천우예요."

그러나 돌아온 대답은 그를 실망시키기에 충분했다.

"네가 정녕 죽고 싶은 게로구나. 나 진영인에게 형산 문하를 사칭하고도 살아남길 바라는 건 아니겠지?"

피식.

담천우의 입매가 뒤틀렸다.

"결국 당신도 다를 게 없군. 그동안 가증스러운 위선의 탈을 쓰고 있었던 건가? 하긴 본산의 제자에게 속가 문파 따위는 눈에도 차지 않겠지. 그래서 우릴 버린 거… 헛!"

갑자기 진영인의 신형이 흐릿해지더니 돌연 눈앞에서 나타나자 담천우는 헛바람을 들이켰다. 그와 동시에 진영인의 주먹이 사정없이 담천우의 전신을 두들기기 시작했다.

퍼퍼퍼퍼퍽!

"커헉!"

숨이 넘어갈 것 같은 아득한 고통에 담천우는 비명조차 지를 수 없었다. 그러나 진영인은 손을 멈추지 않았다. 일부러 가장 아픈 곳을 골라 때리고 또 때렸다.

약 일각에 걸친 구타에 담천우는 초주검이 되어 바닥에 널브러졌다.

"크윽……!"

"형편없군. 겨우 그 정도 실력을 가지고 형산 문하를 사칭한 것이냐?"

조롱 섞인 그 말에 담천우의 눈에서 불꽃이 튀었다.

"씨발……."

나직이 욕설을 씹어 뱉으며 힘겹게 신형을 일으킨 담천우가 진영인을 노려보며 고함을 질렀다.

"뭐야! 네가 그렇게 잘났어? 속가가 개박살이 나는 데도 흑무련이 무서워 팔짱만 끼고 있던 형산이 그렇게 잘났나?"

어찌나 분했던지 담천우는 눈물까지 떨구고 있었다.

처음 형산을 방문한 것은 그저 속가 문파로서 느끼는 본산에 대한 막연한 동경 때문이었다. 그러나 그는 그곳에서 진영인을 만났다.

자신과 비슷한 나이에도 불구하고 누구도 넘보지 못할 무위를 지닌 사내. 배분과 항렬, 본산과 속가제자들에게 차별을 두지 않는 인간적인 매력은 단번에 그를 사로잡았다.

이후 진영인과의 비무는 그에게 가장 큰 자랑거리이자 형산의 속가제자로서의 자부심을 느끼게 하는 보람이었고, 그래서 담천후는 해마다 먼 길을 마다 않고 형산을 찾았다. 하지만 눈앞에 서 있는 진영인은 자신의 존재마저 부정하면서 철저하게 모욕하고 있었다.

눈물을 그렁그렁 매단 채 자신을 노려보는 담천우의 모습에 진영인은 피식 웃음을 터뜨렸다.

"아직도 매가 부족한가 보군."

진영인의 그 한마디가 담천우의 가슴속에 쌓여왔던 설움과 분노를 건드렸다.

"죽여 버린다!"

담천우는 고함을 내지르며 진영인을 향해 신형을 날렸다.

이에 진영인은 슬쩍 입매를 말아 올리며 더없이 얄미운 표정을 지어 보였다.

"뇌공권(雷矼拳)? 어디서 훔쳐 배운 건 있나보군."

우드득!

얼굴을 향해 날아드는 담천우의 주먹을 간단히 낚아챈 진영인은 그대로 팔을 꺾어 바닥에 던져 버렸다.

쿵!

단단한 석판 위에 등부터 떨어진 담천우는 극심한 고통에 새우처럼 웅크린 채 한참 동안 일어서질 못했다.

"내가 아는 담천우는 이렇게 일수에 나가떨어질 만큼 한심한 위인이 아니다."

어디서 그런 힘이 나왔을까. 그 한마디에 담천우는 벌떡 일어섰다. 그리고는 괴성과도 같은 기합성을 터뜨리며 다시금 진영인을 향해 주먹을 날렸다.

"크아아아압!"

조금 전과 달리 담천우의 주먹은 제법 매서운 데가 있었다. 하나 애초부터 실력의 차이가 너무 극명했다.

손등으로 가볍게 담천우의 주먹을 쳐낸 진영인은 그대로 거리를 좁히며 어깨로 담천우의 가슴을 받아버렸다.

퍼억!

둔탁한 충격음과 함께 나가떨어지는 담천우를 향해 진영인은 사정을 두지 않고 연달아 산매수를 시전했다.

퍼버버벅!

어깨와 옆구리를 연달아 두들기는 매서운 손속 앞에 담천우의 얼굴이 창백하게 변했다. 하지만 담천우는 이를 악물었다.

"크앗!"

쉬익!

"이처럼 엉성한 섬뢰각(閃雷脚)은 또 어디에서 주워 배운 것이냐?"

비웃음을 터뜨린 진영인은 고개를 젖혀 자신의 턱을 노린 무릎을 피했다. 그리곤 허점투성이인 담천우의 옆구리에 일장을 꽂았다.

퍼엉!

"커헉!"

쿠당탕탕!

바닥의 잡다한 집기들을 부수며 오 장이나 굴러간 담천우는 한참 동안 일어서질 못했다.

그런 담천우를 향해 진영인이 입을 열었다.

"내가 아는 담천우는 이처럼 손이 느리지도 않았고 생각없이 무턱대고 손발을 휘두르는 얼간이도 아니었다."

꿈틀.

진영인의 말에 쓰러져 있던 담천우가 느리게 신형을 일으켰다.

입에서는 단내가 풀풀 나고 다리는 후둘거리고 있었으나 두 눈만은 진영인에게서 떼지 않았다.

서서히 살아나기 시작한 담천우의 눈빛을 보며 진영인은 내심 웃음을 머금었다. 하지만 속내와는 달리 모욕적인 언사를 서슴지 않았다.

"그래, 자네가 정말 담천우라 치자. 하지만 그 정도 실력으로 나와 칠 합이나 주고받을 수 있다고 생각하나? 가당치도 않지. 시정잡배에게나 통할 그따위 무공을 가지고 형산 문하를 자처하다니, 양심도 없군."

"까드득!"

한차례 이를 갈아붙인 담천우는 한 걸음씩 진영인을 향해 다가섰다.

"당신은 이제 나의 사숙이 아니오."

"나 역시 형산 문하를 사칭하는 시정잡배에게 사숙으로 불리고 싶은 마음은 없었다."

거만한 진영인의 표정이 담천우의 가슴에 불을 당겼다.

"하압!"

기합과 함께 진영인과의 거리를 좁힌 담천우는 연달아 주먹을 날렸다. 하지만 그 어느 것 하나 진영인을 맞힐 수 없었다.

짜자자작!

오히려 진영인에게 멱살을 잡혀 네 번이나 따귀를 얻어맞은 담천우는 체력이 한계에 이른 듯 보기 흉하게 바닥에 쓰러져 거친 숨만 토했다.

"흥, 오늘은 이 정도로 봐주겠다! 두 번 다시 형산 문하를 사칭하여 형산을 모독한다면 그때는 두 발로 걷지 못하게 만들어주겠다! 꺼져라!"

그 말을 끝으로 진영인은 차갑게 신형을 돌렸다.

"크흐흑."

멀어지는 진영인의 모습을 보며 담천우는 이를 깨물어 억눌린 울음을 쏟았다. 입술로 스며든 눈물이 더없이 쓰디썼다.

얼마나 시간이 흘렀을까.

힘겹게 신형을 일으킨 담천우는 비틀거리는 걸음을 옮겨 금산철가를 나섰다.

담천우의 모습이 장내에서 완전히 사라지자 진영인이 돌아섰다.

"녀석……."

담천우가 사라진 방향을 바라보는 진영인의 눈빛은 더없이 따듯한 온기가 담겨 있었다.

"그럼 어디, 나도 슬슬 움직여 볼까?"

모옥에 돌아온 진영인은 단리정과 담소를 나누고 있던 담가진을 향해 입을 열었다.

"검을 한 자루 만들어주십시오."

"검 말입니까?"

담가진이 자신의 손에 들린 자전뇌검을 의아하게 바라보자 진영인은 웃으며 단리정을 가리켰다.

"제 제자 녀석이 쓸 검을 부탁드립니다."

"아!"

담가진은 고개를 끄덕였다.

"오래전부터 만져 온 좋은 철이 있습니다. 그런데……."

잠시 망설이던 끝에 담가진이 입을 열었다.

"제 아들 녀석은……."

"걱정하지 않으셔도 됩니다."

그제야 담가진은 안도한 표정으로 고개를 끄덕였다. 그리곤 곧장 신형을 일으켜 벽에 걸린 망치와 집게를 집어 들고 방을 나섰다.

"그렇게 기쁘냐?"

진영인은 환한 얼굴로 고개를 끄덕이는 단리정의 머리를 쓰다듬었다. 그리곤 자전뇌검을 허리에 갈무리하며 입을 열었다.

"잠시 다녀올 곳이 생겼다. 늦어도 새벽에는 돌아올 것이니 그때까지 내가 가르쳐 준 뇌정단공을 연마하고 있거라. 무공의 입문이 늦은 만큼 촌음을 아껴 수련에 정진해야 한다. 알겠지?"

"네, 사부님."

"그럼 돌아와서 보자꾸나."

모옥을 나선 진영인은 화로에 풀무질을 하던 담가진에게 가까운 관아와 철산장의 위치를 물었다. 그리고는 곧장 운영미보를 펼쳤다.

한줄기 그림자가 되어 눈앞에서 사라지는 진영인의 무위에 담가진은 실로 오랜만에 가슴이 두근거리는 것을 느꼈다. 그리고 잠시 후 적막한 장원에 쇠를 두드리는 소리가 울려 퍼지기 시작했다.

깡! 까앙!

달빛 고아한 깊은 밤. 쇠를 두드리는 소리는 그 어느 때보다 힘이 실려 있었다.

第十五章

고목생화(古木生花)

"어쩔 수 없이 나머지는 내일로 미뤄야겠군."

산더미같이 쌓인 서류들을 바라보며 연자흠은 나직이 한숨을 터뜨렸다. 그리곤 정리하던 서류들을 서탁 위에 던져 놓고 집무실을 빠져나왔다.

곧장 침소에 든 연자흠은 관포를 벗고 침의(寢衣)로 갈아입었다. 하루 종일 격무(激務)에 시달린 탓인지 침상에 몸을 눕히자마자 곧장 잠이 들었다. 하지만 채 일각이 지나지 않아 까닭 모를 오한에 연자흠은 눈을 떴다. 그리고 그것이 열린 창 틈으로 들어오는 바람 때문이라는 것을 깨달았다.

"분명 창문을 닫았거늘……."

의아함도 잠시, 연자흠은 이내 창문을 닫기 위해 몸을 일으켰다. 순간 연자흠은 크게 놀라 자신도 모르게 소리를 질렀다. 침상 머리에 유령처럼 서 있는 인영을 발견했기 때문이다.

"누구냐!"

"당신이 통성의 지부대인이오?"

무례한 사내의 대꾸에 연자흠은 혹시 자신이 꿈을 꾸는 게 아닌가 생각했다. 통성의 모든 사법권을 지닌 자신의 침소에 불청객을 들일 만큼 이곳은 결코 호락호락한 곳이 아니었기 때문이다. 하지만 온몸으로 느껴지는 상대의 존재감은 결코 꿈이 아니었다.

비록 달빛을 등지고 있어 얼굴은 보이지 않았으나 연자흠은 용기를 내 더욱 목소리를 높였다.

"누구냐고 묻지 않았느냐?"

"아무리 소리를 질러도 수하들은 올 수 없소."

연자흠의 얼굴이 일그러졌다.

"감히 조정의 병사들을 해치다니! 그러고도 네가 무사할 것 같더냐?"

스르릉!

사내는 대답 대신 자신의 검을 뽑았다.

"……!"

달빛을 머금어 더욱 시리게 보이는 검날이 자신의 목을 가리키자 연자흠의 눈이 미미하게 흔들렸다.

"철산장을 알고 있겠지?"

뜻밖의 질문에 연자흠의 입매가 슬쩍 비틀렸다.

"자객이었던가?"

자신의 목에 검날이 닿아 있음에도 연자흠은 싸늘한 조소와 함께 입을 열었다.

"감히 조정의 관아에 침입한 것도 모자라 관리를 암살하려고 하다니… 어지간히 간이 부은 놈들이로구나. 돌아가 너를 보낸 자에게 고하라. 비록 나 연자흠이 죽더라도 내 뒤를 이은 후임자가 반드시 너희들의 악행을 낱낱이 색출하여 그에 걸맞는 벌을 내릴 것이다."

그 말을 끝으로 연자흠은 눈을 감은 채 죽음을 기다렸다.

그때였다.

"대인."

예의를 갖춰 자신을 부르는 음성에 연자흠은 눈을 떴다.

연자흠은 눈앞의 사내가 어느새 검을 거두고 자신을 향해 포권을 취하고 있는 것을 발견했다.

"깊은 밤 허락도 없이 침소를 방문하여 무례를 범한 점 사과드립니다. 하지만 대인께서 철산장 무리들과 한편이 아니라는 것을 확인하기 위함이었으니 넓은 마음으로 헤아려 주십시오."

놀란 마음을 추스르며 연자흠이 입을 열었다.

"너는 누구냐?"

"무림에 몸담은 민초이옵니다. 사정이 있어 자세한 걸 밝히지 못함을 이해해 주십시오."

"얼굴을 보여라!"

연자흠의 명령에 진영인은 한 걸음 옆으로 비켜섰다. 그제야 연자흠은 그의 얼굴을 확인할 수 있었다.

"흠……."

예상과 달리 매우 준수한 젊은이였다. 그리고 단정한 그의 얼굴에서는 한 점의 악의도 느껴지지 않았다.

진영인은 빙그레 웃음을 머금었다.

"대인의 수하들은 제가 잠재웠을 뿐 해치지는 않았습니다."

"그렇다면 야심한 시각에 어찌 허락없이 관아의 담을 넘었느냐?"

"오 년 전 금산철가와 철산장 사이의 일을 알고 계시는지요?"

고개를 끄덕이는 연자흠을 향해 진영인이 다시금 질문을 던졌다.

"그렇다면 그에 얽힌 음모도 알고 계십니까?"

"예전의 관리가 불미스러운 일로 파면당해 내가 이곳에 부임해 온 지 두 달이 지났다. 업무를 인수하는 과정에서 며칠 전 그 일에 대해 보고를 받은 적이 있는데 미심쩍은 부분이 있어 재조사를 진행하고 있었다."

"성과는 있으셨는지요?"

"음, 남아 있는 증거가 워낙 부족해서……."

말끝을 흐리는 연자흠을 향해 진영인이 입을 열었다.

"그렇다면 어째서 저를 철산장에서 보낸 인물로 생각하셨습니까?"

"얼마 전에 철산장의 총관이라는 자가 나를 찾아와 뇌물을 안기며 재조사의 중단을 요구하기에 그를 꾸짖어 쫓아버린 적이 있었지."

"그렇군요."

진영인은 고지식하지만 청렴한 연자흠이 마음에 들었다.

"달빛이 참 좋습니다. 어떻습니까, 저와 산책을 즐기시는 건?"

"이 시간에 말인가?"

의아해하는 연자흠을 향해 진영인은 장난스럽게 웃으며 품속에서 복면을 꺼내 들었다.

"철산장을 방문할 생각입니다. 그들이 대인을 알아보면 곤란하니 불편하시더라도 복면으로 얼굴을 가려주십시오."

"복면?"

문과에 급제한 이후 평생을 당당히 살아온 그가 언제 복면 따위를 사용해 봤겠는가. 처음엔 어이없어하던 연자흠의 얼굴에 이내 흥미로운 표정이 떠올랐다.

"복면이라……. 재미있을 것 같군."

복면을 받아 든 연자흠이 진영인을 바라봤다.

"이걸 쓰고 철산장을 조사한다는 말인가?"

"바로 맞히셨습니다."

"하지만 들은 바로는 철산장에는 항시 무림인들이 상주한다던데?"

"그런 조무래기들은 신경 쓰지 않으셔도 됩니다. 대인의 안전은 제가 책임지겠습니다. 대인께서는 그저 그들과 제가 나누는 대화를 듣기만 하시면 됩니다."

"흠……."

연자흠은 가만히 진영인을 응시했다. 맑게 가라앉은 진영인의 눈빛은 일말의 흔들림도 찾아볼 수 없었다.

"대단한 자신감이군. 좋아, 따라나서지."

이윽고 연자흠이 고개를 끄덕이자 진영인 역시 빙그레 웃으며 입을 열었다.

"그럼 복면을 하고 제 등에 업히십시오."

침의를 벗고 평복으로 갈아입은 연자흠은 군말없이 진영인의 등에 업혔다.

휘익!

진영인은 곧바로 운영미보를 펼쳐 담을 넘었다. 호리호리한 체구의 진영인이 자신을 등에 업고도 십 장의 거리를 한 번의 도약으로 뛰어넘자 연자흠은 내심 놀라움을 금치 못했다.

‘대단하군. 그동안 봐왔던 수많은 무장들 중 이런 재주를 지닌 자는 없었는데…….’

하지만 놀라움은 여기서 끝나지 않았다. 진영인의 신법이 제 속도를 내기 시작하자 주위의 경물들이 쏜살같이 스치며 뒤로 멀어져 갔고 얼굴을 때리는 맞바람에 눈조차 뜰 수 없었다.

‘이것이 무림인들이 말하던 경공이라는 것인가!’

연자흠은 새삼 진영인을 다시 보게 되었다.

그렇게 일각 정도를 달리자 진영인이 서서히 속도를 줄이기 시작했다. 그리고 눈앞의 으리으리한 장원 앞에 멈춰 섰다.

연자흠을 내려놓은 진영인은 그를 돌아보며 씨익 웃었다.

“우리는 지금부터 살수가 되는 것입니다.”

“뭐라? 방금 살수라 했느냐?”

“하하, 염려 마십시오. 실제로 사람이 죽는 일은 없을 것입니다.”

말을 마친 진영인은 있는 힘껏 철산장의 대문을 걷어찼다.

꽈앙!

거대한 대문이 진영인의 발길질 한 방에 산산조각이 났다.

진영인과 연자흠은 부서진 대문을 밟고 철산장 안으로 들어섰다.

“침입자다!”

부산한 움직임과 함께 병장기를 꼬나 쥔 수십 명의 인물이 우르르 몰려와 진영인과 연자흠을 포위했다. 그리고 잠시 후 사내들을 헤치며 염소수염의 중년인이 앞으로 나섰다.

“네놈은 누구냐?”

이때 연자흠이 진영인을 향해 나직이 속삭였다.

“저자가 철산장의 총관일세.”

미미하게 고개를 끄덕인 진영인은 자신들을 포위한 사내들을 향해 소리를 질렀다.

"졸개들은 꺼지고 황의철을 불러와라!"

육 년째 철산장의 총관 직을 맡고 있던 당고후는 내심 어이가 없고 기가 막혀 진영인을 바라봤다.

"감히 장주님의 함자를 함부로 입에 올리다니 네놈이 죽고 싶어 환장을 했구나!"

이에 진영인은 슬쩍 웃으며 자전뇌검을 들어 올렸다.

"나는 황의철 그 자식의 목만 가져가면 되니까 나머진 얼른 꺼져. 다른 떨거지들 목 들고 가봐야 돈을 더 주는 것도 아니라고. 이 어르신이 온정을 베풀 때 사라지는 게 좋을 거야."

조롱기 다분한 진영인의 말에 당고후의 수염이 파르르 떨렸다.

"이놈이 여기가 어딘 줄 알고⋯⋯!"

연자흠은 놀란 눈으로 진영인을 바라봤다. 판이하게 달라진 진영인의 말투는 마치 파락호의 그것 같아 그 역시 놀란 것이다.

이에 진영인은 한쪽 눈을 찡긋 감아 보이며 다른 이에겐 들리지 않도록 입을 열었다.

"평소 산을 내려갔을 때 파락호들과 적잖이 어울려 봤지요."

그때였다.

"이 밤중에 어인 소란이냐?"

"자, 장주님⋯⋯!"

당고후는 금포를 걸치고 나오는 비대한 체구의 중년인을 향해 황송한 얼굴로 허리를 굽혔다.

"웬 미친놈이 장주님의 목을 가져가겠다고⋯⋯."

당고후의 보고에 황의철은 인상을 찌푸렸다. 그리고 이내 싸늘히 표정을 굳히며 용담호혈에 겁없이 뛰어든 어설픈 자객들을 노려봤다.

"누가 보냈느냐?"

"금산철가를 모른다 하진 않겠지?"

진영인이 금산철가를 언급하자 황의철이 껄껄 웃음을 터뜨렸다.

"담가진이 보냈다고? 하하하! 불쌍해서 목숨을 살려줬더니 그 늙은이가 저승길을 재촉하는군."

진영인은 이때를 기다렸다는 듯이 마치 심문하듯 황의철을 향해 쉬지 않고 입을 열었다.

"닥쳐라! 너는 관리를 매수해 입막음을 한 다음 네가 거느린 무림인들을 비적 떼로 위장해 민초를 괴롭혀 불안감을 조성했지 않느냐? 무고한 이를 죽여 비적 떼로 누명을 씌우고 이도 모자라 금산철가를 모함했지. 뿐만 아니라 무력을 동원해 금산철가의 식솔들을 해치고도……!"

"자고로 가벼운 입은 화를 부르는 법."

황의철은 뒤쪽에 시립해 있던 수하에게 입을 열었다.

"혈마도(血魔刀)를 가져와라."

수하가 사라지자 황의철은 손가락을 꺾어 우두둑 소리를 내기 시작했다.

"무림에서 나를 가리켜 뭐라 부르는지 아느냐?"

진영인을 바라보는 황의철의 입가에 잔인한 미소가 떠올랐다.

"내가 휘두르는 도는 미친 바람이 되어 반드시 피를 부르지."

"광풍호혈(狂風呼血)!"

의미를 대충 끼워 맞추며 경악해하는 진영인의 연기에 자신이 속은 것도 모르고 황의철은 흡족한 웃음을 머금었다.

"귀가 멀진 않았구나. 죽더라도 명왕에게 고할 명호가 있으니 너는 금산철가의 잡놈들보다 운이 좋은 것이다."

이에 당황한 것은 연자흠이었다. 그는 오로지 진영인만을 믿고 있었는데 자신을 보호해야 할 그가 흠칫 놀라 물러서자 가슴이 덜컥 내려앉았다.

연자흠은 급히 복면을 벗어 던졌다.

"지, 지부대인!"

그와 안면이 있던 당고후가 크게 놀라 소리를 질렀다.

이에 연자흠은 당당히 가슴을 펴고 황의철을 향해 큰 소리로 입을 열었다.

"하늘 아래 엄연히 대명률(大明律)이 존재하거늘 어찌 감히 죄를 짓고도 뉘우치는 기색이 없단 말이냐! 당장 무릎을 꿇지 못할까!"

찜찜한 표정으로 인상을 찡그릴 뿐 황의철이 이렇다 할 반응을 보이지 않자 연자흠은 더욱 목소리를 높였다.

"금포는 오로지 황상만을 위한 것! 그 죄는 대명률에 의거, 삼백 대의 태형(笞刑)에 처한다. 소문을 퍼뜨려 무고한 백성을 우롱하고 다른 이에게 누명을 씌운 죄, 이 역시 삼백 대의 태형으로 다스린다. 조정의 허가없이 불온한 무리들을 모아 도당(徒黨)을 결성한 죄, 사형으로 다스리고 죄없는 민초들을 살해한 죄도 사형으로 다스린다!"

이때 수하 한 명이 육십 근은 족히 넘어 보이는 거대한 칼을 가져와 황의철에게 건넸다.

"흥, 일이 꼬이는군."

무거운 칼을 마치 지푸라기 다루듯 가볍게 휘두르던 황의철이 혀를 내밀어 자신의 입술을 핥았다.

"이보시오, 지부대인 나으리. 대명률을 열심히 읊느라 수고하셨지만 이 몸은 그런 조정의 법 따위는 두렵지 않소. 반평생을 칼밭에서 굴러 온 내가 당신의 협박에 벌벌 떨 거라 생각한 것이오?"

황의철의 흉험한 기세는 지금까지 살아오며 처음 보는 것이어서 연자흠은 흠칫하여 자신도 모르게 한 걸음 물러서고 말았다.

그런 연자흠을 보며 황의철이 키득거렸다.

"크큭, 과연 조정의 관리라 해도 죽음은 두려운 모양이군."

"가, 감히… 나를 죽이고도 네놈이 무사할 것 같으냐?"

"당신의 죽음을 아는 사람은 없을 것이오."

이때 진영인이 연자흠의 소매를 잡아당기며 입을 열었다.

"대인, 조정의 관리를 살해하려 하면 대명률은 그 죄를 어떻게 다스립니까?"

"다, 당연히 사형이다."

"그렇다면 저자는 세 번이나 죽어야 하는군요."

연자흠은 의아한 눈으로 진영인을 바라봤다. 그도 그럴 것이, 조금 전만 해도 벌벌 떨던 진영인이 만면에 여유로운 웃음을 머금은 채 자신을 바라보고 있었던 것이다.

"제가 말씀드리지 않았습니까? 대인의 안전은 제가 책임지겠다고."

"자네 혼자 이 많은 수의 폭도들을 제압할 수 있다는 말인가?"

연자흠의 반문에 진영인은 대답 대신 자전뇌검을 들어 황의철을 가리켰다.

"광풍호혈이라 했나? 꽤나 거창한 명호로군. 과연 그 명호에 어울릴 만한 실력이 있는지 확인해 볼까?"

그제야 진영인이 자신을 우롱했다는 것을 깨달은 황의철의 얼굴에 노기가 떠올랐다.

"이노옴! 갈가리 찢어 살점 하나 남겨두지 않겠다!"

부르르 몸을 떠는 황의철을 향해 진영인은 손가락을 까닥이며 이죽 거렸다.

"알았으니까 어서 덤벼봐, 돼지."

"죽어엇!"

황의철의 거대한 도가 대기를 갈랐다.

콰콰콰콰!

강맹한 도기에 흙바닥이 폭죽처럼 터지며 흙먼지와 돌 조각이 비산 했다.

"헉!"

상상을 초월하는 도기의 위력에 연자흠은 헛바람을 들이켰다. 그러 나 진영인은 오히려 앞으로 한 걸음을 내디디며 가볍게 일진광풍(一陣 狂風)과 함께 들이닥치는 도기를 향해 검을 찔러 넣었다.

퍼엉!

"콜록콜록!"

입속으로 들어간 흙먼지 때문에 연자흠은 연신 기침을 토했다.

뿌연 먼지가 가라앉자 고개를 든 연자흠은 오연한 자세로 자신의 앞 을 막아선 진영인의 모습을 발견할 수 있었다.

반면 연달아 네 걸음을 물러선 황의철은 마치 귀신이라도 본 것마냥 벌린 입을 다물지 못하고 있었다.

"이럴 수가……!"

황의철은 할 말을 잃었다.

십성 내력이 실린 자신의 도기는 능히 바위도 쪼갤 위력이 담겨 있었다. 하지만 진영인은 이를 너무나 간단히 일 검에 흩어버렸다. 게다가 물러서기는커녕 오히려 여유로운 웃음을 머금고 있다.

순간, 진영인의 어깨가 가볍게 흔들리나 싶더니 황의철의 시야에서 사라졌다.

황의철은 눈을 부릅떴다. 하지만 어디에서도 진영인의 모습은 찾을 수 없었다.

"자, 장주님……!"

당고후의 음성에 황의철은 의아한 눈으로 그를 바라봤다.

"……!"

수하의 시선이 자신이 아닌 뒤쪽을 향하고 있다는 것을 깨달은 황의철은 기합성을 터뜨리며 그대로 몸을 회전시켜 도를 휘둘렀다.

"하아압!"

그러나 그의 도는 애꿎은 허공만 가를 뿐이었다.

"쥐새끼 같은 놈……!"

어느새 일 장이나 물러서 있는 진영인을 향해 황의철이 눈을 부라렸다. 하지만 진영인은 여전히 이죽거리며 불붙은 노기에 기름을 끼얹고 있었다.

"이놈!"

허공으로 뛰어오른 황의철은 그대로 천근추를 시전하여 진영인을 덮쳐 갔다.

미처 피할 수 없었는지 진영인은 제자리에 선 채 검을 들어 올렸고, 이에 황의철은 회심의 미소를 머금었다. 십이성 내력과 자신의 체중, 그리고 낙하하는 힘이 실려 있는 육십 근의 도를 얇디얇은 검으로 막는다는 것은 가당치도 않은 일이었기 때문이다.

"저런!"

연자흠은 자신도 모르게 경악성을 터뜨렸다. 무림인이 아닌 자신이 보기에도 황의철의 기세가 매우 무시무시했던 것이다. 하지만 머지않아 그것이 자신의 기우였음을 깨달았다.

쩌엉!

무쇠 솥이 깨지는 듯한 굉음과 함께 술에 취한 사람처럼 비틀거리며 물러선 사람은 진영인이 아닌 황의철이었다. 그리고 그의 손에는 손잡이만 남은 혈마도가 쥐어져 있었다.

"어, 어떻게……?"

비로소 황의철은 눈앞의 상대가 지금까지 한 번도 겪어본 적이 없는 고수라는 사실을 깨달았다.

그때였다.

"겨우 이따위 실력으로……."

황의철을 바라보던 진영인의 눈빛이 달라졌다. 처음의 장난스럽던 분위기는 온데간데없이 사라지고 칼날처럼 삼엄한 기세가 이를 대신했다.

"혁!"

황의철은 헛바람을 집어삼켰다.

날카로운 시선과 압도적인 존재감. 거기에는 사람을 방심할 수 없게 만드는 위험이 있었고, 끝을 짐작키 어려운 서슬 퍼런 분노가 도사리고 있었다.

저벅저벅.

진영인이 황의철을 향해 한 걸음씩 다가섰다. 그러나 황의철은 움직일 수 없었다. 전신을 옥죄어오는 가공할 살기 때문이었다.

그가 할 수 있는 일이라고는 하얗게 뜬 얼굴로 바람 앞의 사시나무 마냥 온몸을 떠는 것뿐이었다.

이윽고 황의철의 지척에 이른 진영인은 싸늘하게 가라앉은 음성으로 나직하게 입을 열었다.

"금산철가가 형산의 속가라는 것을 알고 있었느냐?"

"……!"

콰드득!

얼굴에 떠오른 경악의 감정이 채 사라지기도 전에 섬뜩한 골절음과 함께 황의철의 다리가 기이한 각도로 꺾였다.

"끄아아악!"

진영인은 다리가 부러져 바닥에 주저앉은 황의철의 양 어깨를 잡아 억지로 일으켜 세웠다.

"알고 있었느냐 물었다."

황의철은 일순 대답을 망설였다. 순간 진영인의 눈에서 파란 한광(寒光)이 튀어 올랐다.

우드득!

"으아악!"

엄지손가락에 의해 오른쪽 쇄골이 부서진 황의철은 연이어 들이닥친 끔찍한 고통에 정신을 차릴 수 없었다.

"같은 말을 반복하게 만들지 마라."

섬뜩한 진영인의 눈빛에 황의철은 황급히 입을 열었다.

"그, 그렇습니다. 알고 있었습니다. 하지만……."

진영인의 차가운 음성이 그의 말을 잘랐다.

"네가 금산철가를 친 것은 흑무련에서 지시한 것이냐?"

"제가 요청하여 위에서 허락이 떨어졌습니다."

"그렇다면 그들 역시 알고 있다는 이야기군."

두려움에 질려 연거푸 고개를 끄덕이던 황의철의 얼굴이 이내 해쓱하게 변했다. 자신의 어깨를 움켜쥔 진영인의 손에 점차 힘이 들어가는 것을 느낀 것이다.

"제, 제발!"

"흑무련은 형산을 능멸한 대가를 반드시 치러야 할 것이다."

빠각! 콰드득!

황의철의 애원에도 불구하고 진영인은 그의 나머지 왼쪽 쇄골을 부숴 버린 다음 그대로 어깨뼈마저 으스러뜨렸다.

"끄아아악!"

분근착골(分筋錯骨)!

일말의 여지도 남겨두지 않은 진영인의 손속은 매우 무섭고 잔인했다.

"끄르르륵."

지독한 고통 앞에 황의철은 결국 거품을 물며 혼절하고 말았다.

보다 못한 연자흠이 진영인을 만류했다.

"멈추게. 그의 여죄를 추궁하여 명명백백(明明白白)하게 밝혀내기 전까지 그는 살아 있어야 하네. 그의 죄는 조정에서 엄한 법으로 치죄할 것이니 그쯤에서 그만두게나."

털썩.

진영인이 손을 놓자 황의철의 신형이 썩은 짚단처럼 무너졌다.

천천히 신형을 돌린 진영인은 연자흠을 향해 씁쓸히 웃어 보였다.

“그럼 나머지는 대인께 맡기겠습니다.”

연자흠이 막 고개를 끄덕이려던 참이었다.

“장주님을 구해라!”

“와아아아!”

총관인 당고후의 명령이 떨어지자 진영인과 연자흠을 포위하고 있던 오십 명에 달하는 철산장의 무인들이 일제히 병기를 휘두르며 달려들었다.

두 개의 손이 백 개의 손을 당해낼 수는 없는 법.

연자흠의 얼굴에서 핏기가 사라졌다.

이때 진영인이 연자흠을 향해 입을 열었다.

“귀를 막으십시오.”

“뭐?”

“귀를 막으시라고요.”

뒤늦게 진영인의 말을 이해한 연자흠은 황급히 손을 들어 자신의 귀를 틀어막았다.

“후읍!”

뇌정단공을 끌어올린 진영인은 자전뇌검에 진기를 흘려 넣었다.

우우우우웅!

자전뇌검이 웅혼한 검명을 토하는 순간 진영인의 검지를 떠난 지풍(指風)이 검신을 때렸다.

키이이잉!

“우웩!”

“왁!”

살기등등하여 진영인을 덮쳐 오던 흑의인들이 일제히 피를 토하며 고꾸라졌다. 잔뜩 내력을 끌어올린 상태에서 강력한 음공이 내부를 뒤흔들자 기혈이 역류한 것이다.

이를 시작으로 진영인은 마치 양 떼 속의 이리처럼 철산장 무사들 사이를 휘젓기 시작했고, 그때마다 비명 섞인 격타음이 터져 나왔다.

퍼버버벅!

"커헉!"

"컥!"

눈 깜짝할 사이에 오십이 넘는 철산장 무사들을 모조리 쓰러뜨린 진영인의 기세는 그야말로 폭풍과도 같았다.

털썩!

다리가 풀린 연자흠은 바닥에 주저앉았다. 비록 귀를 막고 있었다고는 하나 무공을 익히지 못한 그 역시 충격이 적지 않았던 것이다. 그의 팔목을 잡은 진영인이 진기를 흘려 넣어 기혈을 안정시켜 주자 연자흠은 비로소 정신을 차릴 수 있었다.

"어떻게 한 것인가?"

마혈이 짚인 채 아무렇게나 바닥에 쓰러져 있는 철산장 무사들을 보며 연자흠은 믿을 수 없다는 얼굴로 진영인을 바라봤다.

이에 진영인은 대답 대신 자신의 검을 갈무리하며 연자흠을 바라봤다.

"이들은 한동안 움직일 수 없을 것입니다. 관군을 불러 이들을 연행하십시오."

잠시 진영인을 뚫어져라 응시하던 연자흠이 진지한 얼굴로 입을 열었다.

"자네는 정말 대단한 무위를 지녔군. 일 검에 바위를 가르고 하늘을 벤다는 무림인들의 이야기가 결코 과장이 아니란 것을 깨달았네."

"과분한 말씀이십니다."

"하나 아깝다는 생각이 드는군."

의아한 얼굴로 바라보는 진영인을 향해 연자흠이 넌지시 운을 뗐다.

"군부에 투신하여 조정과 백성을 위해 자네의 능력을 쓰지 않겠는가? 내 직접 추천서를 올려주겠네."

"죄송합니다, 대인. 비록 생명은 제 것이지만 제 마음대로 할 수 있는 것이 아닙니다. 관부의 길을 걷는 대인께서 황상과 백성을 위해 목숨을 거신 것처럼 저 역시 사문을 위해 이 한 길을 가겠다 결심했습니다."

"안타깝군, 실로 안타까워."

빙그레 웃고는 돌아서는 진영인을 연자흠이 급히 불러 세웠다.

"잠시 기다리게."

"말씀하십시오."

자신이 쥐고 있던 복면을 내밀며 연자흠이 입을 열었다.

"한데 형산파의 무인들은 자네와 같이 늘 복면을 휴대하고 담 넘는 것을 좋아하나?"

의아해하는 진영인을 향해 연자흠은 부드러운 웃음을 건넸다.

"자네 한 사람으로 인해 관아의 경비 체계가 흔들렸는데 훗날 또다시 복면을 쓰고 한밤중에 나를 찾아오는 무림인이 없으란 법이 없지 않는가?"

"지금까지 대인께서 그리해 오셨던 것처럼 올곧은 마음을 유지하신다면 그와 같은 일은 없을 것입니다."

"하하하, 그렇다면 자네가 나를 찾아온 것은 어찌 설명할 텐가? 자랑은 아니지만 지금까지 나는 조정의 관리로서 부끄러운 짓을 한 적이 없다네. 하지만 이렇게 한창 달게 자고 있을 야심한 밤에 자네의 손에 이끌려 여기에 있지 않은가?"

"이번 일은 본래 제가 아니었어도 능히 대인께서 올바로 처리하셨을 게 분명합니다. 한데 제가 어리석어 대인을 믿지 못했지요. 대인을 의심한 점 다시 한 번 사과드립니다."

"아닐세. 오히려 고마워해야 할 사람은 날세. 이자들을 추궁하다 보면 그동안 이들의 뇌물에 휘둘려 제 할 일을 못한 관리들을 색출해 낼 수 있을 테니까."

"너무 맑은 물에는 고기가 살 수 없다는 말도 있습니다."

자신을 염려하는 진영인의 말에 연자흠이 웃으며 고개를 끄덕였다.

"알고 있네. 어차피 그자들의 목을 치는 일은 없을 거야. 관아의 업무는 생각보다 많아서 나 혼자서 전부 감당할 수 없거든. 다만 그들의 약점을 잡아 지휘 체계를 좀 더 공고히 할 수 있겠지."

그제야 진영인은 연자흠을 다시 보게 되었다. 다소 고지식한 면도 있지만 유연한 사고를 지닌 인물. 그게 연자흠이었다.

"약점을 잡아 사람을 이용하다니, 대인도 사람이 나쁘십니다."

"하하하, 한밤중에 달게 자는 사람을 납치하여 칼바람 이는 험한 곳으로 끌고 온 자네는 어떻고?"

얼굴을 마주한 진영인과 연자흠은 웃음을 머금었다. 그들은 이미 눈빛으로 서로를 인정하고 있었던 것이다.

이윽고 연자흠이 입을 열었다.

"그 어떤 명목과 핑계를 대서라도 자네를 붙들고 싶은 게 지금의 솔직한 심정일세. 만약 내가 자네에게 관리를 협박하고 납치했다는 죄목을 씌워 억지로 내 곁에 머물게 한다면 어찌할 텐가?”

“대인께서는 이미 제 사문을 알고 계시니 사문에 피해를 끼치지 않기 위해서 저는 어쩔 수 없이 대인의 명에 따라야겠지요. 하지만 지금처럼 흉금을 터놓을 수는 없을 것입니다.”

“부하는 되어도 친구는 될 수 없단 말인가?”

웃으며 고개를 끄덕이는 진영인의 모습에 연자흠은 아쉽다는 듯이 입맛을 다셨다.

“어쩔 수 없군. 자네 사문이 형산파라 했던가?”

“진영인입니다.”

연자흠은 머리가 좋은 사람이었다. 진영인의 말속에 담긴 의미를 어렵지 않게 이해할 수 있었다.

“진영인이라……. 좋은 이름이군. 알겠네. 그대를 형산의 무인이 아닌 무림에 몸담고 있는 민초로 기억해 두지.”

“고맙습니다.”

“다음에 들르게.”

“기회가 되면 반드시.”

고개를 숙여 가볍게 인사를 마친 진영인은 곧장 한줄기 바람처럼 연자흠의 눈앞에서 사라졌다.

“허허, 정말 볼수록 사람을 놀라게 하는 친구야.”

감탄성을 터뜨린 연자흠은 고개를 들어 새까만 주단에 흩뿌려 놓은 듯한 별들을 바라봤다.

“기념으로 복면 하나쯤은 가지고 있을 걸 그랬나?”

담천우는 하릴없이 밤거리를 걷고 또 걸었다.

"젠장!"

담천우는 나직이 욕설을 내뱉었다. 분하고 억울한 마음을 견딜 수 없어 무작정 집을 나섰지만 마땅히 갈 곳이 없었다. 이처럼 늦은 시각까지 문을 연 곳이라고는 취객을 상대하는 홍루나 객잔뿐이었지만 그와 같은 수모를 당한 마당에 또다시 술에 의지해 화를 삭이고 싶은 마음은 들지 않았다.

"크윽……."

한차례 신음을 흘린 담천우는 길가의 담벼락에 등을 기댔다. 걸음을 옮길 때마다 진영인에게 얻어맞은 자리가 욱신거려 왔던 것이다.

"제길… 이제 난 형산 문하도 아니란 말인가……?"

육신의 고통은 새삼 진영인의 말을 떠올리게 했고, 그가 자신에게 했던 말 한마디 한마디가 날카로운 비수가 되어 가뜩이나 곪아 있던 가슴속을 사정없이 휘젓고 있었다.

비록 본산인 형산이 자신들을 버렸지만 언젠가 한 번쯤은 되돌아보리란 희망을 가지며 지금까지 버텨온 그였다. 하지만 그토록 추앙해 마지않던 진영인은 오히려 심한 모욕만을 던져 주었다.

담천우는 질끈 입술을 깨물었다. 입술이 터져 피가 흘러나왔으나 그는 고통을 느끼지 못했다. 그 어떤 고통도 가슴을 가득 채운 모멸감과 분한 감정과 비교할 수 없었기 때문이다.

그동안 진영인에게 가져왔던 존경심은 이미 자신의 자존심과 함께 무너졌고, 이를 대신해 증오가 자리잡았다. 하지만 그 증오의 대상은 진영인이 아니었다. 더없이 나약하고 무력한 자신에 대한 증오였다.

"좋아, 당신이 나를 부정할 수 없게 만들어주지."

나직이 뇌까린 담천우의 눈에서 오기 어린 한광이 일렁였다.

담천우는 신형을 일으켰다. 그리고 곧장 철산장이 있는 방향으로 걸음을 옮기기 시작했다.

"애초부터 다른 이에게 기대고자 한 것이 잘못이다. 어느 누가 이처럼 비겁하고 초라한 자를 사문의 일원으로 인정하겠는가? 이렇게 된 마당에 구차하게 본산에 의지하고 싶은 마음은 없다. 다만 맞아 죽는 한이 있더라도 형산 문하로서 떳떳하게 가슴을 펴고 죽으리라!"

스스로에게 다짐하듯 한 자 한 자 씹어 뱉는 담천우의 음성에서는 결연한 각오가 고스란히 묻어나 있었다.

이윽고 철산장에 도달한 담천우는 선불 맞은 멧돼지처럼 고래고래 소리를 지르며 장원 안으로 뛰어들었다.

"나와라, 개자식들아! 황문관 나와!"

철산장의 소가주 이름을 외치며 뛰어든 담천우는 당장이라도 상대를 때려죽일 듯한 기세였다. 하지만 이내 담천우는 더없이 황당한 상황과 맞닥뜨려야만 했다.

"어?"

당황한 담천우는 얼빠진 얼굴로 장내의 상황을 이해하기 위해 주위를 둘러봤다.

황의철을 포함한 철산장 무인 대부분이 포승줄에 묶인 채 아무렇게나 바닥에 쓰러져 있었고, 그 주위를 삼십여 명의 관인이 둘러싸고 있었다.

"저놈도 포박해라!"

연자흠의 명령에 네 명의 포두를 비롯한 관인들이 우르르 몰려들어 담천우를 포위했다.

워낙 흉흉한 기세로 뛰어든 담천우를 그들이 곱게 다룰 리 만무했
다.

퍽퍽퍽퍽!

사정없이 몰매가 쏟아졌다. 하지만 뜻밖의 상황에 어리둥절해하고
있던 담천우는 이렇다 할 반항조차 못하고 순식간에 포승줄에 묶여 연
자흠 앞에 꿇려졌다.

따악!

"감히 지부대인 앞에서……!"

뒤통수를 갈기는 포두의 말에 담천우는 비로소 눈앞의 중년인이 이
곳 통성의 사법권을 총괄하는 연자흠이라는 것을 깨달았다.

"네놈은 무슨 목적으로 이처럼 야심한 밤 철산장에 뛰어든 것이냐?"

담천우가 연자흠의 질문에 대답을 하지 못하자 옆에 있던 포두가 손
에 들린 창대로 그의 옆구리를 후려쳤다.

퍽!

"크윽!"

진영인에게 당했던 곳을 또다시 얻어맞자 담천우는 눈물이 핑 도는
것을 느꼈다.

"다시 한 번 묻겠다! 너는 누구냐?"

담천우는 황급히 입을 열었다.

"저는 담천우라 합니다."

"너도 철산장의 사람이렷다?"

"아닙니다!"

이때 담천우의 뒤통수를 때렸던 포두가 연자흠을 향해 입을 열었다.

"이자는 지금은 몰락한 금산철가의 자제로 홍등가(紅燈街)에서 드잡

이질을 일삼아 근처에서는 소문이 파다한 파락호입니다.”

“파락호? 금산철가의 후예라고?’

그는 이미 진영인과 황의철이 나눈 대화를 통해 금산철가가 진영인이 몸담고 있는 형산파와 관련이 있다는 것을 알고 있었다.

“진영인이라는 사람을 아느냐?”

연자흠의 질문에 담천우의 눈이 화등잔처럼 커졌다. 관부의 인물에게서 진영인의 이름을 듣게 될 줄은 전혀 생각지 못했기 때문이다.

“대인께서 어떻게……?’

“그를 풀어줘라.”

포승줄이 풀리자 담천우는 의아한 눈으로 연자흠을 바라봤다. 그런 그를 향해 연자흠의 질문이 이어졌다.

“그와 너는 어떤 사이냐?’

“금산철가는 형산파의 속가 문하로 그 사람… 아니, 그분은 제게 사숙이 되십니다.”

“쯧쯧…….”

연자흠이 혀를 끌탕 치자 담천우의 얼굴이 확 붉어졌다. 연자흠의 얼굴에 고스란히 드러난 감정을 그가 모를 리 없었다. 연자흠은 이미 진영인과 면식이 있었고, 아마도 진영인과 자신을 비교하고 있으리라.

부끄러움을 무릅쓰고 담천우가 입을 열었다.

“그분을 어찌 아십니까?’

“반 시진 전에 나를 이곳에 데려온 사람이 바로 그다.”

“그렇다면…….”

그제야 담천우는 장내의 상황을 이해할 수 있었다. 관병만으로 이처럼 많은 수의 무림인들을 포박한다는 것은 불가능한 일이었다. 더구나

철산장의 장주 황의철의 무위 역시 흑무련 내에서도 결코 하수가 아니
었다.

담천우는 한때나마 진영인을 욕했던 자신이 더없이 부끄러웠다.

"그의 손속은 매우 잔인하여 추호의 인정도 남겨두지 않더군. 이자
들이 자신의 사문을 건드려서 매우 분개하고 있었네."

"사숙……."

담천우가 고개를 숙였다.

툭.

한 방울 눈물이 손등 위로 떨어졌다.

손등을 적시는 뜨거운 눈물은 그동안 억눌러 왔던 울분과 설움을 녹
이며 그의 가슴에 스며들고 있었다.

황급히 눈물을 훔친 담천우가 벌떡 신형을 일으켰다. 그리고 뒤도
돌아보지 않고 달려나갔다.

관병들이 급히 그를 붙들려 했으나 손을 들어 제지하는 이가 있었
다. 흡족한 표정으로 고개를 끄덕이는 연자흠이었다.

담천우는 달리고 또 달려 이윽고 자신의 집 대문 앞에 이르렀다.

대문을 넘어서는 순간 담천우의 눈에 한 사람의 모습이 들어왔다.

"사……!"

입을 열어 진영인을 부르려던 담천우가 급히 입을 다물었다. 막상
진영인을 눈앞에서 대하게 되자 두려움이 밀려왔던 것이다. 또다시 진
영인이 야멸찬 모습으로 돌아선다면…….

담천우가 주저하고 있을 때 진영인이 돌아섰다.

"아니, 이게 누구야?"

“사, 사숙⋯⋯.”

진영인이 환한 웃음과 함께 다가서자 담천우는 당혹감을 감추지 못했다. 그러나 어느새 지척에 이른 진영인은 담천우를 덥석 끌어안고는 호탕한 웃음을 터뜨렸다.

“정말 오랜만이야, 담 사질.”

진영인은 당황한 나머지 말을 하지 못하는 담천우의 등을 팡팡 두드렸다.

“설마 몇 년 못 봤다고 나를 잊어버린 건 아니겠지?”

“하지만 사숙께서⋯⋯.”

“하하하, 이제야 만나는군. 여기서 자네를 기다린 지 한참 되었다네. 밤이슬을 맞으며 어딜 그렇게 쏘다니는 겐가?”

“사숙께서 내쫓으셨잖아요.”

“내가? 언제?”

의아한 얼굴로 반문하던 진영인이 그제야 생각났다는 듯 고개를 끄덕였다.

“아까 웬 얼간이가 자네를 사칭하길래 혼내서 쫓아버린 적이 있는데 그걸 말하는 모양이군?”

“예?”

어이없어하는 담천우를 향해 진영인이 다시금 입을 열었다.

“확실히 술에 절어 제정신이 아닌 놈이었어. 비록 외모가 자네와 조금 비슷하긴 했지만 눈이 완전히 죽어 있던걸. 나약한 의지, 흐트러진 기백. 그 어느 것 하나 내가 기억하는 담천우가 아니더란 말일세.”

진영인의 설명에 비로소 담천우는 진영인이 자신에게 혹독하게 대한 이유를 알 수 있었다.

"사숙! 크흐흑!"

진영인은 뜨거운 눈물을 쏟는 담천우를 따듯한 눈빛으로 바라봤다. 그리곤 그의 손을 잡아 모옥으로 이끌었다.

깡깡!

화로 앞에서 쇠를 두드리던 담가진이 진영인과 나란히 들어서는 아들을 발견하고는 손을 멈추었다.

진흙과 먼지를 뒤집어쓰고 만신창이가 된 담천우의 모습에 담가진은 자신도 모르게 인상을 찌푸렸다. 하지만 이도 잠시, 하나밖에 남지 않은 그의 노안이 크게 흔들렸다. 누구보다 오랫동안 자식을 걱정해 온 그였기에 확연하게 달라진 담천우의 눈빛을 단번에 알아본 것이다.

"천우야……."

"아버지!"

"그래, 우리 아들! 드디어 돌아왔구나, 이놈!"

서로를 껴안은 채 뜨거운 눈물을 흘리는 부자를 진영인은 흐뭇한 얼굴로 바라봤다.

잠시 후 담가진이 진영인 앞에 엎드려 절을 올렸다.

"이런……."

진영인이 황급히 자신의 절을 피하자 담가진은 막무가내로 고개를 조아렸다.

"고맙습니다, 정말 고맙습니다. 이 은혜는 반드시 갚겠습니다."

"왜 이러십니까. 그만 일어나십시오."

그러나 담가진은 좀처럼 일어설 생각을 하지 않았고, 이에 진영인 역시 털썩 그 자리에 엎드려 마주 절을 했다.

이에 하나밖에 남지 않은 담가진의 눈이 더없이 커졌다. 장문령을 지니고 있는 진영인의 신분을 감안했을 때 그는 결코 아무에게나 무릎을 꿇어서는 안 되는 사람이었기 때문이다.

이때 진영인이 난처한 얼굴로 입을 열었다.

"민망하여 서 있질 못하겠습니다. 그러니 담 가주께서는 어서 예를 거두시지요."

"저런……."

담가진이 황망히 신형을 일으키자 그제야 진영인도 웃으며 일어섰다. 하지만 이도 잠시, 진영인의 얼굴에 다시금 난처한 표정이 떠올랐다.

"사숙!"

갑자기 담천우가 진영인을 부르며 바닥에 엎드린 것이다.

"넌 또 왜 그래?"

"강해지고 싶습니다. 부디 저를 거두어주십시오."

쿵! 쿵!

"그만!"

진영인의 제지에도 담천우는 요지부동이었다. 오히려 더욱 세게 바닥에 이마를 찧으며 피를 토하는 심정으로 외쳤다.

"두 번 다시 본 파의 짐이 되는 것을 원치 않습니다. 가문을 지키고 소중한 것을 지킬 수 있을 만큼의 힘을 얻고 싶습니다. 만약 사숙께서 저를 내치시겠다면 차라리 이 자리에서 머리가 깨져 죽겠습니다!"

이마에서 피를 철철 흘리는 담천우의 모습에 진영인은 나직이 한숨을 흘렸다.

"누가 부자지간 아니랄까 봐 고집은……."

설레설레 고개를 흔들던 진영인은 담천우를 억지로 일으켜 세웠다.

눈을 들어 자신을 바라보는 담천우의 눈 속에서 진영인은 골수에 사무친 그의 염원(念願)을 읽어낼 수 있었다.

품속을 뒤져 운검이 챙겨준 금창약을 꺼낸 진영인은 찢어진 담천우의 이마에 약을 찍어 바르며 입을 열었다.

"네 부탁을 거절했다가는 오늘밤 송장 하나 치우게 생겼구나."

"감사합니다!"

"야! 애써 약 발라줬는데 또 흙을 묻히려는 건 무슨 심보야?"

진영인이 버럭 고함을 지르자 또다시 절을 올리려 했던 담천우는 엉거주춤한 자세로 진영인을 올려다봤다.

"이놈아, 뭐가 좋다고 웃어?"

가벼운 핀잔과 함께 담천우를 향해 마주 웃어준 진영인이 고개를 돌렸다.

"검을 만드는 데 얼마 정도 시간이 필요합니까?"

"사흘… 아니, 이틀만 주십시오. 밤을 새워서라도 만들어 올리겠습니다."

"억지로 무리하지 않으셔도 됩니다. 닷새로 하지요."

진영인의 손이 담천우의 어깨를 툭 건드렸다.

"어차피 이 친구를 본산에 보내기 전에 간단한 몇 수 정도는 가르쳐야 할 것 같으니까요."

"제, 제가 본산의 제자가 되는 겁니까?"

"왜? 그걸 바란 게 아니었어?"

시큰둥한 진영인의 대꾸에 담천후가 정신없이 고개를 저었다. 그리곤 이내 고개를 끄덕였다.

"녀석."

피식 웃음을 터뜨린 진영인은 이내 하품을 하며 모옥을 향해 신형을 돌렸다.

"한밤중에 설쳤더니 잠이 쏟아지는군."

"고맙습니다, 사숙!"

진영인은 귀찮다는 듯이 뒤도 돌아보지 않고 휘휘 손을 흔들더니 모옥 안으로 들어가 버렸다.

"아버지, 드디어 제가……."

"그래, 잘됐구나."

기뻐하는 아들의 모습에 담가진 역시 덩실덩실 춤이라도 추고픈 심정이었다.

구름 한 점 없는 적막한 밤. 고아한 달빛만이 깊어가는 밤을 알리고 있었다.

第十六章

천조자조(天助自助)

쿠당탕!

"그게 아니라니까!"

진영인의 질타에 담천우는 아픈 턱을 어루만지며 울상을 지었다.

"뿌림과 동시에 거두라고 했지 누가 몸을 던지래?"

"하지만 전력을 실으라면서요? 저는 시키는 대로 했을 뿐이에요."

항변하는 담천우를 향해 진영인이 인상을 찌푸렸다.

담천우를 지도한 지 벌써 사흘째였다. 하지만 담천우는 그 진전이 매우 더뎌 날이 갈수록 진영인은 미간을 찌푸리는 일이 많아졌다.

우스꽝스러운 모습으로 넘어져 있던 담천우가 신형을 일으키며 나직이 투덜거렸다.

"애초부터 사숙의 요구가 너무 과하셨어요. 어느 누구라도 그 상태에서는 균형을 잡지 못할 거라구요. 어떻게 금계독립(金鷄獨立)에서 곧바로 뇌성착운(雷聲錯雲)이 이어질 수……."

담천우의 말이 끝나기도 전에 진영인은 양팔을 펼치고 한 발로 체중을 지탱하는 금계독립의 자세를 취했다.

팡! 파바바방!

곧바로 허공을 때리는 격타음이 이어졌다. 금계독립에서 이어진 뇌성착운과 뇌공권의 십팔수를 연달아 펼친 진영인은 어느새 처음 취했던 금계독립의 자세를 유지하고 있었다.

진영인이 고개를 돌려 담천우를 바라봤다. '뭐가 문제야?' 라고 묻는 진영인의 표정에 담천우가 퉁명스럽게 대꾸했다.

"사숙은 고수잖아요."

"아정은?"

힐끔 고개를 돌린 담천우는 방금 진영인이 펼친 것과 같이 똑같은 연환 초식을 성공시키는 단리정의 모습을 확인할 수 있었다.

순간 고개를 돌린 단리정과 담천우의 눈이 마주쳤다. '이게 어려워요?' 라고 묻는 듯한 단리정의 표정에 담천우의 얼굴이 순식간에 붉게 달아올랐다.

"어린애도 하는 걸 왜 못해?"

진영인의 핀잔에 담천우는 신경질적으로 옷에 묻은 먼지를 털어냈다.

"저는 애초에 이렇게 꼴사나운 주먹질을 배우고 싶었던 게 아니에요. 어차피 뇌공권은 입문 무공일 뿐 위력도 약하잖아요. 제가 사숙께 배우고 싶은 것은 검법이라구요."

"검법?"

"그래요. 뇌운검결을 가르쳐 주세요."

씨익.

진영인이 웃자 담천우의 얼굴도 순식간에 밝아졌다.

“뇌운검결만 배운다면 당장이라도……!”

따악!

막 입을 여는 순간 담천우의 뒤통수에 불이 났다.

“크윽!”

어찌나 아팠던지 눈물까지 핑 돌았다.

검집으로 담천우의 뒤통수를 갈긴 진영인이 빙글거리며 입을 열었다.

“비록 뇌공권이 기초를 다지는 입문 무공이라 하지만 형산 무공의 모든 요체가 이 안에 담겨 있다 해도 과언이 아니다. 지금까지 뇌공권을 익힌 사람 중에 이를 완성한 사람이 몇이나 될 거라 생각해? 나 역시 아직 뇌공권의 모든 것을 깨달았다고 장담 못하는데 이제 모이를 받아먹기 시작한 병아리 주제에 하늘을 날고 싶다고 날개를 파닥거려?”

“하지만 전혀 발전이 없잖아요.”

“그거야 네가 노력이 부족하니까 그렇지. 아니, 재능이 없어서인가? 타고난 능력이 모자라면 노력으로 이를 메워야 하는데 넌 욕심만 앞세우고 있잖아.”

진영인이 손짓으로 부르자 멀찍이 떨어져 있던 단리정이 쪼르르 달려왔다.

단리정과 담천우를 앞에 두고 진영인이 뇌공권의 기수식을 취했다.

“그리고 뇌공권은 결코 약한 무공이 아니야.”

쿠웅!

진영인이 진각을 구르자 청석판이 들썩이며 먼지가 솟구쳤다. 이를 시작으로 진영인은 내공을 끌어올려 뇌공권의 초식들을 하나씩 시전하기 시작했다.

휘류류!

소매를 휘젓는 진영인의 움직임을 따라 흙먼지를 동반한 강맹한 바람이 연무장을 휘감았다. 비록 더없이 느리게 펼치기는 했으나 그 안에 담긴 웅혼한 위력은 능히 산을 허물고 호수를 가르고도 남을 것 같았다.

퍼엉!

주먹을 뻗고 거둘 때마다 몰아치는 권풍에 놀란 대기가 두려움에 몸을 떨었고,

쩌저저적!

그를 지탱하는 두 발이 바닥을 디딜 때마다 청석판이 갈라지며 비명을 토했다.

진영인의 움직임은 점차 빨라졌다.

쿠르르!

은은한 뇌성을 동반한 그의 모습은 어느새 한줄기 거대한 뇌전(雷電)으로 화해 장내를 휩쓸었다.

뇌공권을 시연하는 진영인은 일체의 변화를 배제한 채 기본 초식에 충실했다. 따라서 그의 움직임은 단순하면서도 위력적인 본래의 뇌공권을 그대로 담아내고 있었다.

일각 동안 연달아 다섯 번의 뇌공권을 반복해 펼친 진영인이 손을 거두고 자세를 바로잡았다. 그리고 놀란 눈으로 자신을 바라보는 담천우를 향해 입을 열었다.

"한없이 넓어 보이는 게 무림이지만 둘러보면 이처럼 좁은 곳도 없지."

무슨 말을 하나 싶어 고개를 끄덕이던 담천우는 이어진 진영인의 말에 있는 대로 얼굴을 구겼다.

"철산장의 소장주란 놈에게 된통 당한 적이 있다면서? 싫든 좋든 언젠간 그와 마주치게 될 거야. 그때도 이처럼 꼴사나운 모습으로 '뇌운검결만 익혔다면……' 이라고 구차한 변명을 늘어놓을 건가?"

"사숙!"

"운이 좋으면 평생 마주치지 않을 수도 있겠지. 그자가 흑무련에 불려갔다는 건 다시 말해 흑무련에서 그를 본격적으로 키우겠다는 말이야. 분명 흑무련은 심혈을 기울여 그를 지도할 테고 그는 예전보다 더욱 강해질 테지. 음… 뭐, 그것도 나쁘진 않겠군. 지금도, 그리고 앞으로도 네 실력으로는 결코 그를 감당할 수 없을 테니 알아서 몸을 사리는 것도……."

까드득.

이를 가는 담천우를 보며 진영인은 내심 웃음을 머금었다. 담천우의 눈에서 다시금 일렁이기 시작한 투지를 읽어낸 것이다.

"하지만 지금 내가 펼친 뇌공권의 반의반만이라도 익혀낼 수 있다면 장담하건대 네 또래에서 너를 상대할 사람은 그리 많지 않을 것이다. 더구나 뇌공권의 성취가 그 정도라면 산매장이나 뇌운검결 또한 상승의 경지에 이르러 있겠지."

진영인의 말에 담천우는 고개를 끄덕였다. 그리곤 다시금 자신이 소화해 내지 못한 뇌공권의 연환식을 연습하기 시작했다.

쿵! 쿠웅!

매번 넘어지고 다시금 벌떡 일어나 뇌공권을 연습하는 담천우를 보며 진영인은 실소하며 고개를 저었다.

"단순한 녀석, 그래도 뭔가를 이루기 위해서는 저 단순함이 도움이될 거야."

고개를 돌린 진영인이 단리정을 향해 입을 열었다.

"연운십팔박(沿雲十八礴)을 반복하여 굳어진 근육을 풀어라. 충분히몸이 풀리면 약간의 휴식을 취한 다음 뇌정단공을 수련하고."

"네, 사부님."

진영인의 말이 떨어지기가 무섭게 단리정은 넓은 곳으로 걸어가 연운십팔박을 시전하기 시작했다.

연운십팔박은 온몸의 관절과 근육을 사용하는 스물네 개의 동작으로 이루어진 기초 동작이었다. 뇌공권과 더불어 본격적인 무공을 배우기 전에 익히는 입문 무공으로 주목적은 몸을 풀기 위한 것이었다. 따라서 대부분의 동작이 실전에서는 사용하기 힘든 것들로 구성되어 있었지만 그 안에는 형산의 절기인 운영미보를 펼치는 데 필요한 유연성과 순발력을 기르는 기초적인 묘리(妙理)가 담겨 있었다.

그렇다고 쉬운 것만은 아니었다. 뒤로 갈수록 높은 난이도를 지닌동작은 펼치기가 매우 까다로워 이를 완벽히 연성하는 데만도 적지 않은 시간이 필요하다. 하지만 단리정은 이해가 매우 빨라 사흘 만에 전혀 어색함 없이 연운십팔박을 펼칠 수 있었고, 이는 무공을 가르치는진영인마저 놀랄 정도였다.

멀리서 단리정을 지켜보던 진영인이 보일 듯 말 듯한 미소를 머금었다. 어린 시절 자신이 송현자로부터 연운십팔박을 전수받던 때를 떠올렸기 때문이다.

‘사부님의 마음을 조금은 알 수 있을 것 같아.’

열심히 무공을 연마하는 제자의 모습이 흐뭇한 기쁨으로 다가왔다. 하지만 이내 진영인의 얼굴이 흐려졌다.

그리움과 함께 밀려오는 안타까움, 그리고 송현자에 대한 아픈 죄책감이 마음을 무겁게 짓눌렀던 것이다.

‘사부님……’

진영인은 다른 이에겐 들리지 않게 나직이 한숨을 흘렸다. 그리고 눈을 들어 시리도록 푸른 하늘을 바라봤다.

‘사형들은 잘 지내고 계실까? 명검 사제와 범태, 말썽 잦은 쌍둥이 녀석들도… 그리고……’

그리운 얼굴들을 추억하던 진영인은 눈물로 자신을 배웅하던 하운지를 떠올렸다. 순간 가슴 한편이 싸하게 아려오며 말로 표현하기 힘든 감정이 가슴을 적셔왔다.

‘넌 모를 거다. 네 녀석의 눈물이 얼마나 내 발을 무겁게 했는지……’

쓴웃음을 머금던 진영인은 크게 숨을 들이마시며 무거운 생각들을 떨쳐 냈다.

“진 사부.”

자신을 부르는 소리에 고개를 돌린 진영인은 연무장으로 들어서는 담가진을 발견할 수 있었다.

사흘 동안 눈을 붙이지 못한 담가진의 얼굴은 초췌하기 그지없었다. 하나 그의 얼굴은 장인으로서의 희열에 들떠 있어 진영인은 그가 검을 완성했다는 것을 알 수 있었다.

“벌써 완성된 겁니까?”

고개를 끄덕인 담가진이 상자를 열었다. 그리고 검을 꺼내 진영인에게 건넸다.

스르룽!

검집에서 검을 뽑아 든 진영인은 손가락으로 검신을 두드렸다.

째앵!

금방이라도 푸른 물이 떨어질 듯한 검신에서 청아한 울음소리가 터져 나왔다.

"훌륭한 검이로군요."

진영인은 감탄성을 터뜨렸다.

무게를 비롯해 손에 잡히는 느낌, 강도와 탄성. 모든 것이 완벽했다.

과연 대대로 장인의 길을 걸어온 금산철가의 이름이 무색치 않은, 명검이라 불리기에 손색없는 검이었다.

담가진이 웃으며 입을 열었다.

"보통의 검은 거푸집에 쇳물을 부어 대강의 형태를 만든 다음 제련(製鍊)의 과정을 거쳐 강도를 높입니다. 하지만 이 검은 거푸집의 과정을 거치지 않았습니다. 달궈진 청강을 두드려 얇게 편 다음 이를 다시 접어 두드리는 과정을 수백 번 반복했기 때문에 여타의 검과는 비교가 되지 않지요. 오로지 망치만을 사용해 검의 형태를 잡고 날을 세웠기 때문에 쇳물을 녹여 만든 검은 감히 여기에 비교할 수 없을 것입니다."

제작 과정을 설명하는 담가진의 목소리에는 감출 수 없는 자부심이 담겨 있었다.

"제 제자에겐 과분한 물건 같습니다."

"그거야 아직 모를 일이지요."

담가진의 말에 진영인은 웃으며 고개를 끄덕였다.

"아정."

진영인의 부름에 단리정이 달려왔다. 기대 어린 눈으로 자신의 손에 들린 검을 바라보는 단리정을 향해 진영인이 진지한 얼굴로 입을 열었다.

"손을 내밀어라."

단리정이 손을 내밀자 진영인은 담가진이 건넨 검으로 단리정의 손가락을 가볍게 그었다.

"아얏!"

진영인의 갑작스러운 행동에 단리정은 깜짝 놀라 비명을 터뜨렸다. 이에 진영인은 말없이 웃으며 단리정의 손을 가져가 검신 위에 핏방울을 떨어뜨렸다.

검신을 타고 흐르던 핏방울이 어느 순간 검신으로 스며들기 시작하더니 종국에는 흔적도 없이 사라졌다.

"어?"

그 모습이 신기했던지 단리정은 놀란 토끼마냥 커다랗게 눈을 뜨고 검과 진영인을 번갈아 바라봤다.

담가진이 진영인을 대신해 입을 열었다.

"대대로 명검은 스스로 주인을 선택한다는 말이 있단다. 만약 그 검이 너를 주인으로 인정하지 않았다면 네 피는 그대로 미끄러져 바닥에 떨어졌을 것이다. 하지만 이 녀석은 너의 피를 마셨지. 이는 너를 주인으로 인정한 거란다."

"아!"

그제야 단리정은 처음과 달리 검에서 생명력이 느껴지는 이유를 깨달았다.

진영인이 웃으며 검을 내밀었다.

"이제 이 검은 네 것이다."

"와아!"

들뜬 표정으로 검을 받아 든 단리정은 보물이라도 되는 양 자신의 품속에 검을 안았다.

그렇게 기쁨에 겨워 깡총거리는 단리정을 진영인이 불러 세웠다.

"잘 들어라, 아정. 우리가 쓰는 검은 단순히 청강을 제련한 도구가 아니다. 검은 그 사람의 마음을 비추는 거울과도 같다. 검끝에 녹아 있는 모든 것이 그 사람을 나타낸다는 말이다. 검즉심(劍卽心), 아즉검(我卽劍). 이 말을 잊지 말아라."

"명심하겠습니다."

"자, 그럼 이름을 지어줘야지?"

"이름이요?"

"그 검은 앞으로 한평생을 너와 함께할 텐데 적어도 이름 정도는 지어줘야 하지 않겠느냐?"

"음……."

고민하는 단리정의 모습에 진영인은 내심 웃음을 삼켰다. 제 딴에는 고심을 거듭하고 있을 테지만 진영인에게는 얼굴을 찌푸린 제자의 모습마저 귀엽게만 느껴질 뿐이었다.

이윽고 단리정이 손뼉을 치며 진영인을 바라봤다.

"이름을 정했느냐?"

단리정이 힘차게 고개를 끄덕였다.

"뇌광(雷光)으로 할래요."

“뇌광? 약간은 광오하게 느껴지는 이름이로구나.”

“그래도 뇌광으로 할래요.”

고집스러운 제자의 모습에 진영인은 웃으며 고개를 끄덕였다.

“그러려무나. 한데 많은 이름 중에 왜 하필 뇌광이냐?”

진영인의 물음에 단리정이 멋쩍은 듯 배시시 웃음을 흘렸다.

“예전에 사부님의 검에 맺혀 있던 푸른 기운을 보면서 멋있다고 생각했거든요. 그리고 형산의 상징은 누가 뭐래도 번개잖아요. 지금은 어울리는 이름이 아니지만 열심히 노력해서 그 이름에 걸맞는 검으로 만들겠어요.”

진영인은 흡족한 표정으로 제자의 머리를 쓰다듬었다.

“우와! 성공이다!”

이때 갑자기 터져 나온 담천우의 환호성에 모든 이의 시선이 그에게 향해졌다.

“성공했어요, 사숙!”

“다시 해봐.”

진영인의 말에 고개를 끄덕인 담천우는 금계독립에서 뇌성착운으로 이어지는 연환 초식을 넘어지는 일 없이 제대로 펼쳐 보였다.

“그것 봐. 노력하니까 되잖아.”

“하하하, 그래도 재능이 아주 없는 건 아니죠?”

“이제 겨우 걸음마를 뗀 녀석이 거들먹거리기는……..”

이어진 진영인의 핀잔에 담천우의 입이 한 자나 튀어나왔다. 하지만 진영인 역시 내심으로는 적잖이 놀라고 있었다. 자신이 주문한 금계독립과 뇌성착운의 연환은 매우 까다로운 것으로 수년 동안 뇌공권을 익힌 본산의 제자들조차 어려워하는 연결식이었기 때문이다.

“좋아, 그렇다면 다음으로 넘어가지.”

기대 어린 눈으로 고개를 끄덕이던 담천우였으나 이내 진영인이 또 다른 뇌공권의 초식들, 거기에 섬뢰각의 초식까지 섞은 연환식을 시연하자 얼굴이 해쓱해졌다.

학산침영(虐山寢零)과 한소뇌우(憪逍雷雨)로 이어지는 낙산봉봉(落山捧峰)의 초식들은 이전보다 더욱 높은 난이도를 요구하는 동작들이었기 때문이다.

“뭐 하고 있어, 따라 하지 않고?”

진영인의 재촉에 난처한 표정으로 담천우가 입을 열었다.

“하지만 그 초식들은 전부 수비를 위한 전초식인데 이를 연계시키려면…….”

“아정.”

“네, 사부님.”

“펼쳐 봐라.”

검을 내려놓은 단리정이 뇌공권의 기수식을 취한 다음 진영인의 말을 기다렸다.

“험한 산이 가랑비에 잠긴다!”

진영인의 말이 떨어지기가 무섭게 단리정이 학산침영의 자세를 취했다.

“천둥과 빗속을 우아하게 거닐다 무너지는 봉우리를 받들다.”

팡! 팡!

작은 소매를 펄럭이며 단리정이 진영인의 요구에 따라 군더더기없는 동작으로 한소뇌우와 낙산봉봉의 연환식을 펼쳐 보였다.

“잘했다, 아정. 이제 뇌운검결을 익혀도 되겠구나.”

"정말요?"

단리정은 기쁜 마음에 팔짝팔짝 뛰며 좋아했고, 담천우는 그런 단리정을 부러운 눈으로 바라봤다.

"뭐 해, 연습 안 하고?"

"알았어요! 한다구요!"

자신보다 한참은 어린 단리정에게 자존심이 상한 담천우는 다시금 뇌공권의 연환식을 연습하기 시작했다.

그로부터 이틀이 더 지나고 나서야 담천우는 진영인이 요구하는 모든 뇌공권의 연환식을 펼쳐 낼 수 있었고, 그 길로 부친인 담가진과 함께 금산철가를 떠나 형산으로 향했다.

*　　　*　　　*

타는 듯한 갈증을 느끼며 눈을 떴을 때 황의철은 자신이 한 치 앞도 보이지 않는 어둠 속에 갇혀 있다는 것을 깨달았다.

"무… 물을……."

아무런 대답이 없었다. 처음부터 대답을 기대한 것은 아니었으나 벽에 부딪쳐 돌아온 자신의 공허한 음성은 그를 더욱 절망의 나락으로 몰고 갔다.

갑자기 엄습하는 두려움을 느끼며 황의철은 신형을 일으키려 했다. 하지만 그의 의지를 벗어난 손발은 마음대로 움직일 수도 없었다.

쿠웅!

"크윽……!"

차가운 바닥에 얼굴을 부딪친 황의철은 콧속으로 파고드는 악취를 견디며 간신히 몸을 뒤집을 수 있었다.

"제기랄……!"

나직한 욕설을 뱉으며 황의철은 자신을 이렇게 만든 자를 떠올렸다. 하지만 이내 이를 후회했다.

"으으……!"

칼날 같은 한광을 뿜어내던 진영인의 눈을 떠올리자 주체할 수 없는 두려움과 함께 온몸이 떨려오기 시작했던 것이다.

그때였다.

덜컹!

감옥의 문이 열리며 한 사람이 들어섰다. 힘겹게 고개를 돌린 황의철은 그 사람의 얼굴을 살피려 했다. 하지만 그는 횃불을 등지고 있어 보이는 것이라고는 하얗게 빛나는 이빨뿐이었다.

"그대가 광풍호혈인가?"

"누구?"

"나 역시 당신과 같은 흑무련 사람일세."

"나를 구하러 온 거요?"

크게 반색하며 다가서는 황의철을 향해 사내가 다시금 입을 열었다.

"그자는 어디로 갔지?"

"누구를 말하는 거요?"

"광풍호혈을 이렇게 만든 자."

흠칫.

황의철의 얼굴에 짙은 공포의 그늘이 드리워졌다.

"모르오. 내가 아는 것은 그자가 형산파 사람이라는 것, 그리고 금산 철가를 대신하여 복수하러 왔다는 것뿐이오."

"이미 금산철가를 들렀다네. 그러나 그곳에는 아무도 없더군. 그자에 대해 아는 대로 말해 보게."

"육 척에 조금 못미치는 호리호리한 체구였소. 특별히 잘생기거나 못생긴 것은 아니지만 그의 눈은……."

서슬 퍼런 살기를 흘리던 진영인의 눈빛을 떠올린 황의철은 두려움에 말을 잇지 못했다. 그런 그를 향해 흑의인이 대답을 재촉했다.

"그의 이름이 진영인 아니었나?"

"진영인?"

의아한 얼굴로 반문하던 황의철이 이내 눈을 부릅뜨며 미친 듯이 소리를 지르기 시작했다. 극심한 고통 속에서 정신을 잃기 전 연자흠에게 자신의 이름을 언급하던 진영인의 모습을 떠올린 것이다.

"진영인! 진영인! 맞아! 그런 이름이었어! 진영인이 맞아!"

씨익.

어둠 속에서 드러난 흑의사내의 이빨을 보며 황의철은 모골이 송연해지는 것을 느꼈다.

털썩.

흑의사내가 황의철을 향해 작은 가죽 주머니를 던졌다.

"이건?"

"물일세."

"물!"

황의철은 엉금엉금 기어 물이 담긴 가죽 주머니를 향해 다가섰다. 하지만 손을 사용할 수 없었기에 이빨로 주머니 입구를 물어뜯었다. 하지만 입구를 싸맨 가죽 끈의 매듭이 너무 튼튼하여 좀처럼 물을 맛볼 수 없었다.

한참 동안 끙끙대던 황의철이 애처로운 눈을 들어 흑의사내를 바라봤다.

"제발……."

이에 흑의사내는 주머니를 집어 입구를 열었다. 그리고 황의철의 얼굴을 향해 물을 부어주었다.

콸콸!

황의철은 자신의 얼굴을 타고 흘러내리는 물을 혀를 내밀어 정신없이 핥기 시작했다.

그런 그를 내려다보며 흑의사내가 차가운 미소를 머금었다.

"열심히 목을 축여두게. 북망산(北邙山)까지는 먼 길이 될 테니."

황의철의 신형이 돌처럼 굳어졌다.

"그게 무슨 뜻이오?"

감출 수 없는 공포가 묻어나는 황의철의 음성에 사내는 대답 대신 자신의 검을 뽑아 들었다.

스르릉!

그제야 황의철은 깨달았다, 눈앞의 사내가 자신을 구하러 온 사람이 아니라는 것을.

"소속이 어디오?"

황의철의 질문에 사내가 짧게 대답했다.

"추명대(追命隊)."

"……!"

황의철의 두 눈에 절망의 빛이 떠올랐다. 흑무련 내에서 추명대라 불리우는 조직이 있다는 것은 그 역시 잘 알고 있었다. 그리고 그들에게 주어진 임무는 오로지 하나뿐이라는 것도.

“자, 잠깐!”

“잘 가시게.”

흑의사내의 손에 들린 검이 어둠 속에서 번뜩였다.

스컥!

황의철은 비명조차 지를 수 없었다. 길게 갈라진 목에서 비명을 대신해 자욱한 피분수가 뿜어졌기 때문이다.

추명대주 종각은 무심한 눈으로 황의철의 시신을 바라봤다. 그리고 시신에 검을 문질러 피를 닦아낸 다음 차갑게 돌아섰다.

“가자.”

종각의 무심한 음성이 채 사라지기도 전에 흑색의 장포를 걸친 일곱 명의 사내가 어둠 속에서 유령처럼 모습을 드러냈다.

휘이이잉!

어디선가 불어온 바람이 복도를 밝힌 횃불을 거칠게 흔들었다.

바람이 사라지고 횃불이 본래의 빛을 회복했지만 어디에서도 그들의 모습은 찾아볼 수 없었다.

*　　　*　　　*

“사저! 사저! 이것 좀 봐요!”

호들갑스럽게 방 안으로 뛰어들어 오는 안지명의 모습에 하운지는 눈살을 찌푸렸다.

“사제, 난 들어와도 좋다고 허락한 기억이 없는데?”

낮게 깔린 하운지의 엄포에 안지명은 흠칫하며 한 걸음 물러섰다. 하지만 이내 자신의 손에 들린 연자창(燕紫槍)을 흔들며 입을 열었다.

"드디어 귀영마창(鬼影魔槍)의 비밀을 풀었어요."

"자명의 혈산대부(血山大斧)처럼 그 창에도 비밀이 있었단 말야?"

해연히 놀라는 하운지의 모습에 안지명은 흐뭇한 얼굴로 고개를 끄덕였다. 그리곤 막무가내로 하운지의 소매를 잡아끌었다.

마지못해 밖으로 나선 하운지는 멀찍이 떨어진 곳에서 기수식을 취하는 안지명을 지켜보았다.

"잘 봐요."

크게 외친 안지명은 곧바로 그간 연마해 온 창을 움직이기 시작했다.

"하압!"

피잉!

안지명의 기합성과 함께 제비 꼬리처럼 두 갈래로 갈라진 창날이 공기를 찢었다. 안지명이 곧바로 태산압란세(泰山壓亂勢)에서 미인인침세(美人引寢勢)의 투로를 따라 창을 휘둘렀고, 한차례 크게 꿈틀거린 창은 희뿌연 섬광과 함께 순식간에 공간을 가로질러 어느새 전면의 석등(石燈)을 쓸어가고 있었다.

'그사이 사제의 무공이 더욱 발전했구나.'

또다시 며칠 만에 무공이 진일보한 안지명의 모습에 하운지는 내심 감탄을 터뜨렸다.

안지명이 창을 익히기 시작한 것은 채 두 달도 되지 않았다. 하지만 그가 창을 배워가는 속도는 놀라운 것이어서 불과 한 달 만에 양가창법(楊家槍法)과 조가창법(曹家槍法)을 소화해 냈고, 보름 만에 이를 자신만의 방식으로 해석하여 펼치는 경지까지 이르렀다.

운검은 그런 안지명을 위해 강호에 널리 알려진 기존의 무공들을 바탕으로 뇌운검결 중에 창으로 펼칠 수 있는 초식들을 연구하기 시작했다. 무공을 잃은 이후 십 년 넘게 무공과 의서를 연구해 온 운검이었기에 그의 노력은 머지않아 결실을 맺었고, 열두 개의 초식으로 이루어진 뇌룡창법을 만들어 안지명에게 전할 수 있었다.

안지명의 노력 또한 대단했다. 식사 때는 물론 심지어 잠을 잘 때까지도 손에서 창을 놓는 법이 없어 빈번히 풍검의 잔소리를 들어야만 했다. 그만큼 창에 대한 안지명의 열망은 대단하여 운검으로부터 받은 뇌룡창법을 무서운 속도로 자신의 것으로 만들어가고 있었다.

그런 하운지의 표정을 멀리서 힐끔 쳐다본 안지명의 입가에 실낱같은 미소가 걸렸다.

"타핫!"

쩌렁한 기합과 함께 뇌정단공을 끌어올린 안지명은 진기를 이끌어 창에 쏟아 넣었다. 그러자 창끝에서 뿜어지는 예기가 점차 날카로워지며 무수한 창의 그림자가 빽빽한 그물처럼 안지명의 주위를 뒤덮었다. 그리고 어느 한순간 붉은빛이 감도는 창날에서 자색의 서기가 솟구치더니 석등을 향해 강맹한 기세로 떨어졌다.

써컥!

쿵!

석등의 허리가 매끄럽게 잘려 바닥을 뒹굴었다.

이에 하운지는 표정을 달리했다. 하지만 그것이 끝이 아니었다.

안지명은 뒤로 물러서며 연달아 청룡헌조세(靑龍獻爪勢)와 야차탐해세(夜叉探海勢)의 수법으로 창을 휘둘렀고, 그때마다 창끝에서는 한 치가량의 날카로운 예기가 붉은 빛을 뿜어냈다.

"이기생형(理氣生形)!"

하운지의 놀란 외침이 사라지기도 전에 안지명의 손에 들려 있던 창의 움직임이 달라졌다.

쩌저저저정!

허공을 메운 자색의 창영(槍影)이 격렬하게 떨리며 일곱 개의 빛줄기로 변하더니 연달아 석등의 아랫부분을 두들기며 하얀 불꽃을 토했다.

콰앙!

철번간세(剟幡肝勢)의 초식으로 바닥을 후려친 안지명은 마치 검기에 당한 것처럼 길게 갈라진 흙바닥을 가리키며 입을 열었다.

"어때요?"

할 말을 잃은 채 놀란 눈으로 자신을 바라보는 하운지를 향해 안지명이 어깨를 으쓱해 보였다.

"사저가 보기에도 틀림없죠?"

"하지만 어떻게……?"

너무 놀라 말을 잇지 못하던 하운지는 이내 빙글거리며 웃고 있는 안지명을 향해 다그치듯 입을 열었다.

"어떻게 사제가 유형화된 검기를 다룰 수 있는 거지?"

"제가 말했잖아요. 창의 비밀을 풀었다고."

"그렇다면……."

"사저의 짐작대로예요."

수평으로 창을 들어 올린 안지명은 손으로 창날을 가리키며 자신이 밝혀낸 귀영마창의 비밀을 설명하기 시작했다.

"여기 물결 모양의 홈이 보이시죠? 창에 진기를 주입하면 이 파형(波形)의 홈을 따라 움직인 진기가 창날이 갈라지는 부분에서 서로 충돌하면서 서로를 밀어내죠. 하지만 창끝으로 갈수록 홈의 간격이 좁아지기 때문에 진기가 응축되어 유형화되는 거예요. 그래서 본래는 육십 년의 내공을 요구하는 유형화된 검기를 이십 년 정도에 불과한 제 내공으로도 만들어낼 수 있는 거죠."

"그걸 어떻게 알아낸 거야?"

"처음엔 저도 몰랐죠. 오늘 자명이랑 대련을 하다가 우연히 발견했어요. 자명이의 도끼에 대해서는 아시죠?"

하운지는 고개를 끄덕였다.

기련십마가 침입한 그날 안자명은 청면마군 공손청에게 옆구리를 얻어맞고 늑골이 부러졌지만 놀랍게도 내상이 심한 편이 아니었다. 공손청의 무위를 감안했을 때 이는 기적과도 같은 일이었다. 그의 절기인 고루천강수는 검기마저도 찢어버리는 무시무시한 위력을 담고 있었기 때문이다. 하지만 머지않아 그 기적의 비밀이 혈산대부에 있음이 밝혀졌다.

혈산대부는 자신을 사용하는 주인의 내공에 반응하여 일종의 호신강기(護身剛氣)를 인위적으로 만들어낼 수 있는 기병(奇兵)이었다. 호신강기가 내장과 기맥을 보호하고 있어 고루천강수를 얻어맞고도 늑골만 부러지는 가벼운 부상으로 그쳤던 것이다.

안지명이 계속해서 설명을 이어갔다.

"자명이랑 비무를 하는데 도끼와 창이 부딪칠 때마다 자꾸 이상한 소리가 나더라구요. 처음엔 신경 쓰지 않았는데 점차 서로가 내력을 끌어올리자 이상한 울림은 계속 높아졌죠. 그래서 비무를 멈추고 제 창에 진기를 넣어봤어요."

"그래서?"

"귀영마창 혼자서는 소리가 나지 않더라구요. 그걸 보고 자명이 잘

난 척을 해대는 거예요. 뭐, 나는 지가 없으면 아무것도 못한다는 둥……. 오기가 받쳐서 어떻게든 소리를 내보려고 최대한 내공을 끌어 올려 창에 흘려 넣었죠. 그랬더니 소리는 나오지 않고 창끝에서 붉은 빛이 번쩍 하고 솟구치는 거예요. 그리곤 옆에서 약 올리던 자명의 소매에 구멍을 냈지요."

안자명의 놀란 얼굴을 떠올린 안지명이 키득거리며 웃었다. 그러나 하운지는 웃을 수 없었다.

그때였다.

"야! 지명!"

씩씩거리며 달려온 안자명이 안지명을 향해 눈을 부라렸다.

"사저한테 내 흉 보고 있었지?"

"어? 어떻게 알았어?"

"비무, 다시 해."

"또 옷에 구멍나면 어떡하려고?"

"그때는 내가 방심하고 있었잖아."

"내기할래?"

"은자 한 냥."

"좋아."

안자명의 제안을 수락한 안지명은 하운지를 향해 씨익 웃어 보였다.

"사저, 이 녀석 좀 혼내주고 다시 올게요."

"아니, 오지 마."

"예?"

의아한 얼굴로 반문하는 안지명을 향해 하운지가 힘없는 음성으로 입을 열었다.

"나 혼자 생각할 게 있어. 그러니 방해하지 말아줘."

시무룩한 하운지의 얼굴에 안지명은 영문을 몰라 안자명을 바라봤다.

"뭐 해? 비무 안 할 거야?"

"알았어. 하면 되잖아."

안자명의 재촉에 고개를 끄덕인 안지명은 못내 석연찮은 기분을 뒤로하고 안자명과 함께 하운지의 처소를 벗어났다.

"이 바보야."

하운지의 모습이 보이지 않자 안자명이 대뜸 안지명을 타박하기 시작했다.

"왜 쓸데없이 사저한테 그런 걸 자랑하고 그래?"

"왜라니? 사숙이 떠난 이후로 계속 의기소침해 있는 사저의 기운을 복돋워 주려고 그랬지."

"에휴……."

설레설레 고개를 저으며 안자명이 입을 열었다.

"사저가 힘이 없는 이유는 사숙이 그립기 때문이야. 너 따윈 백 명이 있어도 사저를 위로할 수 없다구."

"그래도 혼자 저러고 있는 게 안쓰럽잖아."

"그러고 보니 사숙이 떠난 이후 사저가 웃는 걸 한 번도 본 적이 없어."

이때 안지명이 손뼉을 치며 안자명을 바라봤다.

"마을에 갔다 올까?"

"마을엔 왜?"

"사저에게 선물할 책 사러."

“무슨 책?”

“왜 매일같이 사저가 들고 다니는 책 있잖아.”

“아! 그 바느질하는 법이 적혀 있는?”

“그래, 그거 말이야. 요새 매일같이 사저는 그 책을 붙들고 살잖아. 예전에 사숙이 했던 말이 되게 신경 쓰였나 봐. 그 책도 서고를 뒤져 찾은 거라던데 옛날 거라 새로 나온 수예(手藝) 서적보다는 내용이 부실할 게 틀림없어.”

“근데 마을에 가는 걸 사부님이 허락해 주실까?”

“바보. 당연히 몰래 갔다 와야지. 들키면 무슨 경을 치려고.”

안자명과 안지명은 서로를 바라보며 의미심장한 웃음을 머금었다. 하지만 이내 멀지 않은 곳에서 들려온 음성에 흠칫하며 신형이 굳어졌다.

“요즘 매가 부족했던 것 같구나.”

“사, 사… 사부님!”

고개를 돌린 안자명과 안지명은 자신들을 향해 다가서는 풍검을 향해 한껏 불쌍한 표정을 지어 보였다.

“하하하, 날씨가 정말 좋네요. 그렇지, 자명아?”

“응. 햇살은 따갑지 않고 공기도 맑아 괜스레 농담이 하고 싶어지는 계절이야.”

당황한 나머지 되는대로 주워 담는 제자들을 바라보며 풍검은 인상을 찡그렸다.

“제자 안자명과 안지명은 따라오너라.”

사악.

풍검의 한마디에 두 사람의 얼굴에서 핏기가 사라졌다.

"아이고! 사부니임! 진노를 거두소서!"

손이 발이 되게 비는 두 제자의 모습에 풍검은 화난 듯한 겉모습과 달리 내심 웃음을 삼켰다. 하지만 이내 하운지의 처소 쪽을 바라보며 나직이 한숨을 터뜨렸다. 스스로 극복해야 할 문제임을 알기에 이렇다 할 간섭은 피하고 있었으나 그녀 역시 자신의 제자인 이상 신경이 쓰이지 않을 수 없었던 것이다.

하지만 그도 잠시, 이내 신형을 돌린 풍검은 싹싹 비는 안지명과 안자명을 끌고 연무장으로 향했다. 그때까지도 그들 사형제는 하운지의 얼굴이 어두운 진정한 이유를 알지 못하고 있었다.

"하아……!"

무거운 한숨을 터뜨린 하운지는 손에 들린 '오뢰수공집(五雷繡空集)' 이란 제목의 낡은 책자를 바라봤다.

"저도 허공에 다섯 개의 뇌전을 수놓고 싶답니다."

하운지의 음성에는 원망스러운 기색이 역력했다. 오뢰수공집의 저자인 미령(美玲)이 그 푸념의 대상이었다.

털썩.

자신의 침상에 아무렇게나 책자를 집어 던진 하운지는 답답한 마음을 떨쳐 낼 요량으로 밖으로 나섰다. 그리곤 지금까지 연습해 온 산매장의 초식들을 하나씩 펼쳐 내기 시작했다.

근 일각에 걸쳐 다섯 차례나 산매장을 펼친 하운지는 두 손을 거두며 하늘을 바라봤다. 그러나 여전히 답답한 마음은 사라지지 않았다.

하운지는 다시금 처소로 들어가 무거운 고민의 원인인 그 책자를 가지고 나왔다. 그리고 오뢰수공집을 한 장씩 넘기며 그 안에 적혀 있는 수예법(手藝法)을 찬찬히 읽어 내려갔다.

처음 그녀가 이 책을 찾은 것은 오로지 진영인 때문이었다. 두 달 전, 사대명왕과 혈전을 치르고 돌아온 진영인이 옷이 뜯어졌다며 자신의 바느질 실력을 가지고 농담한 적이 있었다.

자존심이 상했지만 한편으로는 미안한 생각도 들어 하운지는 훗날 진영인이 돌아올 때를 대비해 좋은 옷을 만들어둬야겠다고 결심했다. 그리고 서고를 뒤져 먼지를 잔뜩 뒤집어쓴 채 구석에 처박혀 있던 오뢰수공집을 발견했다.

처음엔 허공에 다섯 개의 뇌전을 수놓는다는 광오한 뜻에 눈이 갔고, 두 번째는 그 책자의 저자가 어떤 사람인지 알기 때문에 하운지는 주저 않고 그 책을 집어왔다.

저자인 미령은 형산파 십오대 조사인 철무 산인(哲武山人)의 부인으로 본래는 그의 사매였으나 훗날 철무 산인에게 장법을 가르쳐 장왕(掌王)이라는 명호를 얻게 만들어준 여인이었던 것이다.

처소에 돌아와 오뢰수공집을 읽으며 그 안에 적힌 대로 수예를 따라 하던 하운지는 이내 황당함을 금치 못했다. 그도 그럴 것이, 그 안에 적힌 대로 바늘을 움직였더니 말도 되지 않게 엉망인 그림들이 비단을 가득 메웠던 것이다. 하지만 책의 말미에 적혀 있는 짧은 글을 보고 하운지는 놀라지 않을 수 없었다.

우레처럼 만났다가 번개처럼 헤어지는 이별을 가리켜 뇌봉전별(雷逢電別)이라 했던가. 나의 강호행이 그러했다. 남녀 사이의 정리 따위가 무학의 끝 자락을 잠시나마 붙들었던 나를 이곳에 묶어둘 줄이야. 본시 천하를 내 집처럼 여기며 거리낌없이 살아왔던 나이건만 이제는 형산의 골짜기에 갇혀 과거의 추억을 회상할 뿐이구나. 사랑아, 사랑아, 너는 대체 무엇이기에 자유를 속박하는가. 낭군께서는 내가 전한 무위의 오 할만을 성취하고도 강호를 질타하는데 나는 규중에 갇혀 들려오는 그의 명성을 부러워할 뿐이로구나. 돌볼 아이도 없고 약속에 따라 제자를 키우지도 못하여 위대한 무공을 사장시켜야만 하는 이 내 심정을 누가 알아줄 것인가. 그가 돌아올 날을 손꼽으며 무료함을 달래기 위해 나의 오뢰정인(五雷霆燐)을 남기니 그대가 만약 여인이라면 나를 대신해 강호에 명성을 날려주길 바란다.

그제야 하운지는 엉망으로 수놓아진 그림이 단순한 의미가 아닌 오뢰정인이라는 무공의 초식들을 상징적으로 표현한 것임을 알 수 있었다.

과거 명성을 날렸던 철무 산인의 무공이 부인이었던 미령의 무위에 비해 오 할도 미치지 못하는 것이었다니! 하운지는 그날부터 서책에 남겨진 오뢰정인을 연구하기 시작했다. 하지만 보름이 지나고 한 달이 지나도록 눈에 띄는 결과를 얻을 수 없었다.

이에 크게 낙담한 하운지는 날이 갈수록 근심만 늘어갔던 것이다.

"대체 이걸 어떻게 펼치라는 이야긴지……."

나직이 읊조린 하운지는 천천히 다섯 개로 이루어진 오뢰정인의 초식들을 하나씩 펼쳐 내기 시작했다. 하지만 이내 한숨을 터뜨리며 고개를 저었다. 서책을 통해 초식의 형(形)은 확인할 수 있었지만 정작 중요한 운공 요결이 포함되어 있지 않아 기대했던 위력은 찾아볼 수 없었기 때문이다. 특정한 내공의 운용법을 따르지 않은 초식은 단순한 춤사위에 불과할 뿐이었다.

"사형은 이미 이기생형의 경지에 이르렀고 지명과 자명도 무공이 일취월장하는데 나만 늘 제자리걸음이구나. 이래서야 훗날 어찌 사숙의 얼굴을 마주할 수 있을까."

사문을 떠나기 전 진영인이 남긴 말이 귓전을 맴돌아 하운지는 나직이 한숨을 흘렸다.

그랬다. 그녀를 제외한 이대제자들의 성취는 매우 놀라웠다. 곽범태는 이미 도기를 자유자재로 다루는 경지에 이르렀으며 안지명 역시 귀영마창의 비밀을 밝혀냄으로써 안자명과 함께 자신보다 멀찍이 앞서가고 있는 것이다.

사문의 힘을 되찾기 위한 형산 문하의 의지는 확고했다. 온명과 덕명 두 장로는 사흘을 간격으로 자신들의 내공으로 곽범태의 기맥과 세맥을 씻어주는 일을 반복했다. 이는 벌모세수의 원리와도 같은 것으로 비록 내공을 고스란히 물려줄 수는 없으나 곽범태의 무공을 가일층 발전시키는 데 큰 보탬이 되었다. 스스로의 진원진기를 갉아먹는 일인지라 무인이라면 꺼릴 법도 한데 사문을 위해 두 산인은 기꺼이 희생을 감수한 것이다.

안자명은 또 어떤가.

그가 다루는 도끼는 본래 위력적인 공격에 적합한 대신 수비에는 어울리는 병기가 아니어서 전장에서나 쓰이지 까다로운 초식으로 공격과 수비를 아우르는 무림에서는 어울리지 않았다. 하지만 호신강기를 형성하는 혈산대부의 묘용으로 인해 안자명은 수비를 도외시한 공격 일변도의 초식들을 사용할 수 있었고, 그만큼 무서운 고수로 탈바꿈하고 있었다.

더구나 최근에는 기련십마가 쳐들어왔을 때 안자명과 안지명이 사용한 합격술에 관심을 보였던 운검이 이를 체계적으로 연구하기 시작하면서 안자명과 안지명의 연수합격은 가히 적수를 찾아볼 수 없을 만큼 발전했다. 원거리는 안지명의 창이 제압하고 근거리는 안자명의 도끼가 맡았다. 더구나 이들의 합격진은 무기의 특성상 공격 위주로 움직이기 때문에 그 위력과 살벌함은 이루 말할 수 없을 만큼 대단했다.

운검이 새로운 합격진의 초식을 내놓기가 무섭게 이들은 부단한 노력으로 자신들만의 독특한 공격 방법을 익혀갔고, 형산은 전무후무한 공격 일변도의 합격진의 완성을 눈앞에 두고 있었다.

"우, 운지야."

이때 갑자기 들려온 곽범태의 음성에 하운지가 돌아섰다.

"장로님들께 가세요?"

"응. 그보다 크, 큰일났어."

"큰일이라뇨?"

하운지의 질문에 곽범태는 난처함과 미안함이 섞인 표정으로 그녀를 바라봤다.

"무슨 일인데요?"

하운지의 재촉에 곽범태가 식당 쪽을 바라보며 입을 열었다.

"자, 장(張) 숙수가 쓰러졌어."

"장 숙수가요? 왜요?"

반문하던 하운지는 이내 그 이유를 짐작할 수 있었다.

장문령이 발동된 이후 형산은 속가제자들을 일제히 소집했고, 시간이 지날수록 형산에 거하는 사람들의 숫자는 급격히 늘어났다. 두 달 전만 해도 불과 백 명 남짓하던 인원이 지금은 사백 명을 넘어서고 있었던 것이다.

따라서 사백 명분의 식사를 전담해야 하는 장 숙수의 일은 네 배로 늘어났고, 진영인이 형산을 떠난 이후 하운지마저 주방에서 발길을 끊어버렸기에 그가 도맡은 업무량은 가히 살인적이었다.

"어, 어떡하지? 두, 두 시진만 지나면 저, 저녁 식사……."

"휴, 어쩔 수 없죠."

"미, 미안해, 사매."

"아니에요. 어차피 마땅히 할 일도 없는걸요."

애써 웃어 보이는 하운지의 모습에 곽범태는 더욱 미안함을 느꼈다.

그런 곽범태를 향해 하운지가 빙그레 웃어 보였다.

"장로님들께서 기다리고 계시겠어요. 어서 가보세요."

"으, 응."

못내 떨어지지 않는 발걸음을 옮겨 곽범태가 사라지자 나직이 한숨을 터뜨린 하운지는 곧장 주방으로 향했다.

"음, 오늘 식단은 소면과 낙산봉봉계(樂山棒棒鷄)인가?"

전면에 놓여 있는 재료들을 슬쩍 바라본 하운지는 이내 소매를 걷어붙이고 화로 위에 솥의 일종인 과자(鍋炙)를 올렸다.

하운지는 식초를 먹이고 깨끗이 죽인 닭의 피를 뽑고 아마(亞麻) 줄로 닭다리를 묶은 후 가슴고기와 함께 찬물이 담긴 가마에 넣은 다음 화로의 불을 높였다. 구수한 냄새가 퍼지며 닭이 익자 재빨리 꺼내 식힌 하운지는 작은 나무막대를 들어 닭고기를 두들겼다.

이윽고 닭고기가 부드럽고 가늘게 갈라지자 야채씨 기름, 간장, 고추기름, 참깨기름, 설탕, 파뿌리 등의 양념과 함께 가마에 넣고 끓이기 시작했다. 이후 다진 파를 넣고 향기가 올라오자 파를 걸러낸 다음 넓은 그릇에 요리를 담았다.

슬쩍 요리를 접어 몇 번 우물거린 하운지는 빙그레 웃으며 고개를 끄덕였다. 실처럼 가느다란 육질에 양념이 스며들면서 가늘고 부드러운 육질과 맵고 짜고 달고 얼얼한 양념의 맛이 일품이었다.

하운지는 이 과정을 반복하여 수십 명이 먹고도 남을 요리를 재빨리 만들어냈다.

'사숙은 이걸 참 좋아하셨는데…….'

문득 하운지의 표정이 어두워졌다. 낙산봉봉계는 닭 고유의 신선함과 향기가 오래 남아 있는 사천 명물 요리 중의 하나로 진영인이 가장 좋아하는 음식 중에 하나였던 것이다.

"앗!"

갑자기 올라오는 시커먼 연기에 하운지는 깜짝 놀라며 화로에서 과자를 치웠다.

딴 데 정신이 팔려 불을 조절하는 걸 깜빡했던 것이다.

"이걸 어째."

과자 안은 그야말로 엉망이었다. 새카맣게 탄 요리가 눌어붙어 도저히 이걸로는 요리를 할 수 없었다.

결국 하운지는 다른 과자를 찾기 위해 주방을 뒤지기 시작했다. 하지만 장 숙수가 어디에 치워놓았는지 한참이 지나도 좀처럼 찾을 수가 없었다.

"이러다가는 시간 안에 맞추지 못할 텐데……."

하운지는 조바심이 났다. 아직 삼백 인분의 낙산봉봉계를 만들어야 하는데 시간이 얼마 남지 않은 것이다.

"아!"

하운지의 얼굴에 미소가 떠올랐다. 문득 오래전 창고를 정리하면서 그곳에서 본 적이 있는 커다란 솥을 떠올린 것이다.

하운지는 재빨리 주방을 나와 창고로 향했다.

끼이익!

오래된 창고 문을 열고 안으로 들어서자 먼지를 가득 뒤집어쓴 갖가지 물건들이 즐비하게 널려 있었다. 먼지를 피해 조심스레 발을 내디디며 하운지는 솥을 찾기 시작했다.

그리고 채 일각이 지나지 않아 하운지는 자신이 찾던 물건을 발견할 수 있었다.

"이걸로 만들면 한 번에 사십 인분은 만들 수 있겠는걸."

한눈에 봐도 솥의 재질은 매우 훌륭해 보여 이처럼 크고 좋은 솥이 왜 지금까지 창고 한구석에서 먼지를 뒤집어쓰고 있었는지 하운지는 의아할 뿐이었다. 하지만 오래 지나지 않아 하운지는 그 이유를 깨달을 수 있었다.

솥을 이고 주방으로 돌아온 하운지는 화로 위에 올린 다음 기름을 뿌렸다.

화악!

그 순간 새빨간 불길이 천장까지 치솟았다.

깜짝 놀란 하운지는 재빨리 화로 위에서 솥을 치웠다.

"이런, 못 쓰는 솥이었네."

하운지는 눈살을 찌푸렸다. 솥 바닥에 눈에는 보이지 않을 만큼 미세한 구멍들이 촘촘히 나 있어 기름이 샜던 것이다.

하운지는 솥을 거꾸로 들어 올렸다. 그러자 주방의 창을 통해 들어온 햇살이 솥에 나 있는 구멍들을 지나 주방의 벽에 그림자를 드리웠다.

"……!"

하운지의 눈이 더없이 크게 홉떠졌다.

솥의 구멍을 통해 들어온 햇살이 깨알 같은 글씨가 되어 주방 벽을 가득 메웠기 때문이다.

"미령이 연자에게 남기다……!"

그 깨알 같은 글씨들을 손으로 짚어 읽어가던 하운지는 그것이 오뢰 정인을 익히는 데 있어 가장 필요한 핵심 요결이라는 것을 깨닫고는 뛸 듯이 기뻤다.

"어떻게 이런 일이……!"

하운지는 이내 차분히 마음을 가라앉힌 다음 말미에 쓰여진 글귀를 소리 내어 읽기 시작했다.

"험난한 강호를 살아가는 그의 모습이 위태하여 오뢰정인을 가르쳤으나 이것이 불행을 자처한 것임을 어찌 알았겠는가. 그의 무공이 강해지자 그는 더욱 강호를 향해 나가는 일이 빈번해져 얼굴 보기가 더욱 어려워지니 늘어가는 건 한숨이요, 쌓이는 건 그리움이라. 차라리 무공을 전수하지 않았다면 그는 항상 나의 곁에 머물렀으련만……. 내가 남긴 두 개의 물건을 발견했다면 그대는 틀림없이 여인이리라. 이것들은 모두 평생 여인과 함께할 물건들이기 때문이다. 나는 장문인과의 약속에 묶여 강호와의 발길을 끊었고, 나의 무공을 타인에게 전수할 수도 없어 이와 같은 편법으로 오뢰정인을 남긴다. 부디 나와 같은 불행이 반복되질 않기를 바라며……."

끝으로 갈수록 글씨는 희미해져 더 이상 알아볼 수가 없었다. 오랜 세월 동안 창고에서 습기와 먼지에 시달린 탓에 솥이 부식된 까닭이었다.

하운지는 오뢰정인을 남긴 미령이라는 여인의 감정을 약간이나마 이해할 수 있을 것 같았다. 남편을 사랑하여 행한 일이 오히려 자신의 불행을 자처한 셈이니 그녀로서는 한스럽지 않을 수 없었을 것이다. 또한 힘을 지니고도 그 힘을 쓸 수 없는 무인의 안타까움도 느낄 수 있었다.

하운지는 솥을 들쳐 메고 주방을 나섰다.

"어? 사저, 어디 가세요?"

하운지를 발견한 안자명이 멀리서 소리쳤다.

"그 많은 식사를 벌써 다 만드신 거예요?"

안지명의 질문에 하운지는 고개를 저었다.

"아니."

"에엑? 그럼 우리 밥은요?"

"솥이 없어서 요리를 못해."

돌아온 하운지의 대답에 안지명과 안자명은 어이없는 얼굴로 그녀가 메고 가는 커다란 솥을 바라봤다.

가냘픈 여인이 커다란 솥을 메고 가는 광경이 한편으론 우스꽝스럽게도 보였지만 안자명과 안지명은 이내 설레설레 고개를 흔들며 한숨을 흘렸다.

"사숙이 많이 보고 싶은가 봐."

"그러게. 하지만 그처럼 꽃 같던 사저가 저렇게 망가질 줄 누가 알았겠어?"

결국 그날은 수많은 형산 문하가 저녁을 굶어야만 했고, 이후 하운지는 방 안에 틀어박힌 채 일주일간 모습을 보이지 않았다.

자연히 매번 식사 때만 되면 형산 문하들은 배를 곯거나 마지못해 마을로 내려가 밥을 사 먹고 와야만 했다.

하운지에게는 기연이었으나 형산 문하들에게는 불행의 시작이었다.

第十七章

남악신룡(南岳神龍)

“그 두 사람은 무사히 형산에 도착했을까요?”

단리정의 질문에 진영인은 손가락으로 날짜를 꼽아보더니 고개를 끄덕였다.

“금산철가를 떠난 지 열이레가 지났으니 아마도 지금쯤 형산 어림에 이르렀을 것 같구나.”

“그런데 사부님.”

“말해 보시게, 제자.”

진영인의 장난에 단리정은 깔깔 웃음을 터뜨렸다.

이윽고 웃음을 거둔 단리정이 약간의 걱정을 담아 입을 열었다.

“우리가 형산을 떠나온 것은 흑무련 사람들의 이목으로부터 피하기 위해서 아닌가요?”

“그렇지.”

“그렇다면 최대한 은신하여 조용히 움직여야 하는 것 아닌가요?”

“왜 그래야 하지?”

“그거야……”

마땅한 대답을 찾지 못해 단리정이 머뭇거리자 진영인이 웃으며 입을 열었다.

“철산장을 뒤집은 것은 의도적인 것이었다. 또한 닷새 전에 노룡산채(怒龍山寨)를 박살 낸 것도 마찬가지다. 그들과 흑무련이 관련이 있다는 것은 너도 알겠지?”

“예.”

“지금 가장 시급한 것은 우리의 안전보다 형산의 안전이다. 내가 이처럼 흑무련 휘하의 문파들을 뒤흔들다 보면 자연 그들은 눈에 불을 켜고 우리를 찾을 것이고, 우리는 이미 형산과는 멀리 떨어져 있기 때문에 그만큼 형산은 그들의 이목으로부터 자유로울 수 있는 것이다. 더구나……”

잠시 말끝을 흐리던 진영인은 조바심을 내며 자신의 말을 기다리는 제자의 볼을 잡아당기며 말을 이어갔다.

“나는 형산의 권위를 상징하는 자전뇌검을 지니고 있다. 내가 흑무련이 두려워 숨는다면 이는 형산이 흑무련을 두려워하는 것과도 다르지 않다. 네 사문이 다른 이들에게 겁쟁이라 비난받길 원하는 것이냐?”

“아니요.”

고개를 흔드는 아정의 모습에 진영인이 웃으며 고개를 끄덕였다.

“나는 본래 귀찮은 것은 질색하는 성미인지라 만약 혼자였다면 망설임없이 흑무련을 피해 숨어 다녔을 것이다.”

“설마요.”

"못 믿는 것이냐?"

"제가 아는 사부님은 항상 위기 앞에 의연하셨어요. 그리고 절대 위험을 피해가실 분이 아니죠."

확고한 아정의 외침에 진영인은 난처한 미소를 지어 보였다.

"네 녀석이 이 사부를 불구덩이로 밀어 넣는구나."

진영인의 농담에 아정도 밝은 웃음으로 화답했다.

"그런데 사부님."

진영인이 자신을 바라보자 단리정은 지금까지 궁금해 왔던 것을 묻기 시작했다.

"뇌운검결을 펼칠 때 항상 초식의 순서를 염두에 두라 하셨잖아요. 그런데 만약 이를 따르지 않고 뇌운유정에서 곧바로 낙뢰토염을 시전할 수는 없나요? 만약 다른 사람이 뇌운검결을 알고 있다면 특정한 초식 뒤에 이어질 다음 초식들을 알아볼 수도 있잖아요."

어린 제자의 기특한 질문에 진영인은 흡족한 표정을 지었다.

"물론 가능하다. 하지만 그와 같은 경지에 이르기 위해서는 오랜 시간과 뼈를 깎는 수련이 필요하지. 초식을 완벽히 몸에 익혀 뜻하는 대로 펼칠 수 있는 경지를 만검(滿劍)이라 한다. 이를 지나면 검을 펼치는 속도가 눈에 띄게 빨라지는데 더욱 수련을 쌓으면 다시 느려지면서 검이 무거워진다. 이와 같은 쾌검(快劍)과 중검(重劍)의 경지를 지나면 날이 선 검이 없이도 상대를 상하게 할 수 있는 이른바 무인검(無刃劍)의 경지에 이르게 되는데 이때부터 진기를 이용한 검기(劍氣)를 다룰 수 있게 된다."

잠시 말을 멈춘 진영인은 이해할 수 있겠냐는 듯이 단리정을 바라봤고, 이에 단리정은 열심히 고개를 끄덕였다.

진영인이 다시금 설명을 이어갔다.

"무인검은 검사(劍士)에게 있어 마땅히 축하받을 일이지만 한편으로는 불행의 시작이기도 하다."

"왜요?"

"그건 눈에 띄게 무공의 발전이 느려지기 때문이다. 지금까지와는 달리 아무리 수련을 쌓는다 해도 단계를 밟아 발전할 수 없단다. 오로지 깨달음을 통해 그 벽을 뛰어넘어야 하지. 그리하면 또 다른 경지에 이를 수 있는데 이를 가리켜 이기생형이라 한다. 눈에 보이지 않는 진기를 유형화시킬 수 있지. 이는 얼핏 보면 검기와도 비슷해 보이지만 실제로는 그 차이가 극명하다. 왜인지 알겠느냐?"

"음……."

잠시 곰곰이 생각을 정리하던 단리정이 혀를 내밀며 배시시 웃었다.

"검기를 유형화시킬 수 있다는 것은 곧 검강(劍罡)의 초입에 들어섰다는 뜻과도 다르지 않기 때문이다. 검강은 검을 익힌 자라면 누구나 바라 마지않는 경지로 거기에 이를 수 있는 사람은 매우 극소수란다. 타고난 오성이 뛰어나야 하고, 훌륭한 사부를 만나 체계적인 가르침을 받아야 하며, 뼈를 깎고 살을 태우는 수행과 한순간의 깨달음을 모두 갖춰야만 얻을 수 있기 때문이다."

"그럼 검강의 단계에 이르면 원하는 초식을 마음대로 쓸 수 있나요?"

"단순한 초식의 연결만을 말하는 것이라면 무인검의 경지에서부터 가능하다. 하지만 어떤 의미에서는 초식들을 자신의 뜻대로 연결하고자 하는 것이 오히려 초식에 얽매이게 된다 할 수 있지. 진정한 의미에서 초식을 잊는 경지는 훨씬 더 높은 곳에 있다."

진영인의 말에 단리정은 눈이 휘둥그레졌다. 솔직히 사부가 언급한 경지 중 이기생형에도 도달할 수 있을지 내심 걱정이 들던 단리정이다. 더구나 검강을 뛰어넘는 경지는 상상할 수도 없었다.

"계속할까?"

"네."

단리정이 고개를 끄덕이자 진영인의 표정이 신중해지기 시작했다.

"검강을 넘어서면 검과 자신이 하나가 되는 경지에 이르는데 이를 가리켜 신검합일(身劍合一)이라 한다. 이전에 네게 말했던 검즉심(劍卽心), 아즉검(我卽劍)과도 일맥상통하는 말이지."

"아!"

"이때가 되면 나를 잊고 검을 잊어 마음이 가는 곳에 검이 이르니 베지 못할 것이 없다. 이때야말로 초식에 얽매이치 않는 진정 자유로운 검이라 할 수 있겠지."

"그럼 혹시 그 위의 단계도 있나요?"

"글쎄다. 보통의 평범한 무인들에게는 검기를 다루는 무인검의 경지만 해도 꿈과 같은 일이지. 하지만 당금의 내로라하는 무림문파라면 누구나 검강과 같이 강기를 쓸 수 있는 경지를 목표로 하고 있을 것이다. 이를 넘어선다면 그는 더 이상 인간이라 할 수 없을 거야."

"그럼 신검합일이 가장 높은 경지겠네요?"

초롱초롱한 눈망울을 빛내며 물어오는 단리정의 모습에 진영인이 웃으며 고개를 흔들었다.

"없다고는 안 했다."

잠시 걸음을 멈춘 진영인은 자신이 알고 있는 무학의 이치들을 정리하기 시작했다. 그리고 나서 입을 열었다.

“가끔 오래된 전설에 보면 이기어검(以氣御劍)의 이야기가 나오지.”

“이기어검요?”

“진기를 다스려 손을 대지 않고 마음대로 검을 움직이는 것을 말한다. 자유자재로 하늘을 날아다니는 검 정도로 생각하면 되겠구나.”

“와!”

“그보다 높은 경지는 의지만으로 상대를 해칠 수 있는 심검(心劍)이 있다. 다른 말로 의형수검(意形手劍)이라고도 하는데 의지가 곧 검이 되는 것이지.”

“그렇다면 정말 그 사람은 무적이겠네요?”

“하하하, 아마도 신선이 아닌 이상 그것은 힘들 것이다. 오랜 강호의 역사 속에서도 아직 의형수검을 이루었다는 사람의 이야기는 들어본 적이 없으니까 말이다.”

고개를 끄덕이던 단리정은 문득 궁금한 듯 진영인을 올려다봤다.

“묻고 싶은 게 더 있느냐?”

“네.”

“말해 보렴.”

“사부님은 어느 경지까지 이르셨나요?”

“음… 굳이 정의하자면 이기생형과 검강의 중간 정도일까?”

“그럼 저는요?”

진영인이 피식 실소하며 단리정의 이마를 콩 쥐어박았다.

“너는 아직 뇌운검결의 형(形)을 완벽히 익히지도 못했다. 하물며 초식을 이해하는 단계에는 이르지도 못했지. 가장 낮은 만검의 경지조차 최소한 이삼 년은 걸릴 게다. 물론 너의 자질과 뛰어난 사부의 가르침을 감안하더라도 말이다.”

실망한 듯 금세 시무룩해지는 제자의 모습이 그렇게 귀여울 수 없었
다.

이야기를 하는 사이 두 사람은 어느덧 마을의 초입에 들어서고 있었
다.

마침 점심때가 되어 진영인은 곧장 가까운 객점으로 향했다.

비교적 한산한 마을임에도 불구하고 만리향(萬里香)이란 현판이 걸
린 객점 안은 발 디딜 틈 없이 붐비고 있었다. 더욱 의아한 점은 탁자
를 차지한 대부분의 인물들이 무림인이라는 사실이었다.

"어서 오십시오."

재빨리 달려와 깍듯하게 자신들을 맞는 점소이를 향해 진영인이 입
을 열었다.

"식사를 하려 하네."

"보시다시피 남는 자리가 없군요. 다른 분과 합석하셔도 괜찮겠습니
까?"

"안내해 주게."

"에… 또……."

주위를 둘러보던 점소이가 이내 난처한 표정을 지었다. 하나같이 병
기를 소지한 무림인들의 험악한 기세에 눌려 함부로 합석을 청하기 어
려웠던 것이다.

이를 눈치챈 진영인이 빙그레 웃으며 입을 열었다.

"자리가 없다면 싸줘도 괜찮네. 음, 교자가 좋겠군."

점소이의 얼굴에 고마워하는 기색이 역력했다.

"한 푼 깎아 닷 푼만 주십시오."

진영인이 계산을 치르자 점소이가 주방을 향해 뛰어갔다. 그리곤 머

지않아 대나무를 깎아 만든 길죽한 통 안에 모락모락 김을 피워 올리는 교자를 담아왔다.

이때 객점 안의 누군가가 큰 소리로 외쳤다.

"철장금도(鐵掌擒刀)다!"

그의 말이 떨어지기가 무섭게 탁자에 앉아 음식을 들고 있던 무림인들이 썰물처럼 객점을 빠져나갔다.

순식간에 횅하니 비어버린 객점을 둘러보던 진영인은 의아한 얼굴로 점소이를 바라봤다.

이에 눈치 빠른 점소이가 재빨리 상황을 설명했다.

"이곳엔 초행이신 모양이군요. 요새 호북은 무림인들 때문에 난리도 아니랍니다."

"무슨 일이오?"

"호북하면 무당파 아니겠습니까? 자세한 건 모르지만 최근에 무당의 속가 문하들과 흑무련 휘하의 문파들 사이에 다툼이 잦습니다. 방금 이곳을 나간 사람들은 무당의 속가 문파인 의창(宜昌) 태극문(太極門) 사람들입니다. 태극문은 인근에서는 알아주는 무관(武館)인데 그곳 관주가 무당의 속가제자랍니다."

고개를 끄덕인 진영인은 단리정을 이끌어 비어 있는 탁자에 앉았다.

"자릿값을 더 내야 하오?"

빙그레 웃으며 건넨 진영인의 말에 점소이는 당치 않다는 듯 고개를 저었다.

"이미 계산을 치르셨는걸요. 편히 드십시오."

진영인은 소면과 차를 더 주문하고 계산을 치른 다음 단리정과 함께 음식을 들기 시작했다.

그렇게 일각 정도 지났을까.

갑자기 객점 입구가 소란스러워지며 한 사람이 안으로 들어섰다.

이십대 초반쯤 되어 보이고 호리호리한 체구에 적당히 그을린 피부
를 지닌 자였다. 그는 한 자루 흑색 빛이 감도는 도를 도갑도 없이 허
리 어림에 아무렇게나 걸치고 있었는데 형형한 안광은 그의 무위가 결
코 얕지 않다는 것을 반증하고 있었다.

'오발(烏髮)이로군.'

까마귀의 깃털을 연상시킬 만큼 유독 검고 윤이 흐르는 머리카락을
가죽 끈으로 질끈 묶은 청년의 모습은 자유롭고 얽매이는 것을 싫어하
는 그의 성품을 고스란히 드러내고 있었다.

하나 진영인은 이내 눈살을 찌푸렸다. 청년과 일정한 거리를 유지한
채 우르르 들어서는 장한들 때문이었다. 그들은 객점을 뛰쳐나갔던 태
극문 사람들이었는데 자신들의 탁자를 차지한 진영인 사제를 기분 나
쁜 눈으로 바라보고 있었다.

"사부님."

그들의 험악한 기세에 겁먹은 아정이 조심스럽게 진영인을 불렀다.
하나 기분이 상한 진영인은 그들을 무시한 채 말없이 소면을 들 뿐이
었다.

"어이!"

자신을 부르는 소리에 진영인은 고개를 들었다.

"무슨 일이오?"

"거기는 우리 자리야! 비켜!"

"음식이 얼마 남지 않았으니 조금만 기다리시오."

진영인의 말에 장한은 어이가 없다는 듯이 자신의 동료들을 바라

봤다.

탕!

손바닥으로 탁자를 내려친 장한이 목소리를 높였다.

"죽고 싶나?"

탁!

소리나게 젓가락을 내려놓은 진영인이 장한을 향해 다시 한 번 눈을 들었다.

"당신의 언행은 무례하기 짝이 없구려. 무당의 속가제자가 이처럼 안하무인으로 행동해도 되는 것이오?"

잠시 흠칫하던 장한이 피식 웃으며 입을 열었다.

"우리가 무당의 속가임을 알면서도……!"

장한은 말을 끝맺지 못했다. 고요하게 가라앉은 진영인의 눈동자 속에서 일렁이는 한광을 목도했기 때문이다.

'고수!'

얼어붙은 장한을 향해 진영인이 눈빛을 풀며 입을 열었다.

"일각만 기다리시오."

이에 장한은 질린 표정으로 고개를 끄덕였다. 그 역시 무인인 이상 진영인이 이미 안광(眼光)을 안으로 갈무리한 반박귀진의 고수임을 몰라볼 수 없었던 것이다.

장한이 한쪽으로 비켜서자 그의 동료들이 의아한 눈으로 그를 바라봤다.

이때 진영인은 묘한 시선을 느끼며 고개를 돌렸다. 처음 객점 안으로 들어섰던 청년과 눈이 마주치자 진영인은 빙그레 웃어 보였고, 청년은 호기심 어린 눈으로 진영인과 단리정을 유심히 바라봤다.

'아무래도 이자는 태극문과 큰 원한이 있는 모양이군. 그래서 저자들이 살기 어린 눈으로 그를 노려보는 것이겠지. 하지만 그의 무위가 자신들보다 높아 섣불리 싸우지 못하는 모양이군.'

장내의 상황을 짐작한 진영인은 다시금 소면을 들기 시작했다.

그때였다.

쫘르륵!

주렴을 헤치며 객잔 안에 들어서는 사람이 있었다. 그는 어색한 침묵과 불안한 살기가 내려앉은 객잔의 서먹한 분위기에 잠시 망설이는가 싶더니 곧장 진영인이 앉아 있는 탁자를 향해 다가섰다.

"저, 실례가 되지 않는다면 합석해도 될는지요."

"그러십시오."

"고맙습니다."

진영인은 맞은편에 앉은 청년은 타는 듯한 적의(赤衣)를 걸치고 여인처럼 곱상한 외모를 지니고 있었다.

진영인과 눈이 마주치자 청년은 가지런한 치아를 드러내며 웃었다. 청량함이 느껴지는 보기 좋은 미소였다.

'이 친구, 저 웃음으로 여자깨나 울렸겠는걸.'

진영인의 얼굴에 떠오른 내심을 읽었음일까.

멋쩍게 웃으며 청년이 입을 열었다.

"제 얼굴에 뭐라도 묻었습니까?"

"아닙니다. 웃음이 하도 보기 좋아 감탄하고 있었습니다."

솔직한 진영인의 말에 청년은 난처한 듯이 손가락으로 뺨을 긁었다.

"여인에게 그와 같은 말을 들었다면 기뻤을 테지만 형장에게 들으니 어찌 대답해야 할지 난감하구려."

되돌아온 솔직한 대답에 진영인은 역시 마주 웃으며 고개를 끄덕였다.

이때 쩌렁한 목소리가 객점 안을 울렸다.

"철장금도! 어디 있느냐?"

"관주님!"

그의 목소리가 채 사라지기도 전에 식탁에 앉아 있던 장한들이 벌떡 일어나 도를 걸치고 있는 청년을 에워쌌다.

진영인은 고개를 돌려 막 객점 안으로 들어서는 장비수염의 중년인과 어깨를 나란히 한 청년 도사를 바라봤다.

'무당파로군.'

청년 도사의 소매에 수놓아진 태극 문양을 발견한 진영인은 그가 무당의 제자임을 알 수 있었다. 그리고 그와 함께 들어선 장비수염의 중년인은 태극문이라는 무관의 관주일 것이다.

중년인은 곧장 철장금도라 불리운 청년을 향해 다가섰다. 하지만 청년은 미동조차 하지 않은 채 음식 위로 젓가락을 가져갈 뿐이었다.

"내 말을 무시하는 거냐!"

와장창!

고함을 지른 중년인이 청년의 식탁을 엎어버렸다. 그제야 청년은 인상을 찌푸리며 중년인을 바라봤다.

"그렇게 빨리 죽고 싶은가?"

얼음처럼 냉막한 청년의 음성에 중년인의 얼굴이 붉어졌다.

"밖으로 나와라! 나 심옥당(沈玉堂)이 철장금도 조옥린(趙玉麟)에게……!"

"아니, 나갈 필요 없어."

조옥린이라 불리운 청년이 심옥당의 말을 중간에서 잘랐다.

번쩍!

"컥!"

돌연 조옥린의 허리 어림에서 흑색 빛줄기가 번뜩이는가 싶더니 가슴을 움켜쥔 심옥당이 답답한 신음을 토하며 바닥으로 쓰러졌다.

쿵!

마룻바닥을 질펀하게 적시며 번지는 핏물이 심옥당의 가슴에서 흘러나온 것임을 깨닫는 데는 그리 오랜 시간이 걸리지 않았다.

"……!"

대부분의 이들은 조옥린이 언제 도를 뽑았는지도 볼 수 없었기에 경악을 금치 못했다.

"과, 관주님!"

"이 비겁한 놈!"

스윽!

조옥린이 신형을 일으키자 앞 다투어 입을 열던 태극문도들이 쥐 죽은 듯이 조용해졌다. 조옥린의 전신에서 흘러나오는 차가운 살기 앞에 기가 눌린 것이다.

"무엇이 비겁하지?"

조옥린의 질문에 심옥당과 함께 객점 안으로 들어섰던 무당의 청년 도사가 인상을 찌푸리며 앞으로 나섰다.

"관주의 시신을 수습하시오."

그의 말이 떨어지자 태극문도들은 부랴부랴 심옥당의 시신을 수습해 멀찍이 물러섰다.

조옥린의 시선이 청년 도사를 향했다.

“누구냐, 넌?”

“무당의 청운(靑雲)이오.”

“호오, 당신이 무당의 청심투룡(淸心鬪龍)이란 말인가?”

조옥린의 말투가 하대에서 반공대로 바뀌었다. 청(靑) 자배는 무당의 삼대제자였다. 그중 눈앞에 서 있는 청운은 무당의 장령제자(掌令弟子)로 일찍부터 청심투룡이라 불리며 무당의 기대를 한 몸에 받고 있는 기재였다.

조옥린이 청운을 향해 입을 열었다.

“그대에게 다시 묻겠소. 내가 비겁한 것이오?”

청운은 고개를 저었다.

“그가 먼저 살기를 드러냈으니 그는 할 말이 없소.”

청운의 대답에 태극문도들의 얼굴이 일그러졌다. 그리고 조옥린의 입매에는 보일 듯 말 듯한 미소가 떠올랐다.

“역시 본산의 제자는 다르군. 말이 통하는 것 같아.”

청운이 다시 입을 열었다.

“하지만 손속이 너무 과한 것 아니오? 당신이라면 충분히…….”

“훗!”

조옥린의 싸늘한 웃음이 청운의 말을 잘랐다.

“아니, 전혀 과하지 않았소. 나는 사전에 그에게 경고했고, 도를 쓰기 전엔 친절히 공격하겠다는 의사까지 밝혔지.”

잠시 말없이 조옥린을 바라보던 청운이 자신의 검을 들어 보였다.

“나 청운이 비무를 청하오.”

“무당의 장령제자와 칼을 섞을 수 있다니, 영광이로군.”

청운이 먼저 객점을 나섰고, 조옥린이 이 장의 거리를 둔 채 그 뒤를 따랐다.

이에 태극문도들 역시 비무를 지켜보기 위해 우르르 객점을 나섰다.

객점 안에 덩그러니 남겨진 단리정이 약간은 겁먹은 얼굴로 진영인을 바라봤다.

“사부님…….”

“강호에서 늘상 있는 일이다.”

태연히 대꾸했으나 진영인은 내심 놀라움을 금치 못하고 있었다. 상식을 뛰어넘는 조옥린의 쾌검도 쾌검이었지만 눈앞에 마주한 청년 역시 진영인을 놀라게 했다. 순식간에 벌어진 살풍경한 상황에도 불구하고 그의 모습은 태연하기 그지없어 일말의 흔들림도 찾아볼 수 없었던 것이다.

그제야 진영인은 청년의 눈에 갈무리된 안광을 읽어낼 수 있었다.

‘이자 역시 무림인이었구나. 그것도 고수.’

젓가락을 내려놓으며 진영인이 입을 열었다.

“다 먹었으면 일어서자꾸나.”

진영인을 따라 일어서던 단리정이 문득 궁금한 듯 입을 열었다.

“그런데 사부님.”

“응?”

“그 도사님은 어째서 그에게 비무를 청한 거죠?”

“조옥린이란 청년에게 무당의 속가제자가 죽었으니 본산의 제자로서 그냥 보아 넘길 수 없었겠지.”

“하지만 그 사람의 칼은 눈에 보이지도 않았어요. 그 도사님이 죽게 되는 걸까요?”

걱정을 담은 제자의 음성에 진영인은 빙그레 웃음을 머금었다.

"그자 역시 쉽게 당할 위인은 아니란다."

자리를 털고 일어난 진영인은 맞은편의 청년을 향해 입을 열었다.

"먼저 일어나겠습니다."

"예, 인연이 되면 다시 만나겠지요. 살펴 가십시오."

진영인은 문득 호기심이 생겼다.

"꽤나 흥미로운 비무가 될 것 같은데 결과가 궁금하지 않으십니까?"

가지런한 청년의 얼굴 위로 변함없이 보기 좋은 미소가 떠올랐다.

"아마 청운이라는 자가 이길 겁니다."

"어째서 그리 생각하시는지요?"

"대답이 굳이 필요합니까?"

돌아온 대답에 진영인은 내심 부끄러움을 느꼈다.

"그렇군요. 제 생각도 그와 같습니다."

속내를 들킨 진영인은 진심을 담아 사과했다.

"형장을 떠보려 한 점 사과드립니다."

"하하, 아닙니다. 간만에 마음이 통하는 상대를 만나 매우 즐거웠습니다."

진영인은 흔쾌히 사과를 받아들이는 청년의 구김없는 태도와 마음 씀씀이가 마음에 들었다.

"자, 그럼 가자꾸나."

단리정의 손을 잡고 객점을 나선 진영인은 멀지 않은 공터에서 서로를 마주 보며 서 있는 조옥린과 청운의 모습을 볼 수 있었다. 두 사람의 주위로는 삼십여 명의 태극문도가 둘러싸고 있었는데 잡아먹을 듯이 조옥린을 노려보고 있었다.

‘이 비무에서 지게 되면 그는 큰 고초를 치러야만 하겠군.’

사실 비무의 결과는 조옥린의 패배로 결정된 것과 다름없었다. 제아무리 조옥린의 도가 상식을 넘어설 만큼 빠르다고는 하나 상대가 검기를 다루는 무인검의 경지라면 이야기가 달라진다. 청운이라는 청년 도사는 마치 잘 벼려진 한 자루 검을 보는 것 같아 그가 이미 무인검의 경지에 이르렀음을 진영인은 어렵지 않게 알 수 있었다.

하나 진영인은 이내 잡념을 떨치며 돌아섰다.

순간 그를 부르는 음성이 있었다.

“기다리시오.”

고개를 돌린 진영인은 자신을 응시하는 조옥린과 눈이 마주쳤다.

“나를 부른 것이오?”

조옥린이 고개를 끄덕여 대답을 대신했다.

“객점에서부터 당신을 눈여겨보고 있었소.”

“나는 당신에게 용무가 없소만…….”

조옥린의 입매가 슬쩍 비틀렸다.

“이자와의 비무가 아니었다면 분명 당신과 나 사이에 용무가 있었을 것이오.”

명백한 도발이었다.

이에 진영인은 조용히 웃으며 조옥린을 바라봤다.

“당신은 흑무련 사람이오?”

진영인의 질문에 조옥린이 인상을 찡그렸다.

“나는 흑무련을 싫어하오.”

“그렇다면 어째서 무당과 적대시하는 거요?”

조옥린이 하얀 이빨을 드러내며 웃었다.

"소위 명문정파라 자처하는 구대문파는 더욱 싫어하기 때문이오."

'아직 말장난할 여유는 있는 모양이군.'

내심 웃음을 삼킨 진영인은 조옥린을 도와주기로 마음먹었다. 그는 거짓말을 입에 담을 정도로 간교한 인물이 아닌 듯싶었고, 그가 흑무련 사람이 아닌 이상 자신이 특별히 그를 적대시할 이유도 없었기 때문이다.

더구나 조옥린이란 청년에게 묘한 호기심이 생겼다.

진영인은 장내를 떠나려던 생각을 돌려 그들과 약간 떨어진 한적한 곳에 자리를 잡았다. 단리정 역시 이처럼 공식적인 비무는 처음 보는 것인지라 두 눈을 빛내며 조옥린과 청운을 향해 선망 어린 눈빛을 던지고 있었다.

그제야 조옥린은 허리에 매어진 도파(刀把)에 손을 얹으며 청운을 바라봤다.

"시작하지."

청운은 약간 인상을 찡그리며 자신의 검에 손을 가져갔다. 정작 비무할 상대인 자신은 눈 밖에 두고 다른 이에게 관심을 두는 조옥린의 행동이 자존심을 건드렸기 때문이다.

스르릉!

시원한 검명과 함께 시리도록 푸른 검신이 모습을 드러냈다.

"눈앞에 상대를 두고 다른 이에게 한눈을 팔다니, 그 여유만큼의 실력을 지녔길 바라겠소."

청운의 말에 조옥린은 천천히 고개를 끄덕였다.

"실망시키지 않도록 노력하지."

청운은 여유로운 모습으로 비무를 관전하는 진영인을 힐끔 바라봤다. 그리곤 조옥린과 거리를 좁혀가기 시작했다.

서로 일 장의 거리만을 남겨두고 두 사람의 움직임이 멎었다.

번쩍!

조옥린의 선공으로 인해 숨 막힐 듯한 긴장감이 깨졌다. 그와 동시에 청운의 검에서 시리도록 푸른 서기가 피어올랐다.

콰앙!

도와 검이 부딪친 것이 분명한데 어이없게도 폭음이 터져 나왔다. 그리고 이내 자욱한 먼지가 장내를 뒤덮었다.

츠츠츠츠!

흙먼지 사이로 솟구친 매서운 칼바람과 짙푸른 서기가 서로 우열을 점하기 위해 격렬하게 뒤엉키나 싶더니,

카앙!

차가운 금속성과 함께 한 사람의 신형이 주르륵 뒤로 밀려났다.

"왁!"

바닥에 깊은 족적을 남기며 무려 오 장이나 물러선 조옥린이 한 모금의 피를 뱉어냈다.

"졌소."

세 치쯤 잘려져 나간 자신의 도를 바라보며 조옥린은 자신의 패배를 인정했다. 채 가라앉지 않은 먼지구름 속에서 티끌 하나 묻지 않은 모습으로 청운이 걸어나왔다.

"훗, 어째서 마지막에 손속에 사정을 둔 것이오?"

청운을 향해 입을 여는 조옥린의 얼굴은 짙은 조소가 담겨 있었다. 하지만 이어진 청운의 대답에 조옥린의 얼굴은 떫은 감을 씹은 것처럼 구겨졌다.

“이것이 비무요.”

“……”

심옥당에게 살수를 펼친 자신을 우회적으로 꾸짖는 말이었다. 하나 이미 비무에서 패했기에 조옥린은 할 말이 없었다.

조옥린은 피식 마른웃음을 터뜨렸다.

“무당의 검은 잘 견식했소.”

“나 역시 철장금도의 명성이 과장되지 않았음을 확인했소.”

그 말을 끝으로 청운은 심유하게 가라앉은 눈으로 진영인을 바라봤다. 그리곤 별말없이 신형을 돌려 장내를 벗어났다.

‘과연 무당이 오랜 세월 구대문파의 수위를 차지하고 있는 것은 이유가 있었구나.’

무당의 장령제자답게 광명정대(光明正大)한 청운의 행동에 진영인이 내심 감탄을 터뜨리고 있을 때였다.

청운이 사라지자 가슴을 졸이며 비무를 지켜보고 있던 태극문도들의 눈에서 살기가 번뜩였다.

“훗, 꼬리 말고 달아나던 개들 주제에……”

조옥린은 살기를 흘리며 자신을 향해 다가서는 태극문도들을 비웃었다.

“닥쳐라! 네놈의 피로 관주님의 한을 풀리라!”

저마다 병기를 꺼내 드는 태극문도들의 모습에 진영인은 인상을 찌푸렸다.

“같은 곳에서 시작한 물줄기라 하더라도 모든 물이 맑을 수는 없는 법. 하지만 그대들의 행동은 무당이란 이름을 크게 더럽히는군.”

태극문도들의 살기가 방향을 틀어 갑자기 끼어든 진영인을 향했다.

이에 진영인은 말없이 웃으며 손을 들어 올렸다.

쫘앙!

막강한 경력이 담긴 산매장은 굉음과 함께 근처에 있던 바위를 으스러뜨렸다.

"……!"

엄청난 위력 앞에 벌린 입을 다물지 못하는 태극문도들을 향해 진영인은 갈무리하고 있던 기파를 개방했다.

"헉!"

진영인의 눈에서 줄기줄기 흘러내리는 형형한 안광을 목도한 태극문도들이 그 자리에 얼어붙었다.

"만약 내가 청심투룡이라면 무당을 욕보인 그대들의 파렴치한 행동을 결코 그냥 보아 넘기지 않을 것이오."

한차례 엄포를 놓은 진영인이 기파를 거두자 식탁을 두고 진영인에게 시비를 걸었던 태극문도가 가장 먼저 달아났다. 이를 시작으로 태극문도들은 앞 다투어 자리를 뜨기 시작했고, 결국엔 진영인과 단리정, 조옥린만이 남게 되었다.

이윽고 조옥린이 툴툴거리며 입을 열었다.

"그런 배려, 별로 달갑지 않군."

"쓸데없는 참견임은 알고 있소."

빙그레 웃으며 진영인이 말을 이었다.

"다만 나는 한 사람이라도 살리고자 그리한 것이오. 만약 그들이 당신을 공격했다면 당신은 누구도 살려두지 않았겠지."

잠시 멍한 표정을 짓고 있던 조옥린이 키득거리며 웃기 시작했다.

"크크큭, 오늘은 정말 이상한 날이군. 당신과 같은 괴물들을 한 명도 아니고 세 명씩이나 만나다니. 객점 안에 죽치고 있는 그 곱상한 놈도 당신과 동류의 인간이겠지?"

"아마 그럴 것이오."

"좋아, 오늘 크게 개안(開眼)을 했군."

어깨에 묻은 먼지를 툭툭 털며 지나가는 말투로 조옥린이 입을 열었다.

"이름은?"

"진영인이오."

"당신도 정파 사람인가?"

"형산파 일대제자요."

진영인의 대답에 조옥린이 인상을 찌푸렸다. 흑무련을 싫어하고 이보다 정파를 더욱 싫어한다는 조옥린의 말을 이미 들었기에 진영인은 불쾌하게 생각하지 않았다.

"조옥린, 그게 내 이름이오."

뜻밖에도 자신의 이름을 밝힌 조옥린은 휙 돌아서며 입을 열었다.

"다음에 술 한잔 사리다."

멀어지는 조옥린의 모습을 보며 진영인은 부드러운 웃음을 머금었다.

이윽고 진영인은 아직도 몽롱한 눈으로 조옥린을 바라보는 단리정의 이마를 콩 쥐어박았다.

"정신 차려라."

"사부님도 보셨죠? 정말, 정말 대단했어요!"

단리정은 매우 흥분한 듯 신이 나서 떠들기 시작했다.

"이렇게 가까이에서 고수들의 비무를 제대로 본 건 처음이에요. 어떻게 그처럼 움직일 수 있죠? 저도 열심히 무공을 익히면 언젠간 그들 처럼 될 수 있을까요?"

그렇게 쉬지 않고 한참 동안 재잘거리던 단리정은 이내 의아한 눈으로 진영인을 바라봤다. 그도 그럴 것이, 진영인이 씁쓸하게 웃으며 자신을 바라보고 있었기 때문이다.

"사부님?"

고개를 저으며 나직한 한숨을 흘린 진영인은 단리정을 가까이 끌어당겼다.

"네 녀석이 어물쩍거리는 바람에 떠나는 것이 수월치 않게 되었다."

"네?"

뜻 모를 진영인의 말에 단리정이 고개를 갸웃거렸다.

이에 진영인은 손을 들어 한곳을 가리켰다.

"아무래도 저자들이 우리에게 용무가 있는 것 같구나."

진영인의 손을 따라 고개를 돌린 단리정이 화들짝 놀라며 진영인의 옷깃을 붙들었다.

분명히 조금 전까지만 해도 장내에는 그들 사제뿐이었다. 하지만 언제부터인지 유령처럼 나타난 여덟 명의 흑포인이 그곳에 자리하고 있었던 것이다.

"흑무련인가?"

진영인의 말에 추명대주 종각이 음산한 웃음과 함께 입을 열었다.

"쳐라!"

그의 명령이 떨어지는 것과 동시에 일곱 명의 흑포인이 일제히 진영인을 향해 쇄도해 왔다.

쉬쉭!

날카로운 파공음과 함께 유독 검신이 좁아 예리한 협봉검(狹蜂劍)들
이 일곱 개의 방위를 점하며 날아들었다. 일곱에 달하는 협봉검은 모
두 일정한 궤적을 따라 움직이며 삼엄한 검기의 그물을 이뤘고, 퇴로를
완벽히 차단한 그들의 공세에 진영인은 표정을 굳혔다.

재빨리 단리정을 뒤로 밀어낸 진영인은 자전뇌검을 뽑아 추명대의
공격에 맞서갔다.

츠츠츠!

자전뇌검에서 솟구친 한줄기 뇌광이 허공을 가득 메운 날카로운 검
영들과 뒤얽혔다.

카라라락!

거친 소음과 함께 허공에서 연달아 불꽃이 튀었다. 하나 흑포인들의
공격은 검막과도 같은 진영인의 검기의 비에 부딪쳐 가닥가닥 끊어졌
다.

약간의 무리수를 두고 펼친 패뢰파천이었으나 진영인이 거둔 성과
는 적지 않았다.

털썩!

흑포인들 중 한 명의 허리가 길게 갈라지며 바닥을 뒹굴었다. 그리
고 두 명의 흑포인이 어깨와 허벅지를 움켜쥐며 급히 물러섰다.

비명은 없었다. 또한 죽은 이나 물러서는 이들의 눈에서는 그 어떤
두려움의 감정도 찾아볼 수 없었다. 그들이 얼마나 강도 높은 훈련을
거친 살수인지를 여실히 느낄 수 있는 부분이었다.

'어리석은.'

진영인은 내심 혀를 끌탕 쳤다. 움직임으로 미루어보건대 본래 그들
은 어두운 그림자에 몸을 숨기고 은밀히 움직여 상대를 암살하는 자객

이 틀림없었다.

만약 이들의 지닌 바 실력으로 야음(夜陰)을 틈타 합공을 해온다면 진영인 자신도 상당히 고전했으리라. 하나 방심한 탓인지 그들은 정면으로 공격을 감행해 왔고, 이것이 그들의 실수였다.

하나 진영인은 이미 잡은 승기를 놓칠 마음이 없었다.

츠츠츠츠츠츠!

이미 뇌정단공을 십성 이상 끌어올린 진영인의 검에서 한 자를 조금 넘는 푸른 서기가 흐릿한 검의 형상을 만들어냈다.

"검강(劍罡)!"

종각의 입에서 경악성이 터져 나왔다.

'이대로는 승산이 없다!'

삐익!

종각이 휘파람을 불자 흑포인들이 급히 물러섰다. 하지만 종각의 곁에 이른 흑포인의 수는 겨우 네 명에 불과했다. 이미 어깨와 허벅지에 부상을 당한 수하들은 진영인의 검을 피할 수 없었던 것이다.

원독에 찬 눈빛을 흘리던 종각이 수하들에게 수화(手話)로 지시를 내렸다.

휘익!

종각의 지시에 네 명의 추명대원이 진영인을 향해 신형을 날렸다.

'무슨 생각이지?'

수비를 도외시한 채 오로지 공격만을 위한 초식을 구사하는 흑의인들의 모습에 진영인은 당혹감을 금치 못했다. 하지만 진영인은 차분히 검을 움직여 패뢰파천에 이은 운뢰중첩을 시전했다.

꽈르릉!

우렛소리를 동반한 진영인의 검이 하늘을 찢는 비가 되어 쏟아지더니 일순 구름처럼 일어난 번개가 되어 흑포인들을 덮쳐 갔다.

퍼퍽! 퍽! 퍽!

저돌적인 공격을 감행하던 흑포인들은 막강한 압력이 실린 벼락의 구름에 삼켜져 그대로 절명(絶命)하고 말았다.

"사부님!"

갑작스런 단리정의 비명 소리에 진영인이 황급히 돌아섰다.

"아정!"

자욱한 살기를 흘리는 협봉검이 단리정의 목에 닿아 있었다. 어느새 흑포인들의 수장인 사내가 등 뒤로 돌아 아정을 붙잡았던 것이다.

'그가 처음부터 노린 것은 이것이었나. 오히려 내가 방심했구나.'

단리정이 인질로 잡힌 이상 진영인은 섣불리 움직일 수 없었다. 하지만 이내 자신의 생각이 틀렸다는 것을 깨달았다. 원독 가득한 얼굴로 자신을 노려보던 종각의 눈에 떠오른 감정은 분노를 넘어선 광기(狂氣)였기 때문이다.

"크흐흐, 눈앞에서 제자가 죽는 모습을 똑똑히 봐두는 게 좋을 거야."

"멈춰!"

진영인의 외침에 종각은 조롱하듯 혀를 내밀어 자신의 입술을 적셨다. 그리고 더없이 잔인한 미소가 그의 얼굴에 자리잡았다.

"네 사부를 원망해라."

종각의 손에 들린 협봉검이 아정의 목을 그었다.

"……!"

하지만 종각은 단리정을 죽일 수 없었다. 눈앞에서 자신의 검날을 움켜쥔 다른 손을 경악 어린 눈으로 바라볼 뿐이었다.

"헛!"

자신의 검을 움켜쥔 청년의 얼굴을 알아본 종각이 헛바람을 들이켰다. 그는 자신을 모르지만 종각은 그가 누구인지 알고 있었다.

퍼억!

"커헉!"

청년이 내지른 일장에 검을 놓친 종각은 가슴을 움켜쥔 채 오 장을 날아 땅바닥에 처박혔다.

"다행히 늦지 않은 것 같군요."

보기 좋은 청년의 미소에 진영인은 비로소 안도의 한숨을 흘릴 수 있었다.

"사부님!"

자신을 향해 달려오는 아정을 품에 안은 진영인은 어린 제자의 등을 쓸어주며 놀란 마음을 쓸어내렸다.

"고맙습니다."

"그 아이의 운이 아직 다하지 않은 까닭이지요."

고마운 마음을 담아 청년에게 웃어 보이던 진영인은 문득 의아함을 느끼며 단리정을 바라봤다.

"안심해라, 아정. 이젠 무사하다."

그러나 아정은 진영인의 말에 대답조차 없이 겁에 질린 눈으로 자신을 구한 청년을 바라볼 뿐이었다. 협봉검을 움켜쥐었던 청년의 손과 그 손을 감싸고 있던 뚜렷한 핏빛 서기. 비록 짧은 순간이었으나 단리정은 청년의 무공이 어디에서 연유한 것인지를 알아봤던 것이다.

"혀, 혈라……."

“아정?”

단리정은 어찌나 놀랐던지 말조차 더듬고 있었다.

그때였다.

“기억해라, 진영인! 결코 이것이 끝이 아니다!”

이를 갈며 외친 종각은 그대로 신형을 날려 달아났다. 하지만 진영인은 그를 쫓지 않았다. 새파랗게 질린 단리정을 달래느라 모든 신경을 쏟고 있었기 때문이다.

“형장의 이름이 진영인이오?”

“그렇소.”

청년의 질문에 진영인은 무심코 고개를 끄덕였다.

“내 이름은 단리혁이오.”

“단리 형이셨구려. 다시 한 번 감사드리외다.”

단리정을 살피느라 여념이 없던 진영인은 단리혁의 말이 지닌 의미를 아직 깨닫지 못하고 있었다. 하지만 이어진 그의 말에 진영인의 신형이 굳어졌다.

“당신에게 죽은 단리호가 내 형이오.”

〈제2권 끝〉

청 어 람 신 무 협 판 타 지 소 설

제1회 신춘무협 공모전에 『보표무적』으로
금상을 수상한 작가 장영훈의 신작!!

일도양단(一刀兩斷) / 장영훈 지음

한 겹 한 겹 파헤쳐지는
음모의 속살을 엿본다!

『일도양단』
(一刀兩斷)

그의 이름은 기풍한.

**천룡맹(天龍盟) 강호 일급 음모(一級陰謀) 진압조(鎭壓組)
질풍육조(疾風六組)의 조장이다.**

임무를 위해 출맹한 지 사 년이 지난 어느 겨울날 새벽,
돌아온 그에게 천룡맹 섬서 지단 부단주가 말했다.

"질풍조는 이미 해체되었네."

그리고…
그의 존재를 알던 모든 이들이 죽었다.

청 어 람 신 무 협 판 타 지 소 설

신비로운 세계관 속에 동방의 영물과
독창적인 무공의 절묘한 만남!

우리가 바라고 운명이 내린
소년 영웅의 가슴 벅찬 이야기!

『건곤지인』
(乾坤之人)

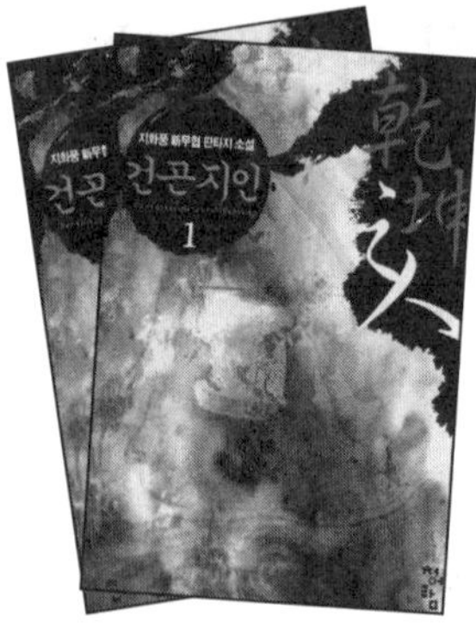

건곤지인(乾坤之人) / 지화풍 지음

신비로운 세계관 속에 동방의 영물과
독창적인 무공의 절묘한 만남!

정말… 미치게 하죠!!
요즘은… 정말 건곤지인 보는 맛으로 컴퓨터를 한답니다! ^_^
―검무혼

도가에서는 신선, 불가에서는 부처!
하지만 무인들은 건곤지인(乾坤之人)이라 부른다.

절대를 꿈꾸는 무인들의 위대한 도전기!!

FANTASTIC
ORIENTAL
HEROES

청 어 람 신 무 협 판 타 지 소 설

토탈 조회수 200만의 새로운 신화 창조!
최고의 신무협 작가 『한성수』의 최신작!

태극검해(太極劍解) / 한성수 지음

"반보붕권이 천하를
위진하리라!"

『태극검해』
(太極劍解)

장르 사이트 전체 조회수 1위! 토탈 조회수 200만! 편당 조회수 2만!

진자운!
누가 그를 무당의 제자라 할 것인가?
누가 그를 무당의 제자가 아니라 할 것인가?

반보무적(半步無敵) 일보단천(一步斷天)!
정마(正魔)의 경계를 뛰어넘은
진자운의 무림을 향한 일보가 시작되었다!

반보에 천하가 떨고 일보에 천하가 무릎 꿇는다!

괄시받던 무당파 속가제자 진기운의 신화 창조의 비밀을 파헤쳐라!